历代笔记小说大观

竹叶亭杂记
今世说

〔清〕姚元之 王晫 撰

曹光甫 陈大康 校点

图书在版编目(CIP)数据

竹叶亭杂记　今世说／(清)姚元之 王晫撰;曹光甫 陈大康校点.
—上海：上海古籍出版社，2012.12(2023.8 重印)
(历代笔记小说大观)
ISBN 978-7-5325-6315-9

Ⅰ.①竹…②今…　Ⅱ.①姚…②王…③曹…
④陈…　Ⅲ.①笔记小说-小说集-中国-清代
Ⅳ.①I242.1

中国版本图书馆 CIP 数据核字(2012)第 045023 号

历代笔记小说大观

竹叶亭杂记　今世说

〔清〕姚元之　王　晫　撰

曹光甫　陈大康　校点

上海古籍出版社出版发行

(上海市闵行区号景路 159 弄 1-5 号 A 座 5F　邮政编码 201101)

(1) 网址：www.guji.com.cn

(2) E-mail：guji1@guji.com.cn

(3) 易文网网址：www.ewen.co

常熟文化印刷有限公司印刷

开本 635×965　1/16　印张 14.25　插页 2　字数 192,000

2012 年 12 月第 1 版　2023 年 8 月第 2 次印刷

印数：2,101—3,200

ISBN 978-7-5325-6315-9

I·2469　定价：36.00 元

如有质量问题,请与承印公司联系

总　目

竹叶亭杂记

［清］姚元之　撰

曹光甫　校点

校 点 说 明

　　姚元之，字伯昂，号荐青，又号竹叶亭生，晚号五不翁。其生年有两说，一作乾隆三十八年（1773），一作乾隆四十一年（1776），卒于咸丰二年（1852）。安徽桐城人，家乡近浮山，老屋数楹，内有竹叶亭，因以自号，兼以名书。举嘉庆十年（1805）进士，殿试朝考，其试卷被钦定取为第一，有《纪恩诗》，末云：“新莺出谷翎犹弱，惭愧人称第一声。”授翰林院编修，后入直南书房，擢侍讲。道光十三年（1833）授工部侍郎，后调户部、礼部。在将近四十年仕宦生涯中，曾三度主持陕甘、顺天、江西乡试，两任河南、浙江学政，娴熟科场掌故。官至左都御史，道光二十三年（1843）致仕。

　　元之幼时从学于族祖姚鼐，其后文章尔雅，书画并工。行草笔法精妙，尤擅白描人物。画作传有乔松图、花果图、蔬香图存世。另著有《竹叶亭纪诗稿》，未见刊行。其今仅见之流传著作为《竹叶亭杂记》。

　　《竹叶亭杂记》八卷，三百十二则，大要为朝章国故与前贤遗事、四方或域外民俗风情以及花果禽鱼等物理小识，内容博而杂，披沙拣金，也时见精采。卷一所记嘉庆十七年皇帝幸南苑阅兵的繁褥仪礼与盛大场面、嘉庆登遐后梓宫自热河奉移入京大出丧的空前规模，都是了解清廷有关大典的翔实可贵史料。卷二湖南布政使郑源璹伏法一则，画出乾嘉“盛世”官场的腐败与贪酷，令人怵目惊心。弹劾奏章中“属员以夤缘为能，上司以逢迎为喜”、“贼匪不过癣疥之疾，吏治实为心腹之患"的陈述与论断,也颇具警世意味。卷三对都中天主堂南堂郎士宁巨幅"线法画"的精妙描述,回俗未成丁者的"割礼",蒙古外藩上层人物"葬礼"的简易,西藏"人家门首屋脊上安一物,如人之势",澳门早期红毛(荷兰)殖民者迥异于国人的宅居、仪礼、妆饰、饮食、园林、岗哨及狱讼等,在在使人增广见闻。其他各卷如纪晓岚铁齿铜牙式的嗜肉,平谷县"若旋舞之状"的黑云大风(实为龙卷风)的准确记载,以及卖猫之契、牡丹之谱、养鱼之法,都是很有趣味的珍贵材料。作为一种有史料价值的笔记,可取者尚多,此仅止于举隅。

　　本书以光绪十九年姚元之从孙姚毂整理及序、姚虞卿刻本标点,并未发现有他本可校。书中有些文字阻隔难通,因姚毂已云"原抄间有脱误,谨从阙疑",故一仍其旧。明显的避讳字及衍脱错漏,则径加改正,不出校记。疏误不当之处,敬祈方家指正。

曹光甫

2001.3.30

目　　录

序

　　先伯祖阁学公博极群书,而无撰述。官京朝数十年,每就见闻所及,成《竹叶亭杂记》十万余言。一时士大夫相与传录,福州梁茞林中丞采入《归田琐记》尤多。咸丰壬子,公捐宾客,图书散佚,手泽仅存。先君珍藏箧衍,欲付刊传世,间关兵事,卒未暇为。长沙周自庵侍郎取录副本,谋代梓,亦因循未就也。毂以粗官供差畿南,公余多暇,乃发旧藏编校。凡国家掌故,四方风俗,前贤遗事,下及物理小识,各以类次,共成八卷。《归田琐记》采择,多属因果,不关事实,不复更载。仲弟虞卿时权京邑,遂捐俸付诸手民,用成先志。经始于癸巳四月,四阅月竣工。原抄间有脱误,谨从阙疑云。从孙毂谨识。

卷一

圣祖仁皇帝之登极也，甫八龄，其时大臣鳌拜当国，势焰甚张，且以帝幼，肆行无忌。帝在内，日选小内监强有力者，令之习布库以为戏。布库，国语也，相斗赌力。鳌拜或入奏事，不之避也。拜更以帝弱且好弄，心益坦然。一日入内，帝令布库擒之。十数小儿立执鳌拜，遂伏诛。以权势薰灼之鳌拜，乃执于十数小儿之手，始知帝之用心，特使权奸不觉耳。使当日令外廷拿问，恐不免激生事端。如此除之，行所无事，神明天纵，固非凡人所能测也。

高宗朝，满洲蒙古王大臣有由上命名者。丰绅济伦本名济伦，丰绅二字，上所加也。丰绅，清语，有福泽之谓也。御前行走科尔沁王鄂勒哲依忒木尔额尔克巴拜，亦系上所名。鄂勒哲依蒙古语，有福之谓也。哲依二字，急读音近追，上声。忒木尔有寿也。额尔克铁也。巴拜宝贝也。音读若罢摆。王为大长公主长子，上爱之，幼时期其有福有寿，结实如铁，而又珍之若宝贝，故以是名之。一名至十二字，向所罕有。

每年坤宁宫祀灶，其正炕上设鼓板。后先至。高庙驾到，坐炕上，自击鼓板，唱《访贤》一曲。执事官等听唱毕，即焚钱粮，驾还宫。盖圣人偶当游戏，亦寓求贤之意，不知何独于祀灶时唱之。此仪睿皇则不唱，鼓板亦不设矣，盖非国初旧仪也。徐君善庆言。

嘉庆戊寅九月十六日，圣驾自盛京旋跸。侍卫庆善时年二十二，先期启行，私至阳驿，向庄头索租。阳驿去盛京四百余里，未行之先商之敏征，敏乃教之捏病请假。特旨用内廷发出，板责庆善六十，发往伊犁；责敏征四十，发往吉林。仰见家法之严，不以宗室少贷也。

初，圣驾再幸盛京，涓吉七月二十四日启銮，九月回跸。以青龙桥为水冲塌，直隶方来青制军，受畴请展期，改于二十八日启銮，十月初四日回跸。至盛京礼毕，诹吉九月初七日旋跸。乃以阴雨，改于十一日，又改十六日。是岁万寿庆节，驻跸兴隆寺。随扈王大臣官员均于行在行礼。其在京王大臣，有旨概不许差人至行在呈递如意贡品，其轮赴行在接驾谢恩者,亦不许携带如意呈递。十月六日,开乾清门。在京王以下、五品京堂以上,俱在门外行庆贺礼。万寿圣节例不进本。戊寅圣驾驻跸兴隆寺,办事处奉旨传知各衙门,应行呈奏事件仍由报呈递,不可因恭遇圣节以致耽延。圣人之勤如此。

今上即位初,御史多有条陈弹奏时事者,下军机大臣及部议时,上多裁去衔名及折尾年月。或条陈数事,只议一事,则裁去前后之文,不欲令人知之,恐其取怨也。圣主矜恤言官,至意如此。湖北袁道长铣陈奏一折,闻有十事。上裁出核赋课、平刑法、广教化三条,下大臣会议,余俱留中,不知何事也。

上即位,内府循例备御用砚四十方,砚皆镌“道光御用”四字。上以所备过多,闲置足惜,因命分赐诸臣。英协揆师得其三焉。圣人之俭如此。

御用笔,向皆选取紫毫之最硬者方得奏进,笔管皆镌“天章”、“云汉”等字。上以其不合用,命英协揆时为户部尚书。以外间习用者进试之,取纯羊毫、兼毫二种,命仿此制造。复以管上镌字每多虚饰,命以后各视其笔,但镌“纯羊毫”、“兼毫”字而已。

内廷召见,年老大臣颇以升阶登降为苦。道光八年,有“嗣后凡文武大臣年逾六十五岁者,准由内右门出入”之旨。道光二十四年十一月二十八日,上念前旨于带领引见诸老臣未经分晰,因再准文武三品以上年逾六十五者,遇养心殿带领引见,一体由内右门出入。体恤老臣之恩如此。

圆明园召见,向在勤政殿。三楹槅扇洞开,殿中有横槅分前后焉。殿东有套间曰东书房,无前廊。夏日召见在殿中,春秋则在书房。书房门向东,前加牌杈,臣工等由东首台阶上,进殿过横槅,转牌杈,向南稍东,即南向跪,则面圣矣。此地不大,盖截书房北段为小间。北墙有槅扇门,驾由此出入,是以上面北坐也。丁酉冬,将书房添前廊,南向开门,北安窗,炕倚窗,设御座炕之西头。东南向窗间设大玻璃,以防苑外人窃听,圣人防闲之严如此。臣工由殿外南向之门入见,自戊戌正月始也。

御门日遇忌辰,刑部不进本,例也。韩桂林司寇尉在署时,问同列曰："是日无本，我辈仍照旧随班上殿否？"众皆不记忆，呼本房笔帖式问之，以其专司是事，知之必悉也。笔帖式但对以总理捧本入殿，众堂官俱随上殿。再问，复如是对焉。

御门，吉庆事也，故向无左迁者。每岁入春，初次例不进刑部本，为其非吉事耳。丙戌二月十六日御门，同年朱大京兆为弼调补府丞。盖宗人府丞三品，京兆亦三品，上以对品故调之，然府丞差二级矣。后有日者张云征至都，朱少君以八字属推。张云："本年官运大不利，不见风波，亦当镌两级。"盖其命定如此。然御门降官，向所少有也。

贤良门外有河，河有桥，式如弓背。上看箭，鹄设于桥西。河边射者立桥北，北向而射。每发矢，上右顾以视其中否。岁己亥，将桥拆平，鹄于桥南，对上设焉。射者立桥北，面向西而射，以免上右顾之烦也。谈风水者谓此桥架河上，如弓之有靶，今拆平则弓去靶矣，恐武不振。明年有英夷之扰，其果以是欤？

圆明园福海之东有同乐园，每岁赐诸臣观剧于此。高庙时，每新岁，园中设有买卖街，凡古玩估衣以及茶馆饭肆，一切动用诸物悉备，外间所有者无不有之。虽至携小筐卖瓜子者，亦备焉。开店者俱以内监为之。其古玩等器由崇文门监督，先期于外城各肆中采择交入，言明价值具于册，卖去者给值，存者归物。各大臣至园，许竞相购买之。各执事官退出后，日将晡，内宫亦至其肆市物焉。其执事等官，俱得集于酒馆饭肆哺啜，与在外等。馆肆中走堂者，俱挑取外城各肆中之声音响亮、口齿伶俐者充之。每俟驾过店门，则走堂者呼菜，店小二报账，掌柜者核算，众音杂遝，纷纷并起，以为新年游观之乐。至燕九日始辍。盖以九重欲周知民间风景之意也。造办处笔帖式徐君善庆每岁入直，言之最详。晚间仍备嘎嘎灯焉，嘉庆四年，此例停止。

庆隆舞，每岁除夕用之。以竹作马头，马尾彩绘饰之，如戏中假马者。一人踘高趫，骑假马。一人涂面，身着黑皮，作野兽状，奋力跳跃。高趫者弯弓射。旁有持红油簸箕者一人，箸刮箕而歌。高趫者逐此兽而射之，兽应弦毙。人谓之射妈狐子，此象功之舞也。有谓此即古大傩之意，非也。闻之盛京尹泰云，达呼尔居黑龙江之地，从古未归王化。彼地有一种兽，不知何名，喜啮马腿。达呼尔畏之，倍于虎，不敢安居。国初时曾至彼地，因着高趫骑假马，竟射杀此兽。达呼尔以为神也，乃归诚焉。因作是舞。

圆明园宫门内正月十五放和盒，例也。即烟火盒子。大架高悬，一盒三层。第一层，"天下太平"四大字。二层，鸽雀无数群飞，取放生之意。三层，小儿四人，击秧歌鼓，唱秧歌，唱"太平天子朝元日，五色云中驾六龙"一首。惟其时余观之朝阳满地，不见灯光矣。后停止。

王建《宫词》："每遍舞头分两向，太平万岁字当中。"《居易录》云："今外国犹传其制。"引郑麟趾《高丽史》云，教坊奏王母队歌舞，一队五十五人，舞成四字，或"君王万岁"，或"天下太平"，此其遗意云云。今圆明园正月十五日筵宴外藩，放烟火，转龙灯。其制人持一竿，竿上横一竿，状如丁字。横竿两头系两红灯，按队盘旋，参差高下，如龙之宛转。少顷，则中立，向上排列"天下太平"四字。当亦前人遗意耶？

旧库内陈物堆积，有明代物，年久无用，发崇文门变价。内有朝靴，以彩绘锦缎攒集而成，似缂丝。前作虎形，以皮，金作睛。屈曲者为云气，五色迷离，如庙中神象所著者。亦有缂丝者，乃明帝之御物也。或朝或祀，或晏居，正不知何时著此耳。岂明制当如此耶？俟再考。

年节王大臣呈进如意，取兆吉祥之义也，自雍正年间举行。嘉庆元年，贝勒、贝子、公等，以至部院侍郎、散秩大臣、副都统，俱纷纷呈进两分。于是定以限制，凡遇元旦、万寿及庆节，唯宗室、亲王、郡王、满汉大学士、尚书，始准呈进，其余一概不准。外省盐关织造，向有年例办进备赏等物，亦止准备进一分。时苏司空楞额为两淮盐政，于例进风猪肉一百块、皮糖八匣，加倍进呈，掷还一半，仍处分之。而如意之例，后又减去庆节一次。至己未，则并王公大臣、督抚等呈进之例，悉行禁止焉。

御用时宪书写本，名曰上书。首页节气，次页次年神方位，三页列二十花甲子，四页列六合，末二页纪年，与外本同。每日于五行下注明阴阳。于除危后添注"宝"、"义"、"专"、"制"、"伐"五字，五行生克之谓也。上生下为宝，如甲午木生火。下生上为义，如辛丑土生金。上下同宫为专，如戊戌同属土。上克下为制，如庚寅金克木。下克上为伐，如壬辰土克水之类。其义不过阴阳刚柔之理耳，于用事宜忌无关。又每日但注吉神，不注恶煞。每日宜忌及款识，俱与颁行本不同。今列其式于左，亦多识之一端也。

书高一尺二寸，宽约七寸。每四页为一月，每日分四层。写阴阳字用朱书，吉神一层全用朱书。每日推其所应有之吉神注之。五日注候，半月注气，一月注节。"节"、"气"、"候"三字朱书。某节某气亦朱书，墨注某时某刻。其某候则墨书。如其日应注日出日入时刻，则朱书于吉神之后，分作两行。又墨书昼若干刻，夜若干刻，于日出日入之后，分作两行。若是日应书躔及某将，亦注于吉神之后。朱书"此日"二字，下云某时某刻日躔，某某在某宫，为某月将。"某月将"三字，复朱书。其每日所宜，"宜"字朱书。其宜用何时，亦双行注于下，与颁行本同，但朱书耳。其日不宜者，亦注明不宜某某，"不宜"字则墨书矣。但其日注宜，则不注不宜；注不宜，则不注宜。宜与不宜，不同日注也。遇上下弦，则书于上格日辰之右。朱书"上弦"及"下弦"二字，墨注时刻。遇日干与皇上景命同者，则亦朱书。

【历书样式】

上弦　某某刻时

某某日甲子水阳

义　开　角

东风解冻　阴神　天后　五富　宝光　金匮　天巫　玉宇　兵福　益后　生气　月恩　岁德　吉神

司命　时阳　天喜　临日　三合　天恩　福德　要安　青龙　不将　四相　月德

候福　生德　时敬　安时　岁德　敬安　六仪　兵宝　五合　天德　续世　时阳　母仓

圣心　驲马　普护　天马　日合　守日　官日　三堂　明堂　兵吉　天德

宜：祭祀　祈福　求嗣　上册表章　颁诏　覃恩　肆赦　施恩封拜　诏命公卿　招贤　举正直　施恩惠恤　孤寡　布政事　行惠爱　雪冤枉　缓刑狱　庆赐　亲民　结婚姻　纳采问名　嫁娶　般移　解除　沐浴　裁制　贺宴会　入学　行幸　遣使　上官赴任　临政亲民　营建宫室　缮城郭　兴造动土　竖柱上梁　开渠穿井　安碓硙　纳财　牧养纳畜　整容剃头　整手足甲　求医　栽种　舍宇　平治道涂　行幸　进人口　经络　病扫　针刺　捕捉

祈年之礼，见于《周官》。日用上辛，见于《月令》注。王肃云：周以正月祭天以祈谷。《春秋传》曰"启蛰而郊"，则祈谷也。顾宪之议《春秋传》以正月上辛郊祀。汉平帝元始五年正月六日辛未郊。唐贞观礼：正月辛日祀，感生帝以祈谷。郊之用辛，代有明议。然于春前春后，其义未昭。齐永明元年立春在郊后，世祖欲迁郊，王俭启云：景平元年正月三日辛丑南郊，其月十一日立春。元嘉十六年正月六日南郊，其月八日立春。近世明例，不以先郊后春为嫌。宋英宗治平二年正月上辛祈谷，礼院言元日朝会、寿圣节多与上辛相近，常改用中辛，非尊事天神之意。真宗景德四年以前，祈谷止用上辛，其后则用立春后辛日。寻南齐王俭之议，不以后春为非；推治平礼院之言，必以上辛为是。有明祀典多旷。嘉靖九年以孟春上辛日祈谷，嘉靖十年以启蛰日祈谷，盖亦无定制也。历代以来或乖古制，或拘上辛，典籍所陈，迄无一例。我朝康熙五十五年正月十日上辛，以尚未立春，议改下辛。雍正十三年正月十日上辛，十二日立春，以典礼不应在春前，议改次辛。乾隆十六年、三十年、五十四年，俱以辛在春前，改用次辛。嘉庆己未九月，上以孟春祈谷为本年预兆农祥，若在春前，于乘阳之义未当，始以立春为度，著为令。如春在腊月，而上辛亦在年内，未便隔年行祭辛之礼，则改用次辛。如春在年内，而上辛在元旦及初二三日，未便于岁除新岁之日出城宿坛，亦改用次辛。如得辛遇正月七日世祖忌辰，祗承之义统于一尊，不以展期，惟礼成回宫，乐设而不作。若遇元旦斋戒，则停止朝正，于祈谷次日补行受贺。禋祀大义，至我朝始正。嘉庆二十五年正月初五日朝贺，以元旦为斋戒期也。

地坛于乾隆十七年初建斋宫。□□年高宗宿斋，从官多受暍者，以后夏至俱斋宿宫内，祭日至坛。嘉庆庚申礼官以旧仪请，上以是岁升配礼须前一日致告，未便回宫，因于雍和宫斋宿。睿皇揆义定礼，精详周备如此。

嘉庆十七年壬申三月二十日，皇帝幸南苑大阅，盛典也。先期会议所有仪注，录于左。

办理阅兵大臣事务管理都统事务和硕庄亲王臣绵课等，为恭进大阅仪注事：臣等公同会议，明年三月二十日皇上阅兵之日，请将马上仪仗在行宫门外排列。设黄幄于南苑晾鹰台，幄后设圆幄，恭候皇上躬御甲胄。列阵时，八旗号纛各按本旗汛地建立。黄幄两旁，以前銮仪卫排列蒙古画角二对，次排亲军画角，又次八旗海螺。护军乘马从两旁依次排至鹿角前。八旗传宣官俱穿马褂战裙，在台下两旁乘马排立。大门侍卫每翼各派六员，亦令穿马褂战裙乘马，在传官之前近台排立。领侍卫内大臣等于新满洲、索伦、蒙古侍卫内，派马上娴习者三十员，不使擐甲，令乘马在传宣侍卫之末按翼排列，备控轶马。令警跸官兵在台下两旁雁翅排列。将阵内设立正黄旗汉军信炮，于镶黄、正黄二旗之间排列。汉军八旗鹿角在阵前首纛下排列。鸟枪兵在鹿角后排列。汉军炮位在鹿角两旁排列。护炮鸟枪藤牌在炮位之后排列。汉军炮位之次，内火器营炮位，鸟枪护军炮手画分两翼，间隔排列。头队八旗，前锋护军在火器营之后按翼分旗排列。次队骁骑，亦按翼分旗在头队之后排列。翼队交冲官兵，请照乾隆四十二年，将左翼之健锐营、右翼之外火器营官兵，每翼各派三百五十员名，乘马向前雁翅排列。翼队骁骑在交冲兵后，按旗雁翅排列。镶黄旗汉军信炮，在行宫门前稍远之处排列。办理阅兵事务之王大臣等，擐甲在晾鹰台排列。接驾阅操之前，兵部大臣具奏。圣驾将出行宫，门前所设信炮施放三次。驾出之后，作铙歌大乐，奏《壮军容》之章。马上仪仗导引皇上升晾鹰台圆幄，躬擐甲胄。扈从、王大臣、侍卫等，亦轮流甲胄。擐甲毕，前引大臣、兵部大臣导引皇上御黄幄升座。部院大臣等咸蟒袍补褂前进，在黄幄前两旁排列。豹尾班两旁之次，散秩大臣、三旗侍卫等量其地方，按翼驻立。豹尾班之后建立黄龙大纛，酌派侍卫等于两边驻立，断后管辖。众既排定，恭献御茶。皇上用茶时，众皆跪叩。献，进茶侍卫退，赐众饮茶。照例派捧茶侍卫等，咸服蟒袍补褂。

　　赐茶毕，兵部大臣等进前跪，奏请鸣角。黄幄前蒙古画角先鸣，次亲军海螺、传令海螺以次递鸣。声至鹿角前，鹿角海螺、前锋护军海螺接鸣。后蒙古画角、亲军海螺止鸣。传令海螺退回台下，两边排列阵内。视传令退后，将正黄旗汉军信炮施放三次，举鹿角。兵闻击鼓而进，鸣金而止，麾红旗则枪炮齐发。如此九进。至第十进，连环枪炮齐发。连环枪炮发毕，鹿角分开八门，八旗藤牌兵丁由鹿角出，排班驻立，各随金鼓而舞。藤牌舞毕，退回。八旗汉军鸟枪、满洲火器营鸟枪兵亦由鹿角出，各按汛地排立整齐，施放进步连环枪。头队前锋护军各旗结队由鹿角出，以待施放进步连环枪毕，次队亦随同前进。两翼交冲官兵亦即催马前进，左翼于镶白旗号纛、右翼于镶红旗号纛之下，伺候进步连环枪毕。退回时，头队前锋护军一齐鸣螺呐喊前进，各按汛地排立。交冲官兵即催马呐喊交冲。交冲毕，殿后前锋护军各至本旗号纛下排立。殿后兵进后，枪炮鹿角兵、前锋护军队各旗，结队鸣螺撤回。撤后，殿后兵结队鸣螺撤回入阵，仍在原排列处整齐排列。兵退至原排列处立定，兵部大臣等奏大阅礼成，请皇上御圆幄，释甲胄。扈从、王大臣、侍卫等随释甲。驾还行宫，作铙歌清乐，奏《邑皇威》之章。俟皇上入行宫后，正白旗汉军施放信炮三次。阅兵大臣官员等各回营释甲，带领该官兵各按队伍，沿途严行管束，陆续进城。

　　查旧例，八旗满洲、蒙古、汉军前锋营、护军营、内火器营，共安营三十四座。此次既加增健锐营、外火器营交冲，臣等请于左翼之末增健锐营一座，右翼之末增外火器营一座，共安营三十六座。明年开印后，臣等将派出操阅之大臣官兵，带往仰山洼多演数次，仍带往南苑操演数次，以备大阅。嘉庆十六年十二月十四日奏。

　　又为查阅队伍仪注事：臣等会议，得三月二十日皇上大阅之期，大臣官员兵丁等将队伍排齐，兵部大臣奏闻。驾出行宫，升晾鹰台圆幄，躬亲甲胄。随从、王大臣、侍卫等亦擐甲胄。俟擐甲毕，御前大臣奏闻，驾自晾鹰台乘骑，由中路行至左翼鹿角之末，正蓝旗汉军鹿角开门，入队伍，在鹿角之后、汉军兵丁之间查阅。至右翼鹿角之末，镶蓝旗汉军鹿角开门，出队伍，仍由中路升晾鹰台。查阅队伍时，前引大臣、兵部大臣等导引，随从大臣、阅兵王大臣等随行，御前侍卫、乾清门侍卫等皆随行。其次豹尾枪随行，豹尾枪后金龙大纛随行，三旗侍卫等按次随行。派出带队大臣等各在所带队伍汛地乘骑驻立。部院大臣等是日皆蟒袍补服，在晾鹰台排列。皇上查阅队伍毕，临晾鹰台黄幄,升御座进茶。及大众赐茶毕,兵部大臣跪奏请鸣螺演阵。恭绘阵图,一并恭呈。嘉庆十七年二月初八日奏。

国朝丧制,皇帝二十七日而除。高宗当世宗升遐之日,欲行三年之丧,诸臣引据经义陈恳,乃持服百日。嘉庆四年,仁宗欲持服三年,王大臣以大礼服制着有定制,再四请循旧制,始勉从所请,缟素百日,仍素服二十七月。嘉庆二年二月七日,孝淑睿皇后之丧,时以礼统于尊,辍朝五日。睿皇素服七日,遇奠辍摘缨。所有王公大臣及官员兵民人等,俱只素服七日,不摘缨,照常剃发。睿皇仍谕:辍朝期内,各衙门章疏及引见等事照常呈递。其七日内,圆明园值宿奏事之王大臣等及引见人员,俱常服不挂朝珠。此礼之变也。盖礼以义起,当日睿皇尊养之孝思,高宗慈爱之周至,具见和、福二折中,实千古未有之盛事也。折并附录。

奴才和珅、福长安跪奏:窃奴才福长安于召见军机大臣方才赶到,随同进见。当将此七日内皇上不过乾清宫中一路,如诣吉安所时,俱出入苍震门,不由花园门行走。在永思殿更换素服,凡随从人等俱在景山东门换服。于回宫时仍换常服,皇帝在宫时亦仍换常服。于十三日目送奉移后,皇帝回园时,不由出入贤良门行走,从西门竟至长春仙馆。于次日早晨,方恭请圣安,详晰面奏。太上皇圣意甚慰,以为皇帝心思周密。又恐皇帝过于哀悼,复蒙垂询,亦经奴才等具奏皇帝总以孝奉为务,甚能以义制情,并不过于伤感。

又奏:昨日奴才福长安于未刻回圆明园,当同军机大臣进见,奏称皇帝遵奉敕旨,于十六日回园,即到长春仙馆,并以若照常例请安,犹觉稍有未惬,拟于十七日在生秋亭恭请圣安,较为妥协。太上皇以皇帝所想尤属周到,圣意甚悦,以为必应如此。又蒙垂询:"皇帝日内尚不至过悲否?"当日即回奏:"皇帝以礼抑情,并不过于感怆。今日因阅看景安、秦承恩奏到扑灭淅川光头山教匪二折,转深慰悦。"太上皇以皇帝极尽孝道,斟酌事理,思虑详密,又以国事为重,圣意尤为欣喜。理合奏闻,仰慰宸廑。谨奏。嘉庆二年二月十一日。 再本日进见时,太上皇又将昨日垂询一切详细询及，奴才等如前覆奏。又问："皇帝近日面貌稍觉瘦否?"当即覆奏："御容如常。"复问及在官内服色，又经覆奏："皇帝因奉养太上皇，诸取吉祥，不独御用系属常服，即凡随从太监等，皆蒙谕令穿天青褂子。"太上皇以皇上专隆尊养，纯孝若此，实为前代所未有，圣心愉悦之至。

礼为天子斩衰。国朝丧仪，王公百官持服二十七日。孝袍毛边，夏则凉帽去缨，冬则暖帽去缨。届期除服，易青袍，百日而止。衣更青，则冠用缨。惟恭理丧仪及殡前守卫执事人员，及派出穿孝之王大臣，始百日除服。嘉庆庚辰七月二十五日戌刻，仁宗龙驭上宾。八月十二日，梓宫由避暑山庄启行，二十二日至京，距初丧已届二十七日，遽行除服，臣子之心有所不安。且几筵前举行祭典，理应丧服。留京王大臣始奏请以大祭礼后除服。其各衙门文移奏疏，向以二十七日内用蓝印，及每日陈设法驾卤簿例于满月礼后停止者，均改至大祭礼后。钦天监择吉九月十六日大祭，始除服。

大行皇帝梓宫自热河奉移入京，工部奏例用一百二十八人大杠一分。沿途十宿。每宿分六十班，每班需用押杠官四员。自少卿科道以下主事以上，公侯伯以下参领云骑尉以上，前锋参领、护军参领、八旗参领、副参领、上三旗头等侍卫、下五旗王府长史内移取能事者，每班四员照管。三十八人幡杠一分，沿途分三十班，每班派部员官四员、包衣官四员管辖。

　　沿途十宿芦殿地址、里数：热河丽正门起，过广仁岭。　十二日喀拉河屯，四十里。　十三日平家营，二十九里。　十四日常山峪，三十九里。　十五日两间房，三十八里，过青石梁。十六日巴克什营，二十九里。　十七日瑶亭，五十里。　十八日密云，六十八里，过古北口。　十九日怀柔，四十四里。　二十日蔺沟，四十九里。　二十一日清河北，三十九里。　二十二日东华门，三十四里。

八月二十三日辰正，大行皇帝梓宫入安定门。皇帝先一时进城，由神武门入见太后，仍出安定门跪迎。俟过，复驰至内东华门外跪迎，步行随入宫。梓宫入东华门，至箭亭换小杠，然后入景运门，至乾清宫。百官齐集景运门外。二十三日行殷祭礼。自是日至九月十六日，每日三次齐集举哀，早以辰初三刻，午以午正一刻，晡以申初三刻。当梓宫入城时，臣民跪迎者无不同深悲戚，仁宗深仁厚泽感人之深，于斯益见。皇帝哀恸，直令人不忍仰视。我朝以孝治天下，实从古所未有也。

嘉庆庚辰，重九日辰刻朝奠后，颁赏诸王大臣，遗念至侍郎而止。吴蔼人信中讲学得与，南书房翰林也。朱韫斋士彦以阁学，顾晴芬皋以詹事，徐少鹤颋以少詹，陈伟堂官俊以侍读，戚蓉塘人镜以检讨，俱得邀赏，以上书房翰林也。每人袍一、褂一、和包三、靴一双。诸侍郎所得无靴，别内廷也。时陈侍读督学山西，顾詹事为之代领。旧例惟南斋得与，此次上书房亦始有之。

皇帝即位恩诏：京官四品以上，外官三品以上，俱得荫子。一品者荫五品，二品者荫六品。朱韫斋詹事士彦以庚辰七月二十五日擢内阁学士。是日仁宗疾渐，本下字迹已近模糊，盖即狄麟之笔也。韫斋子乃得五品之荫。是时陈荔峰阁学于围前告假归葬，送驾后始行。至山东临清，闻龙驭上宾，奔回，而所有荫子加级之恩，均不能邀。陈之出缺，朱之升缺，殆皆有数也。韫斋同日升擢者，顾晴芬少詹皋得詹事，奎玉庭少詹照得满詹事。韫斋、荔峰，皆余乡试同年。

臣工奏折，凡经有朱笔，虽一圈点，俱呈缴，不独有朱批而后缴也。其在任久者，或每年奏缴一次，或任满汇缴，则无定制。缴进之件，俱存于红本处。遇纂修实录时，奏明请出，事毕仍交红本处奉藏。嘉庆十二年，以列圣以来积渐既多，始移藏于太和殿东夹室内。其馆中请出者，于应缴时即由本馆恭送夹室，不复缴进矣。

御前行走与御前侍卫同官而有别。外藩蒙古王公及贝勒、贝子、八分公则称行走，满洲则称侍卫。侍卫有缺，行走无额缺也。

嘉庆初，以军机办理枢务之地，理宜严密。时部员多以回事画稿为名，拥挤窗外探听。于是派科道一人，每日轮至隆宗门内北首内务府值房监视，军机大臣散后方得退直。自王、贝勒、贝子、公、文武满汉大臣，俱不得至军机与军机大臣谈论。军机之有科道稽察，自庚申十一月十八日始也。嘉庆二十五年十月初三日复裁撤。

军机处向无亲王与行走者,嘉庆四年成亲王与焉。自正月至十月二十二日即出,暂时之例也。

军机章京从前未定额数。和相在朝时,其挑补俱由军机大臣自取,并不带领引见。嘉庆四年正月,定为满、汉章京各十六,缺由内阁、六部、理藩院堂官于司员、中书、笔帖式内,选择品方年富字画端楷者,送军机带领引见。二月三十日军机以保送人员引见,长龄等十五人充章京,富绵等二十人记名,按次补用。其奉旨记名按缺挨补,即自是年始。

军机挑取章京,旧只内阁保送中书,继而亦有六部司员。工部虽保送,而司员邀用者独少,盖以衙门次序在后故也。丙寅岁始奏请考试。军机大臣挑取若干员带领引见,奉旨用者挨补。若带领十人,用者不过六七也。此次取二十人,同年童萼君工部槐第一,题为《勤政殿疏》。童有句云:"所其无逸,弼丕基于亿年万年;彰厥有常,思赞襄于一日二日。"军机章京之有考试,自此次始。至道光辛巳,愿送者日多,各堂官无如何,始有本衙门自试之例,试取者方得送内阁。及刑部试时,更限以三刻交卷,字须三百,迟者不阅,而例愈严矣。

军机章京向令大臣子弟回避,嘉庆二十五年十月二十八日始有一体保送之例。

翰林无充军机章京者。若由举人中书充章京,一改庶常,便出军机。戴文端由中书充章京,改修撰,奉高庙特旨仍留章京。至侍讲学士时,始特赏三品卿,在军机大臣上行走。翰林之充军机章京,惟戴文端一人而已。

翰林开坊,中允以上则进本,赞善、司业则带领俸深之前二十名引见。二十名内有出差者,但于折中叙明而不用绿头牌,以其人不在引见之列也。辛巳冬十一月,命以后引见,赞善凡出差者一例进绿头牌,自是月始。壬午三月二十六日引见,赞善易石坪元善以第一得之。时易充会试同考官,在棘闱中,人未见而邀擢,以进绿头签也。

内阁中书向以得稽察房为要津,盖其时非由稽察房不能得侍读也。终南捷径,人竞争之。自戴文端公入阁,挑协办、侍读俱由散值派取,稽察房遂为无足轻重之地矣。

巡城御史轮住海甸,自嘉庆十九年始也。是年因逆匪林清余党未尽,稽察保甲、抽对门牌不符,令巡视西北两城御史,自正月至十月轮班在海甸各驻半月。至嘉庆二十五年十月,有条奏巡城御史驻园恐误公事,始议准裁撤。

三库绸缎、颜料、银库。向归江南道满汉御史轮往查察。嘉庆二十年十月,始每库派御史一员监放,以专责成,一年更换。从浙江道御史柏清额之请也。二十一年十月复添三员,定为每库满汉各一员。每当应更替时,本堂带领引见,简用六人,回署当堂掣签分库。岁戊戌引见时,上即派定,不掣签矣。

武英殿有露房,即殿之东稍间,盖旧贮西洋药物及花露之所。甲戌夏,查检此房,瓶贮甚伙,皆丁香、豆蔻、肉桂油等类。油已成膏,匙匕取之不动。又有狗宝、鳖宝、蜘蛛宝、狮子宝、蛇牙、蛇睛等物。其蜘蛛宝黑如药丸,巨若小胡桃,其蛛当不细矣。又有曰德力雅噶者,形如药膏;曰噶中得者,制成小花果,如普洱小茶糕。监造列单,交造办处进呈。上分赐诸臣,余交造办处。旧传西洋堂归武英殿管理,故所存多西洋之药。此次交造办处而露房遂空,旧档册悉焚,于是露房之称始改矣。

端门楼旧贮腰刀、撒袋一万八千分,梅针箭十八万枝,为乾隆四十六年从给事阿那布之奏,照大阅合操时用盔甲一万八千余副之数备制收存者。八旗各营用则领取,毕则交回。嘉庆庚申二月,西司空成复请官造八旗兵应用箭枝、撒袋、腰刀等件,据称此项器械向系兵丁自备,并无照验之例,官既不加督责,兵丁乃多不整齐。大学士等议八旗应照点验军器之亲军、前锋、护军披甲等共六万三千有余,若每名官给梅针箭六十枝或八十枝、撒袋一副、腰刀一把,为数过多,不特需费浩繁,亦无公所存贮;若令兵丁自贮,更易滋弊。定亲王因言门楼收贮事,遂如旧例。西司空之为此奏,盖不知旧行事例也。又请择健锐营惯使腰刀技艺者,分拨各营教之使刀之法。寻驳曰,腰刀为行兵要件,自当随时练习。于别营挑选,未免纷烦,应毋庸议。

步军统领即古之执金吾也,今俗称为九门提督,旧秩三品。后侍郎、尚书、大学士、亲王皆兼为之。嘉庆己未六月二日,皇后关防出神武门,有恒谨者不之避,兵部罪步军统领不能稽察。时定亲王绵恩摄此职,上以布彦达赉代之,定秩从一品。更仿绿营提督总兵之例,设左右翼总兵各一员,秩正二品。其巡捕五营,将中营作为提标,副将作为提督,中军管圆明园一带五汛。南左二营参将以下并所辖之十汛,归左翼总兵管;北右二营参将以下并所辖之八汛,归右翼总兵管。是年十月,定总兵每人在南城外轮住半月。以顺城门外十间房郑源焘抄产官房为公所。六年改左翼总兵驻扎城外,右翼总兵驻扎圆明园。先是副将驻圆明园,自总兵驻园,副将则移驻树村。

总兵驻园,五年十一月十七日旨也。十一月三十日又令明年诣园后,步军统领与左右翼均轮替在园驻班,正阳门外仍照旧轮流驻扎。

部院各衙门用印,各有监印之员,防窃漏也。外官则多交签押司其事。嘉庆己未,有县丞职衔程卿延假名程炎,以湖广总督印封书函投安徽巡抚衙门,内开"转准勒保、福宁来信,川省军粮嘱于楚省代买二十万石。除湖广采办十万石外,余令候补知县程炎前赴江南、江西采买奏明,即于九江、芜湖、浒墅三关,各拨银五万两发交"云云。后讯出程卿延父程焜官湖北咸宁令,曾在毕制军沅行署司理笔墨,存有预印空封之故。可知铨盖印信时监视不实,则有此弊,可不慎诸!

奉天等处向有派员巡查之例,每届五年巡查一次。奉天则京卿往,吉林、黑龙江则盛京侍郎往。其盛京各寝陵宫殿,嘉庆十年有旨,令盛京将军同工部随时修整。届二年,军机奏请派宗室王、贝勒、贝子、公暨大学士、六部尚书数人往查。二十三年始停此例。以后俱特旨派员以定立年限,恐作弊者得以先期掩饰也。

吉林将军、副都统及宁古塔、伯都讷、三姓、阿勒楚喀副都统等,每岁庆贺年节必有表文。文曰:"臣等诚欢诚忭稽首顿首上贺。伏以德纯乾元,首正六龙之位;建用皇极,肇开五福之先。恭维皇帝陛下率育苍生,诞膺景命。萝图席瑞,共球集而万国来同;黼宸凝禧,陬澨恬而八方和会。太平有象,庆祚无疆。臣等恭遇熙朝,欣逢圣诞。伏愿玉烛常调,溥时雍于九牧;金瓯永固,绵泰运于万年。臣等无任瞻天仰圣欢忭之至。谨奉表称贺以闻。"

吉林属每岁进贡方物：

四月内进油炸白肚鳟鱼肉钉十坛。七月进窝雏鹰鹞各九只。十月进二年野猪二口、一年野猪一口、鹿尾四十盘、鹿尾骨肉五十块、鹿肋条肉五十块、鹿胸岔肉五十块、晒干鹿脊条肉一百束、野鸡七十只、稗子米一斛、铃铛米一斛。十月内由围场先进鲜味二年野猪一口、一年野猪一口、鹿尾七十盘、野鸡七十只、树鸡十五只、稗子米一斛、铃铛米一斛。十一月进七里香九十把、公野猪二口、母野猪二口、二年野猪二口、一年野猪二口、鹿尾三百盘、野鸡五百只、树鸡三十只、鲟鳇鱼三尾、翘头白鱼一百尾、鲫鱼一百尾、稗子米四斛、铃铛米一斛、山查十坛、梨八坛、林檎八坛、松塔三百个、山韭菜二坛、野蒜苗二坛、柳木枪鞘八根、柳木线枪鞘八根、驳马木线枪鞘八根、驳马木枪鞘八根、枢梨木虎枪杆三十根、桦木箭杆二百根、椴木箭杆二百根、白桦木箭杆一百根、杨木箭杆二百根、海青芦花鹰白色鹰俱无顿数、窝集狗五条、_{系奉旨之年赍进。}贺哲匪雅喀奇勒哩官貂鼠皮二千五百八十二张、_{隔一年赍送，进御览。}紫桦皮二百张、上用紫桦皮一千四百张、白桦皮改为紫桦皮一千四百张、_{隔一年进御览。}官紫桦皮二千张。又交下五旗官紫桦皮一万二千张、白桦皮三千张、暖木皮四百五十斤、莝草四百五十斤。又交下五旗每旗暖木皮各五十斤、莝草各五十斤。_{以上俱赍送武备院查收。}接驾及恭贺万寿进贡物产：貂鼠、白毛梢黑狐狸、倭刀、黄狐、貉、梅花鹿、角鹿、鹿羔、狍、狍羔、獐、虎、熊、玄狐皮、倭刀皮、黄狐皮、猞猁皮、水獭皮、海豹皮、虎皮、豹皮、灰鼠皮、鹿羔皮、雕鹤翎、海参、白肚鳟鱼肉钉、烤干白肚鳟鱼肚囊肉、油炸鲟鳇鱼肉钉、_{以鱼油炸鱼，国语名黑伙。}烤干细鳞鱼肚囊肉、草根鱼、鳙头鱼、鲤鱼、花鲊鱼、鱼油、晒干鹿尾、晒干鹿舌、鹿后腿肉、小黄米、炕稗子米、高粱米粉面、玉秫米粉面、小黄米粉面、荞麦糁、小米粉面、稗子米粉面、和的水端饽饽、搓条饽饽、豆面剪子股饽饽、打糕肉夹搓条饽饽、炸饺子饽饽、打糕饽饽、撒糕饽饽、豆面饽饽、豆豁糕饽饽、蜂糕饽饽、叶子饽饽、水端子饽饽、鱼儿饽饽、野鸡蛋、葡萄、杜李、羊桃、山核桃仁、松仁、榛仁、核桃仁、杏仁、松子、白蜂蜜、蜜脾、蜜尖、生蜂蜜、山韭菜、贯众菜、藜蒿菜、枪头菜、河白菜、黄花菜、红花菜、蕨菜、芹菜、丛生磨菇、鹅掌菜。

高丽例贡。崇德八年九月，文皇帝遣谕朝鲜王曰："宽温仁圣皇帝敕谕朝鲜国王李倧：岁贡方物，悉出于民。夫民皆吾民，朕恐重致疲困，今将岁贡绿绵绸二百五十匹、红绵绸二百五十匹，各减五十匹；白绵绸一千五百匹，减五百匹；细绫丝四百匹，减三百匹；粗布七千二百匹，减二百匹。上等腰刀二十六口，减六口；五爪龙席四领，减二领；杂色花席四十领，减二十领；其余仍旧。"顺治元年十一月，额进绫布四百匹、苏木二百斤、茶一千包，俱蠲免。再各色绵绸二千匹，减一千匹；各色细布一万匹，减五千匹；布一千四百匹，减四百匹；粗布七千匹，减二千匹；顺刀二十把，减十把；刀二十把，减十把；余如旧。自列祖恤藩以来，盖屡减矣。

朝鲜国遣使年贡，有例赏，由礼部具奏。新正宴紫光阁，又例有加赏。及该使臣在圆明园献诗，复有加赏。国王及使臣物件，俱由军机具奏，在"山高水长"颁给。

赏国王物件：

龙缎二匹、福字笺二百幅、雕漆器四件、大小绢笺四卷、墨四匣、笔四匣、砚二方、玻璃器四件。

赏献诗使臣物件：

大缎各一匹、笔各二匣、墨各二匣、笺纸各二卷。

紫光阁筵宴加赏物件：

正使锦各三匹、漳绒各三匹、大卷八丝缎各四匹、大卷五丝缎各四匹、大荷包各一对、小荷包各四个。副使锦各二匹、漳绒各二匹、大卷八丝缎各三匹、大卷五丝缎各三匹、大荷包各一对、小荷包各四个。

嘉庆丙辰，缅甸王以恭逢国庆，遣使叩关朝贡。云南勒总督保以该使臣上年进京叩祝甫回，将原赍表文贡物令来使带回。上以该国地居炎徼，遣使远来，致徒劳跋涉，向化未伸，因命军机代拟巡抚江兰檄谕开导之。檄曰："云南巡抚为檄知事：照得该国王以今岁恭逢国庆，遣令头目人等叩关赍到表文贡物，恳求朝贡进京。经总督部堂勒以该国贡使甫经回国，将此次原赍表文仍交来使带回，令该国王俟嘉庆五年再行遣使赴京祝嘏具奏。蒙大皇帝俯鉴该国王抒忱效顺，实出至诚，而总督部堂勒新任云、贵，不能仰体大皇帝怀柔至意，率将赍到表文贡物仍令来使带回，办理错谬。已钦奉谕旨，将勒保革去总督，并交部严加治罪。仍命将办理错误原由传谕该国王知悉。至该国使臣业经遣回，若又令进京朝贡，长途跋涉，未免来往烦劳。特令本抚谕知该国王，应俟嘉庆五年，太上皇帝九旬万万寿，再遣使来京祝嘏，以遂瞻就之忱。并特赏该国王绣蟒袍料一件、织金蟒缎一匹、大红片金一匹、大红妆缎一匹，以昭恩赏而示体恤。为此知会该国王敬谨遵照祗领，须至檄者。"

喀什噶尔伯克等年班进京，定例每伯克一名，准带跟役一人。其行李斤两，三品伯克准四千斤，四品准三千斤，五品准二千斤，六品准一千五百斤。回子王照三品伯克加一倍，准八千斤。贝勒六千斤，贝子四千斤，公三千斤。各伯克子弟六百斤。行李斤两较多，跟役名数较少，回子等每于例外多带跟役，于是驿站被滋扰矣。嘉庆二年闰六月，大学士议回子公及伯克子弟行李尚不甚多，照例准带。其回子王、贝勒各减行李二千斤，贝子至五品伯克各减行李五百斤，六品伯克减三百斤。有于例外多携跟役者，多一人则再减行李二百斤，多二人则减四百，以次递核。时长牧庵相国麟为喀什噶尔参赞大臣，从其请也。

哈密所属塔尔纳沁、蔡巴什湖两处设屯田，例额有种地遣犯一百八十名，随兵耕种。乾隆三十八年，陕甘勒制军尔谨以遣犯陆续拨完，各省改发新疆人犯，俱拟乌鲁木齐安置，哈密并无续发之犯。因请于发遣伊犁二处人犯经过哈密时，择其年力精壮、堪任力作者，截留备补。五年期满，其原拟为奴者，仍发原配为奴，原拟种地当差者，仍发原配种地当差。得旨，只准截留情罪本轻之人，重者不准。五十八年屯田缺额，遂于加重改发新疆为奴人犯内，择其情轻者截留。后以发遣新疆情轻人少，不敷耕作，遂议除洋盗被胁服役发往回疆为奴各犯不准截留外，其情重人犯内有年力精壮者，暂准截留补额，俟有情轻者到哈密，再将所留重者更替，照原拟发落。从僧公保住之请也。

卷二

开坊翰林大考三等,非降职即改官。壬申二月六日大考,黄左田庶子钺考列三等第二十七名,同年瞿子皋赞善昂三等二十六名,恐惧见于颜色。旨下,黄庶子以上俱照旧供职。瞿得无虞。沈侍讲学厚、张□□师泌皆以三等未改官。宁庶子右斋亦改员外。时桂香东侍郎掌院事,以宁为庶子系正五品,始奏请改郎中。此次一等四名:徐少鹤编修颋以第一授侍读学士,陈荔峰编修嵩庆以第二授侍讲学士,顾南雅编修莼以第三名授侍读,余以第四授侍讲。彭春农编修以二等一名授左赞善。戊寅二月十三日翰詹大考,瞿子皋以庶子考列三等,仍符上次名数,官阶则与黄同,乃改郎中。福建杨蓉峰侍讲以三等九名,衡山聂镜圃洗马以三等二十名,俱改郎中。同年彭宝臣修撰以侍讲考三等三十名,改员外。扬州程漱泉宫赞寿、龄以三等三十四名,改主事。此次一等五名:潘云阁编修锡恩以第一,授侍读。顾耕石编修元熙以第二,同年钱金粟编修林以第四,俱授侍讲。吴蔼人修撰信中以第三,授庶子。许莱山编修邦光以第五,授赞善。白小山学士考三等第五,未改。信乎其有数也。修撰之改部,则彭宝臣一人而已。

校勘馆书,本当加慎。逢徽号抬头处,尤为紧要。余壬申岁充武英殿提调,以刊本错误降职,同事及校对褫遣有差。

戊寅顺天乡试,场中号口贴科场条例,高宗庙号"宗"字误写"祖"字,姚上舍宴指其误,监临始知之。查系旧刷条例之错,具折参奏。旧提调官礼部孔郎中昭虔褫职。纂修员外郎常德、黄维烈、达麟,主事喻元准、尹济源,前郎中蔡銮扬,前员外萨迎阿,以颁发条例时随同画稿;校对主事程乔采、梁章钜,以所校黄绫本不误,只此本因供事未曾送校,俱降一级留任。旧堂官戴协揆革职留任。穆少寇克登布、姚少农文田,降四级留任。多侍郎山以头等侍卫前往哈密作为办事大臣。宝大理兴降二级,以三等侍卫前往吐鲁番作为领队大臣。周府丞钺以专办科场降三级调用。监临善侍郎、庆韩京兆鼎晋,以自行觉察免议。

典京兆试向来三人四人不等,嘉庆戊辰只二人。英煦斋先生是年以七月二十八日奉命赴盛京查案,及旋京,睿庙谕云:"凡事皆有一定。乡科本拟命尔主试,其时忽忘,令赴沈阳。他无可胜任者,因少一人。"始知是科主试本亦三人,届时以一人出差,遂缺耳。先生之出差,盖亦冥册中是科无先生名也。师生岂偶然哉?

壬午顺天乡试,旗生中有两锡麟,一官卷,一民卷。弥封所误以官卷包入民卷,中式及填榜系官卷。是科官卷额中三名,今且溢额,乃以中式第九十一名之旗官一卷去之。去一官卷则民卷缺额一名,匆遽以落卷补之。俄顷之间一得一失,岂非数哉?

辛卯顺天乡试,德远村副宪之弟以本旗送考册未列官卷,秀楚翘侍郎之子以弥封官错入民卷,俱以民卷中式。是科旗官应中四名,今中六名,亦数应如此而巧为此错也。

顺天乡试,例于九月朔呈进中式前十卷。辛卯,上以解元文甚不佳,移第三,以南元为第一,发卷出。奏事太监曹某奏:"顺天榜向以顺天省人为第一。"上乃易还之。顺天乡试及会试同考荐卷,向不许夹批语。壬午九月有旨,令以后考官荐卷加批,从王御史松年之请也。

新进士殿甲后朝考最重,盖庶常之得否,只争朝考入选与否耳。其入选有不用庶吉士者,或其省入选人多,不能全用。如甲戌科浙江省入选者十二人,用庶常者九人,其三人则一部两即用。其不入选者而得授庶吉士,必其省或有全不入选,或有而太少,故不入选者亦得邀用一二人。每科朝考约取七八十人。道光壬午朝考取六十五人,拟定名次进呈。上抑第一名王煜为第三,抑第四名陈宪曾置于末,第五名陈嘉树为四十九名,余皆前后更易。家弟崃之以二十一名改五十三名,取第六十名许冠瀛为第一。复于不入选者钦取七人。第二名杨上容即初不入选者也。及引见时,上但视其人之可否而已,不论朝考入选与否也。朝考入选而年轻者授庶吉士,其有须者俱即用知县,盖以其岁长可外任也。此榜庶常三十九人,只张少寇映汉之侄一人有须耳。其朝考不入选而年最幼者，以部属用。上洞悉各部人员拥挤，补缺实难，以年轻者足以学习需补也。是科用部属者十七人，用知县者一百五十二人。虽三甲末俱邀录用，未有如此之盛者也。其已有职官者，向俱尽先补用，此次俱归班。蒙古郭络硕瑚以候补主事归班，直隶殿试二甲、朝考入选之徐青照以捐纳同知衔充馆上誊录归班，河南第一名王庭兰以候补中书归班。壬午科广东朝考入选者惟张进士维屏一人。张素善诗，殿试得二甲，朝考入选，自幸可冀庶吉士。及引见，张以知县用。曾君望颜殿试三甲，朝考未入选，乃得庶常。是固有幸有不幸也。张盖亦为须累矣。

试差未回即授学政，每科间有之，然不多得。壬午岁除直隶督学毛伯雨式郇，浙江杜石樵墿，江西周式方系英调江苏，广东白小山鎔、云南陈午桥鸿例应留任外，李芝龄阁学宗昉以江西正考为江西学政，沈定甫读学维鐈以福建正考为福建学政，张海山编修岳崧以四川正考为陕甘学政，祝蘅畦编修庆蕃以江西副考为广西学政，沈编修巍皆以四川副考为湖南学政，李卷卿编修浩以某省正考为湖北学政，余同年何仙槎祭酒凌汉以山东正考为山东学政，门生吴梅梁御史杰以陕甘正考为四川学政。考官留学政，未有如此之盛者也。其由内简者四人而已。程春庐理少同文授奉天府丞兼学政，吴巢松编修慈鹤授河南学政，同年徐少鹤阁学颎授安徽学政，邹礼耕侍讲植行授山西学政。诸君中李芝龄阁学春闱充副总裁，祝蘅畦、李卷卿两编修春闱充同考官，一岁三差，尤为盛事。

徐少鹤阁学于嘉庆壬申任安徽学政，此次复至安徽。癸酉、乙酉两度拔贡皆出其门，亦艺林佳话。

学政莫利于广东。己卯，傅石坡光少同年棠将终任而卒。继之者为顾根宝侍读元熙，未终任亦卒。再继者为朱编修阶吉，到任数月又卒。于是将为不利之地矣。壬午四月朱编修缺出，以伍石生编修长华补之。六月伍改授广西右江道，以白小山少詹鎔补之，其时伍莅任，甫按部南雄未毕事也。传说学政衙门与运司衙门相接，运司素不利。有道士为之树天灯杆，自此杆立，运司每升而学政乃不利。三年之中四易学政。其前相继死者三人，伍到任复不及一月而去。果有关于风水欤?

　　广东朱督学阶吉,汪笔山方伯之甥也。其未得学政之前,梦一人告之曰:"君之禄位,与君舅氏相若也。"汪时为广东方伯,窃意异日或亦任岭南方伯耶。未几汪卒于任,朱忆前梦,殊恶之。不数月,乃有督学之命,莅任数月即卒。朱以编修从未衡文,骤得广东督学,孰知乃其死所也。与其舅官职虽不同,而同卒于广东,亦可谓妖梦是践矣。

　　程鹤樵中丞国仁以御史督学广东,任满晋卿阶。后出为山东、甘肃方伯,洊擢山东巡抚,以事左迁部郎。辛巳起为广东方伯。壬午夏调江宁方伯。其时广东朱督学新没,伍石生编修方出京,上以新任到广东需时,岁届大比,多士观光志切,因命程权督学。簿书堆里抽身衡文。星家尝有文星顶度之说,其或然耶?

　　毛伯雨少宗伯式郇其先德名辉祖,曾在上书房行走。毛以嘉庆己未与毛灵舒阁学同举进士,及散馆,阁学留馆,宗伯改部。阁学擢詹事时,睿皇谓董文恭公曰:"毛师傅之子亦官詹事矣。"董乃以新授詹事某为浙江人,前上书房行走某为山东人,其子某与新詹事同榜进士,现官吏部郎对。未几,宗伯遂擢京堂。灵舒阁学虽曰因人致福,岂非命哉!

　　关镜轩侍郎善画,内廷画事尝与笔焉,高宗宠赉甚优。时戴文端公以四品京堂在军机大臣上行走。一日高庙召见,语及画事,文端以不知对。诘之,则对曰:"善画者,关槐也。"人始知关之叠受恩施,皆上之所以予戴也。朱文正公之为掌院学士也,睿皇尝问以衙门中有学问最优者否。文正误以为内阁衙门,乃以叶云素舍人继雯对,又适忘其名,辄以字对。叶时为中书,充军机章京。余同年叶芸潭绍本时为编修,一日忽有督学福建之命。入谢,上问其官中书几年,充章京几年,典试几次,同考几次。时翰林中书叶姓只一人,上意朱所奏者即其人矣。芸潭到闽已过岁试,例得留任,在闽凡五年。云素由部郎改御史,以言事降职,遂不得补官。一幸得,一终不得,皆其命也。人谓君相造命之说未确,余曰此足见君相之造命也。

　　同年徐少鹤颋,壬申以学士督学安徽,癸酉一榜拔贡出其门。壬午后以阁学督学安徽,乙酉人才又罗而致之门下。同人羡之。到任逾年而卒,癸未十月三日卒。特旨加侍郎衔,其子赐举人。徐曾供职上书房,亦异数也。九月圣驾谒西陵,迂道临朱文正公墓,赐其曾孙举人。圣人眷念书房旧臣,恩礼之隆如此。

道光辛巳,陈午桥御史鸿充河南正考官,余同年尹竹农济源为之副。时尹官礼部郎中。嗣陈擢给谏,尹改御史。壬午夏,尹有督学云南之命。次日召对,上询知上年以御史充河南正考者乃陈鸿也,改命陈视学云南,尹仍守原官。以尹视陈,固各有幸有不幸也。尹以是年八月出为建宁太守,后仕至巡抚。陈止终于通政参议。

旧例,乡、会试于听宣之日,各赴午门前。先时内阁拆本传出某某为考官,某某为同考官。其得差者咸集朝房,更换朝服,俟宣旨时出,行三跪九叩礼。礼毕,乡试赴顺天府上马宴,会试赴礼部宴。宴毕,各取金花、表里、杯盘等件,再赴贡院。竟亦间有不赴午门在家听信,得信后再赶赴行礼,盖得信距行礼时尚有数刻,不致误也。房考多不赴宴,于行礼毕竟奔入闱。其表里等件属亲友领收,或托衙门中友代送至家。其不肯赴宴者,盖以第三房为孙前辈辰东不利之屋,尝见鬼害人,恐后到则闱中房舍为人占满,只余第三房与之,故由行礼后竟奔入闱,为先占屋舍也。嘉庆□□年,凡听宣者始有投递职名之例,有不到者,御史指名参奏。二十四年己卯,因袁金溪给谏铣奏,其本始不发阁,届期派乾清门侍卫二员赍至午门前拆封宣读。得差者不用更换朝服,即于宣毕行三跪九叩礼,即行入闱。所有上马宴停止。其应得表里等件,乡试由顺天府、会试由礼部派员赍至午门前,按名给赏。其欲先行占屋者,亦争车骤迟速而已。

新进士胪唱鼎甲,跪听宣诏毕,鸿胪寺鸣赞官赞礼,然后行礼。先期鸿胪官必教演娴熟。嘉庆壬戌,殿撰吴棣华先生廷琛闻读诏声,以为赞礼也,乃行礼。读声不已,乃起跪叩首无算。时陈春澍师官副都御史,劾其失仪,乃议处鸿胪官教演不善者。折中有"尼雅枯鲁"之为"跪"也,"亨奇那"之为"叩首"也,"伊哩"之为"起立"也等句,人佳其有文调。

会试中额,向无一定。乾隆元年丙辰科会试取中二百八十五名,较节年中额多至一倍。乾隆末额渐少。嘉庆元年丙辰科会试取中一百四十八名，较节年中额加增三十一名。

乾隆丙辰科：

满洲蒙古取中十名	汉军取中四名
直隶取中三十名	奉天取中一名
山东取中二十名	山西取中十六名
河南取中十八名	陕西取中十二名
江南取中三十八名	浙江取中三十六名
江西取中二十一名	湖北取中十四名
湖南取中八名	福建取中二十名
广东取中十四名	广西取中三名
四川取中六名	贵州取中六名
云南取中八名	

嘉庆丙辰科：

满洲取中四名	蒙古取中一名
汉军取中二名	直隶取中十六名
奉天取中一名	山东取中十一名
山西取中七名	河南取中七名
陕西取中五名	江苏取中十五名
安徽取中十五名	浙江取中十六名
江西取中十五名	湖北取中五名
湖南取中五名	福建取中七名
广东取中七名	广西取中三名
四川取中五名	贵州取中三名
云南取中四名	

嘉庆朝乡、会试主考、总裁从无联得衡文之差者。戊寅乡试，王宗伯引之充浙江正考官，己卯复充会试副总裁。乡、会联次衡文，惟王宗伯一人，亦异数也。

国朝满、蒙由词林入阁者，道光以前只尹文端继善一人，可谓难矣。座师英协揆未得即真。至同年穆鹤舫相国拜命，同谱荣之。英师贺诗有曰："岂为门墙私志喜，喜君直接尹文端。"今川督宝献山同年不由协揆即拜命入纶扉。同年中一时有两人为满、蒙翰林所难得之人，可为大幸。

嘉庆戊辰，庶常散馆，崇同年绶改三等侍卫。以庶常改武职，从未之有。同时步军统领俗称九门提督。文公宁为广侍郎兴所讦，降编修。都中有一联云："翰林充侍卫；提督作编修。"文武互易，天然对偶。

沈舍人钦霖典试湖南，其家人因索蚊帐戳伤内监试，沈以失察褫职。嗣以会典馆效力，赐举人，又以会典告成，开复中书。因由举人开复原官，不准作进士出身。其时为之奏请之堂官，俱以不即斥驳处分云。

庶常散馆改归原班，自嘉庆辛酉科始。甲戌，庶常散馆无归班者，同年彭春农学士之兄邦畯以主事用，云南蓝公瑛以知县用，军机已述旨进呈。乃特改彭为知县，蓝归原班。是科归班者，蓝瑛一人而已。

故事：新进士朝考，阅卷大臣取足名数，拟定名次进呈。乙丑四月二十七日朝考，上特命选择十卷呈览，钦定前五名，大臣所阅自第六名拟定。顷复传旨，试卷中有诗意、末句切东巡者，自当选入阅卷。诸公即以此卷置第一呈入，钦定为第一，即臣元之卷也。其余四人，上于九卷中选取，亲加次第焉。是日午刻雨，圣心大喜，令军机、南斋大臣暂缓退直。俟试卷去取毕，发出此五卷，令诸大臣阅看，因具奏颂睿鉴焉。小臣何幸，仰蒙旷典，作纪恩诗，末有云："新莺出谷翎犹弱，惭愧人称第一声。"盖不胜幸且愧矣。第二为徐星伯松，后以编修督学湖南，落职遣戍，复起为中书，迁礼部郎、御史，出为榆林守。第三为孙平叔尔准，后以编修出守汀州，擢安徽巡抚、浙闽总督，谥文靖。第四为童望轩潢，以庶吉士改礼部主事，数年病卒。第五为陈黄坪俊千，以庶吉士改户部，出守肇庆。

乾隆间考试差入选者注榜揭示，然得差者多不问榜上之有无名也。嘉庆间考者交传讫，不揭浮签，浮签由内揭去。次日发派大臣阅卷，取者总定甲乙呈览，不拆弥封，取否均不知也。有典试者，或召见时，上语之名次，或语军机大臣，然后得知。余戊辰科充陕西正考官，名列第八，副考官程家督第十一。其江南副考，前科皆以考取第一者为之。是科上有第一系安徽人不能充江南考官之谕，盖太湖李编修振裘也。后李得浙江副考，以是知之。及庚午，上欲使未邀恩者均得衡文之荣，凡曾充考官及同考者俱不复用。然辛未会试，同考江西夏生圑给谏修恕、山东张秋圑侍御源长、湖北刘筠圑给谏彬士，均邀复用。盖名单久定，届时有外出者，有已故者，临期更易，偶未细核耳。癸酉以后，考差则派出阅卷诸臣，各以去取标记进呈，不复总定甲乙，以御史某之奏也。考差向用文二篇，试帖诗一首，己卯裁四书文一篇，改《易经》文一篇。后即以此为例。

嘉庆十三年戊辰六月二十三日奉命典试陕、甘，程小鹤同年家督为副。小鹤尊人鹤樵先生国仁，上年丁卯科充陕西正考官，父子连科典试一省，亦佳话也。榜发，有张树德者上科文已入彀附刻矣，因二场不合例而黜。鹤樵先生爱其文，因已刻不忍去之，为加评语以志惋惜。及次年，乃得第。盖张不当出鹤樵先生门，必待小鹤而后举。信乎科名其有数也。榜发来谒，语毕汕然。

关中乡试，有聿右字号，专为甘州、西宁设也；有聿左字号，则合关内之叙州，关外之安肃、镇西、迪化统计之也。每试，聿左、右各轮一科，科中一卷。嘉庆戊辰余典试时，聿左七十三卷中取一卷，以迪化至长安计官路及万，而中额如此其少，未免过苦。其时抚陕者为同里方葆岩制军维甸，余向商之，甚欣然，拟便奏请增额。无何，方擢浙闽总督去，事乃寝。嘉庆己卯，增设聿中一号，分叙州、玉门、敦煌归之。从长制军龄请也。一额之增迟以一纪，殆有数耶！

甘省文风初惟宁夏最盛，今则莫盛于凉州之武威。昔时宁夏与凉州别一丁字号，取中二人，凉州人以为苦，具呈愿归大号，屡不准。至乾隆戊子，凉州始得归大号应试。至此，每科凉州获售者不仅一人矣。又有木字号，为榆林设也，宁夏归之。然宁夏以一科归木字号取中，一科归大号取中，不专守木字号也。

贵州学政向无棚规，取进童生历有红案银两。嘉庆四年二月有人条奏，奉旨询之任满谈学使绂绶属实，上谕曰："各省学政棚规系陋习相沿，非私卖秀才可比。若将棚规红案银两概予裁革，则学政办公竭蹶,岂转令其营私纳贿耶？况各省地方官所得,各项陋规不一而足,尚难一一禁止,乃独于读书寒峻出身膺衡文之任者遇事搜求,亦殊属无谓。惟此项红案,只应令新进童生量力交送,实无力者即当量为减免。傥于规外复加多索,则必重治其罪。"圣人准情立制如此。其人盖弹前学政陈伯恭先生崇本而类及之也。其时有酌定每名四金之例。次年上以贵州地瘠,恐日久复旧,遂裁革,增学政养廉五百两。贵州学政向为美官,今不然矣。

道府同知准封章奏事,雍正年间行之,后亦渐止。嘉庆四年,上以监司大员职任巡查,视京中科道相等,除知府外,有准各省道员照藩臬两司例密折封奏之谕,三月十日也。各省教授向系从九品,教谕、学正、训导均未入流。其加教授为从七品,教谕、学正为正八品,训导为从八品,自雍正十三年十二月始也。

乾隆末年,宫内太监时不敷用,因取之各王公大臣家,盖缘王公大臣所用过多,向无定额,太监多投充私宅。嘉庆四年始定额数:亲王准用七品首领一名,太监四十名。郡王准用八品首领一名,太监三十名。贝勒准用二十名。贝子准用十名。入八分公准用八名。一品以上文武大臣准用四名。公主额驸准用十名。民公准用六名。其不入八分公及二品以下、民爵侯以下,俱不准私用。其宗室王公等所用,年终报宗人府查核;一品文武大臣等所用,年终报都察院查核。俱各汇奏。

道光元年十月,内务府检查内库绸缎等项存者若干件,奏请发交外库备用。上乃命悉数分赐大学士、九卿及翰詹科道。于是以官职高卑为差等。余官编修,分得天青江绸一端、回子锦一匹,小臣不胜庆幸之至。腊月充实录馆纂修,复有瓷器之赐,时余以奉使沈阳,不与焉。二年八月八日,馆臣又有水果四盒之赐,余分得苹婆脯三枚。此次较对亦得分食,麟侍讲见亭庆不取果,而以盒与之。

近京师宴客,器皿精致,不独外省所未见,即京师向亦未之有也。器之由来,多出于内府。嘉庆十□年,瓷器库以库贮充斥,请发出变价。□□年再发一次。于是旧瓷悉出,间有明代者。其式样之工,颜色之鲜,质地之美,往时外人偶得一具,必将珍为古玩,今乃为酒席之用。每一庖人且备至十数席。古云：美食不如美器。官、哥、定、汝，何以加兹。

岁丁酉秋，入朝站班之象行至西长安街。一象病而卧地，少顷力起，跪而向北若叩首者三，复转而向西，又若叩首者三，倒地乃毙。向北而拜，盖谢恩也；向西而拜，盖不忘所生之地也。象亦可谓灵物哉。

凡宝物皆有精气。宣和玉杯之将败，有白光从阁上冉冉去；明时铜鼎之将毁，静夜长鸣如虬吟。《韵石斋笔谈》载之，固不独宝剑之气见于丰城也。余为举子时，谢赐衣恩，五更往右上门。时冬夜寒甚，天色尚早，因入护军直宿之室小憩。有老骁骑校话及嘉庆二年十月廿一日乾清宫灾时，伊在殿屋上救火，初见白烟一缕起自殿脊，直上高约一二尺。烟中即现一冠带人，高亦不过尺许，愈上愈小。顷闻裂帛一声，化为黑烟而散。自是或现女子身，或现道士身，或现书生身，或现盔甲身，高者尺许，短者数寸，不一而足，及殿脊火出乃止。盖皆殿中珠宝精也，为火所焚，真精上出，火蒸迸裂，故闻裂帛之声。黑烟一散，下亦煨烬矣。

和珅查抄议罪后，分其第半为和孝公主府，和之子丰绅殷德尚十公主。半为庆亲王府。时尚为郡王。及嘉庆二十五年庆亲王薨，五月十五日，管府事阿克当阿代郡王慜绵呈出毗卢帽门口四座、太平缸五十有四、铜路镫三十六对，皆和家故物也。此项亲王尚不应有，而和乃有之，庆亲王未及奏者且二十年。缸较大内稍小，镫则较内为精致。因分设于紫禁。今景运、隆宗两门外，凡所陈设铁缸及白石座细铜丝罩之路镫，皆其物也。

和孝固伦公主下嫁和相国之子额驸丰绅殷德。主未嫁时，呼和相国为丈人。一日高宗携主游同乐园之买卖街，和时入直在焉。高宗见售估衣者有大红夹衣一领，因谓主曰："可向汝丈人索之。"和因以二十八金买而进之。主呼和为丈人，不知其故。闻主少时衣冠作男子状，或因戏为此称耶？

各关征税，国初定有正额。后货盛商多，遂有赢余，而司权者竞苛取以求胜，于是赢余一项，更有比较上二届最多年分之例。见好者固日渐加增，缺数者亦时多赔累。上洞悉其弊，嘉庆己未三月分别核减,著为定额。其三年比较之例永停。而是年有德御史新以山海关减数较每年所解少至二万五千余两,请再增二万两,其余仿此酌增。上掷还原折,切谕其非。然自减后,九江关犹亏缺二十六万余两。任观察兰佑革任。后其任者遂于木料过时多报其数,厚征以补其缺。国家之税量货而征,加则不可,于是以少为多,商虽怨而无如之何。余过九江关,船户言此船向报税银五两,今当七两有余。盖本一丈者量为一丈数尺,以此取盈焉。

嘉庆四年核减工关赢余数目:

辰关三千八百两　武元城二两

临清关三千八百两　宿迁关七千八百两

芜湖关四万七千两　龙江关五万五千两

荆关一万三千两　通永道三千九百两

渝关、由闸关、南新关、潘桃口、潘家口、古北口、杀虎口,以上木税,正额之外向无盈余。

嘉庆四年核减户关赢余数目:

太平关七万五千五百两额税四万六千八百二十九两零

粤海关八十五万五千五百两

九江关三十六万七千两

淮安关十三万一千两

海关庙湾口三千八百四十两

闽海关一十一万三千两

芜湖关十二万两

扬州关七万一千两

浒墅关二十五万两

西新关八万八千两

凤阳关一万七千两

江海关四万二千两

赣关三万八千两

北新关六万五千两额税银十万七千六百六十九两

浙海关四万四千两

天津关二万两

临清关一万一千两

坐粮厅六千两

崇文门盈余十七万三千二百两

左翼盈余一万八千两

右翼盈余七千三百二十两

夔关十一万两

武昌关一万二千两

归化城一千六百两

梧州厂七千五百两

浔州厂五千二百两

打箭炉向无例额，照例尽收尽解。

山海关四万九千四百八十七两零

杀虎口一万五千四百一十四两零

张家口四万五百六十一两零

乾隆朝江南地方黄河漫口次数：

乾隆七年七月铜山县石林口等处漫口，本年十二月合龙。

乾隆十年七月阜宁县陈家浦漫口，本年十月合龙。

乾隆十五年六月清河县豆班集漫口，本年七月合龙。

乾隆十八年八月张家马路漫口，本年十二月合龙。

乾隆十九年八月孙家集漫口，二十一年十月合龙。

乾隆三十一年八月韩家堂漫口，本年十月合龙。

乾隆三十八年八月陈家道口漫口，本年十月合龙。

乾隆三十九年八月老坝口漫口，本年九月合龙。

乾隆四十五年六月睢宁县郭家渡漫口，本年九月合龙。

乾隆四十六年六月魏家庄漫口，本年八月合龙。

乾隆五十一年七月李家庄等处漫口，本年十月合龙。

河南地方黄河漫口次数：

乾隆十六年六月阳武十三堡漫口，十七年正月合龙。

乾隆二十六年七月杨桥等处漫口，本年十一月合龙。

乾隆四十三年七月仪封等处漫口,四十五年二月合龙。

乾隆四十五年七月考城五堡、芝麻庄等处漫口,本年八月合龙。

乾隆四十五年七月张家油房漫口,本年十二月合龙。

乾隆四十六年七月焦桥漫口,本年本月合龙。

乾隆四十六年七月青龙岗漫口,四十八年三月合龙。

乾隆四十九年八月睢州漫口,本年十一月合龙。

乾隆五十二年六月睢州十三堡漫口,本年十月合龙。

顺治间,林司农起龙条奏军营绿旗兵制,略曰:有制之师兵虽少,以一当十,饷愈省,兵愈强,而国富。无制之师兵虽多,万不敌千,饷愈贵,兵愈弱,而国贫。今天下绿旗营兵几六十万,而地方有事即请满洲大兵,是六十万之多,仍不足当数万之用。推原其故,总缘将官赴任召募家丁,随营开粮,军牢、伴当、吹手、轿夫,皆充兵数。甚有地方铺户命子侄充兵,以免差徭,其月饷则归之本管。又马兵关支草料多有克扣短少,至驿递缺马,亦借营兵应付,是以马皆骨立,鞭策不前。又器械如弓箭、刀枪、盔甲、火器等项,俱钝敝朽坏。至于帐房、窝铺、雨衣、弓箭罩,从未见备。又春秋两操之法,竟不举行,将不知分合奇正之势,兵不知坐作进退之法。徒空国帑而竭民膏,虽有百万之众,亦属何益。然其大病有二:一则营兵原以戡乱,今乃责之捕盗。一则出饷养兵,原以备战守之用。今则加以克扣,兵丁所得仅能存活。又不按月支发,贫乏之兵何以自支。今总计天下绿旗兵共六十万,诚抽得二十万精兵,养以四十万兵饷,饷厚兵精,不过十年,可使库藏充溢云云。足见营伍废弛大概。然以兵为伴当,器械钝敝之弊,今亦不免。古北口提督衙门兵马册档内有轿夫十八名,皆战兵充役,为阿公迪斯所奏。山西之兵以将领令之服役过严,遂怀恨,砍伤本管参将王栋,为倭公什布所奏。岂旧习相沿,未可除耶? 余于乾隆甲寅、乙卯随任六安,有德参将海者莅任,合兵演习枪箭,无一日或辍。每晨曦欲吐,而教场之枪声已发矣。兵初苦之,既复甚感,盖月饷可得足平也。六安营兵素多事,至是地方安帖。盖整顿与废弛,惟在其人也。德,满洲人。

郑方伯源琦之伏法也，或谓侍郎罗国俊劾之。余于史馆曾见弹章，衔名由内裁去。略曰：如湖南布政司郑源琦者，凡选授州县官到省，伊即谕以现有某人署理，暂不必去，俟有好缺，以尔署之。有守候半年十月者，资斧告匮，衣食不供。闻有缺出，该员请示，伊始面允，而委牌仍然不下。细询其故，需用多金，名为买缺。以缺之高下，定价之低昂，大抵总在万金内外。该员财尽力穷，计无所出，则先晓谕州县书吏、衙役人等，务即来省伺候。书役早知其故，即携重资而来为之干办。及到任时，钱粮则必假手于户书，漕米则必假手于粮书，仓谷、采买、军需等项，则必假手于仓书，听其率意滥取，加倍浮收，上下交通，除本分利。至于衙役，以讼事入乡，先到原告家需索银两，谓之启发礼。次到被告家，不论有理无理，横行吓诈，家室惊骇，餍饱始得出门。由此而入族保、词证各宅，逐一搜求，均须开发。迨到案时，不即审结，铺堂、散班之费，莫可限量。盖各有所挟，积渐之势使然也。是以贼盗蜂起，不敢申报，报则杜费银两，不为缉获，获即受贿放去，毫无裨益。谚云："被盗经官重被盗。"凡此，皆由署事官员贻害之所致也。盖不见机取利，则瓜代者又至矣。内有一二自好者，任其摆弄，不肯曲从。如长沙府属之湘乡县知县张博，实授已七年，在任不满四月。湘潭县知县卫际可，实授已五载，至今并未到任。大率好缺皆然，不胜枚举。巡抚姜晟近在同城，岂无闻见，只以其纳贿和珅，莫可谁何。盖自守则有余，而振刷则不足也。且闻郑源琦在署，家属四百余人，外养戏班两班，争奇斗巧，昼夜不息。昨岁九月，因婚嫁将家眷一分送回，用大船十二只，旌旗耀彩，辉映河干。凡此靡费，皆民膏脂。是以楚南百姓富者贫，贫者益苦矣。臣不忍坐视一方赤子日填沟壑，冒昧直陈，不敢隐讳，亦不敢虚饰云云。此折颇简切。是以王三槐之乱则曰"官逼民反"。由此观之，倚仗权门，鱼肉百姓，正不独一郑源琦也。

其时云南尹阁学庄图召至京，即以整饬吏治入奏，略曰：现今所急者川省军务，尤莫急于各省吏治。吏治日见澄清，贼匪自然消灭，贼匪不过癣疥之疾，而吏治实为腹心之患也。以今日外省陋习相沿，几有积重难返之势。惟在亟宜剔刷，破格调剂，庶乎有益，似非徒仗雷霆诚谕所能耸其听也。臣以为除弊者不搜其作弊之由，则弊终不可除；治病者不治其受病之根，则病终无由治。伏查乾隆三十年以前，各省属员未尝不奉承上司，上司未尝不取资属员，第觉彼时州县俱有为官之乐，闾阎咸享乐利之福。良由风气淳朴，州县于廉俸之外各有陋规，尽足敷公私应酬之用。近年以来，风气日趋浮华，人心习成狡诈。属员以夤缘为能，上司以逢迎为喜。踵事增华，夸多斗靡，百弊丛生，科敛竟溢陋规之外。上下通同一气，势不容不交结权贵以作护身之符。此督抚所以竭力趋奉和珅，而官民受困之原委也云云。语极明快。后半则请清查陋规，以乾隆三十年前旧有者存之，乾隆三十年以后续加者去之。谓与其任凭隐瞒，以酿无穷之弊；何如明为指破，以施调剂之恩耳。

　　盐法之弊，盐价愈增而弊愈甚。江南私盐充斥，固由私枭，亦半由粮艘盐船之夹带。戊寅岁，江、广缉私颇力。孙寄圃制军奏言："与其巡查于私盐上船之后，不若严缉于未经上船之先。江安回空漕船收买芦盐，入山东境即行随路售卖。其至江、广者，则由淮南、淮北场灶之透漏，淮北则海州、沭阳一带，由□□集运，至北运河上船。淮南则宝应、高邮、甘泉境内，由六闸、凤皇、壁虎等桥上船。乃北运河一带，责成河标右营游击；淮南一带，责成扬州营游击，均协同文员按所拨巡。仍由运司筹给员弁兵役薪水饭食、雇坐船只、灯烛等项之用。其江、广盐船夹带，则责成奇兵营游击，协同文员巡视黄速港、老虎头等处，禁其私运上船。"其法似严而私盐如故。良以私枭俱为亡命，巡查者莫可谁何。而盐船之夹带名为官物，监掣处或守旧规，遂致偷漏。粮船之回空催趱者，或恐迟误，极力趱行，不暇盘诘。即如吾邑之官盐每斤五十八文，私盐每斤四十二文。私销公然于江岸售卖，百姓利之，官不能问。他郡当亦同然。甚有本为官盐，名为私枭。河南项城食芦盐，上蔡食淮盐，上蔡与项城接壤。芦盐价半而色白，其盐真；淮盐价倍而色黑，其盐杂。上蔡之人即于项城买盐，是官盐也，然一入蔡境，则为私贩。故项城盐每岁畅销，上蔡令每年处分。红胡等辈俱以私贩而起。然必上蔡以南不准买芦盐，不但价贵，民自不肯，且一年即有半年淡食，民亦不能。明万历间，黄河以南盐价腾踊，私贩甚众,各执利器,往来自如,官军莫敢谁何。御史李戴奏曰:"私盐之众,由官盐之不行。官盐之所以不行者,商人因脚价重,不挽和不足以偿本。沙土参半,味苦不佳。官盐价重味苦,民又不堪淡食,故私盐日众。"可知盐法之弊,今昔一辙。是安得贤有司筹一善良之策息事足民,行之永久而无弊也。

嘉庆十年四月十五日,山东全中丞保代奏江西监生况元礼条陈时务策一折,上以况元礼所陈五款皆系条列时事利弊,其中不但无违碍字句,且有可采之处,尚堪嘉许。着全保赏之银百两,缎二匹,令其自行回籍。圣德渊涵,不遗葑菲,而元礼慷慨直陈,亦有足传者。特录全公原奏及所上全公书,以贻当事观鉴焉。

署山东巡抚臣全保奏:本月初五日,有江西监生况元礼赴臣衙门呈送封章条陈,恳乞代进,并禀称因中途马毙,不得叩阙等情。查该监生年已七十,诘其因何越分言事,是否意图千进。据云皇上求治若渴,广开言路,草茅下贱不过藉达愚诚。且年已衰老,实无希幸之心等语。臣查禀内所列五条款目皆系时事,即据弥封呈请代奏,不敢壅于上闻。兹将封策原禀,一并恭呈御览。

况元礼上山东全抚宪代奏禀:为挟策入都,中途马毙,不得叩阙恭进,乞代转奏。钦惟我皇上临御大宝,求治若渴,不弃刍荛,多方容纳,惟恐言路阻塞。天下有志之士无不感激思奋,欲以自献。生家处江右,念切日边,斋沐被濯,谨就时务切要者五事:一曰足兵。二曰理财。三曰靖洋。抄附乾隆五十八年上广东长总督海盗条议。四曰除弊要得情法之平。五曰善后当图久远之计。即此五者汇成一策,敬谨缮写装潢。本拟驰赴都门叩阙恭进,奈事有相左,遇不从心。以三月十五日在王家营雇车起早行,至红花埠遇雨泥泞,边马倒毙一头。次日至李家庄,辕马又毙。三马毙二,原车不能前进,一路短盘至济,资斧告罄,进退维谷。窃念生所言者均属关系国家现在切要之图,自嘉庆四年蒙皇上广开言路以来,七年之内曾无一人言及。若以马毙之故辄废半途,无由上达天听,在生固不足惜,诚恐上辜圣主天恩破格求言之典,而薄天下之无人耳。山东接壤畿辅,大人体国公忠,是敢特叩崇阶,恳乞代为转奏。生谨当待罪宪辕,恭候皇上命下,不胜战栗之至。原策甚长，未录。

州县中差役之扰乡民，其术百端。同年程次坡御史条陈川省积弊，有"贼开花"等名目。言民间遇有窃案呈报之后，差役将被窃邻近之家资财殷实而无顶带者扳出，指为窝户，拘押索钱。每报一案，牵连数家，名曰"贼开花"。乡曲无知，惧干法网，出钱七八千至十数千不等。胥役欲壑既盈，始释之，谓之"洗贼名"。一家被贼，即数家受累，如此数次，殷实者亦空矣。有鲁典史者刻一联榜于堂，联云："若要子孙能结果，除非贼案不开花。"此川省之弊蠹，正恐不独川省为然也。地方大吏安得尽天下蠹役一一而知之，在能使亲民者极力整剔而已。亲民者又安得尽一县蠹役一一而除之，在能使作奸者有所忌惮而已。上能整剔，下有忌惮，其弊久而自除。吾愿凡膺民社之责者，人人如鲁典史之存心，则善矣。典史忘其名。

程御史折又云：川省吏治日趋严酷，州县多造非刑，有绷杆、钩杆、站笼等名，此类当与吾乡鹦哥架、美人妆相等。地方官待胥役则付之宽典，治愚民则绳以峻法，几何不轻重倒置耶？古来"贪酷"二字连缀而言，贪则鲜有不酷，酷则鲜有不贪者，盖酷正所以济其贪也。作法于凉，古人深戒。

有人持手卷一轴求售者，白绫行书，为明主事杨眉伯自书旧劾太监题本一件。云：署管街道工部营缮清吏司主事杨所修题为内员擅殴部官微臣因公受辱乞赐乾断以申体统事：窃照朝廷设官分职，各有职掌，孰敢紊而孰敢拒者？职奉部札署管街道，兢业自持，每以蚊负是惧。恭炤五月初三日夏至，圣驾大祭地于方泽，凡经繇处所，一切排棚、接檐、棍杆，例应拆去，以肃观瞻，业已行令各坊拆卸去。后又于本月二十日，该司礼监掌印太监褚宪章差内使秦、陈二员，同会极门李旗尉到职公署，传将一应棍杆、排棚、接檐，务要尽行拆卸等因，奉此遵又檄行各坊。尤恐奉行不力，职亲赴地方公同拆卸。即出严示，如有下役需索户人分文者，许即喊禀，以凭究赃，题参正罪。张挂通衢晓谕外。臣见都会之下居处鳞集，非公侯贵戚，即绅士内臣，凡遇郊祀经繇处所，一应排接等项依限拆卸，并无抗违，所以遵朝廷之功令也。

　　乃有方泽坛泰拆街牌坊对面,侵占官街高架脊棚一座,用黄纸大书"司设监堆设上用钱粮公署"字样。臣诣视之,并无上用钱粮,实开张烧酒杂货店也。及再讯系何人户,突有内官一员挺身出,辱问系何官,乃称司设监管理官陆永受也。其棚实系圣驾往回迎面御览之处,万一上问,咎将谁诿。职宛言相劝,仍责开铺户赵二立行拆卸。今本月二十六日,本部尚书刘遵宪、侍郎李觉斯、营缮司郎中夏士誉、都水司郎中韩友范、监督郎中何敦伯、监督员外侯效忠、太常寺少卿提乔、署工科印务左给事中尹泂、巡视城工工科给事中李如璧、巡视厂库四川道监察御史叶初春、内官监总理工程太监苏我民等公,阅方泽坛工。而陆永受统内官十余员,并党恶王识货等,怀拆卸脊棚之恨,率领多人攒臣詈殴,扯碎公服,将跟随皂役乱行毒打。又捉班役董科,在于祭坛禁地擅行重责二十二板,几毙,现锁羁铺。即众臣对面,莫敢谁何。臣思拆卸一事,原所以净街道、肃观瞻而光大典也。内臣陆永受等不遵功令,即行拆卸,反蔑祖制,詈殴部官,敢于祭坛重地擅自行刑,事出异变。夫臣子气节,祖宗将万年以培养之,皇上将百计以振育之,安忍挫辱之至,于此极也。其原棚所贴黄纸并本官陆永受亲书职名,不敢擅进御览,除送司理监照验外伏,乞敕下该衙门,将陆永受等及党恶王识货等一并严提究治施行。缘系内员擅殴部官,微臣因公受辱,乞赐乾断以申体统事,谨题请旨。五月初二日奉圣旨:"陆永受等、王识货等,著司理监问明具奏。"该司理监典簿何景立覆,奉圣旨:"典理街道宜清。陆永受擅行辱官责役,殊属不谙,着降三级,打二十,照旧。王识货等着释放。徐之麟等姑免究。该衙门知道。"崇祯十五年八月日,偶自公无事,忆及长安往迹,不觉怆然书之,用志圣恩之难忘也。杨印所修,眉伯甫。胜朝阉寺肆无忌惮,于此可见。

卷三

跳神，满洲之大礼也。无论富贵士宦，其内室必供奉神牌，只一木版，无字。亦有用木龛者，室之中西壁一龛，北壁一龛。凡室南向、北向，以西方为上；东向、西向，则以南方为上。龛设于南，龛下有悬帘帏者，俱以黄云缎为之。有不以帘帏者。北龛上设一椅，椅下有木五，形若木主之座。西龛上设一杌，杌下有木三。春秋择日致祭，谓之跳神。其木则香盘也。祭时以香末洒于木上燃之，所跳之神人多莫知，遂相以为祭祖。尝与嵩观察龄、伊孝廉克善详言之。南方人初入其室，室南向者多以北壁为正龛，西为旁龛；东向则以西壁为正龛，南为旁龛。不知所谓旁龛，正其极尊之处。始悟《礼》所谓以西方为上、南方为上，与此正合。极尊处所奉之神，首为观世音菩萨，次为伏魔大帝，次为土地，是以用香盘三也。相传太祖在关外时，请神像于明，明与以土地神，识者知明为自献土地之兆。故神职虽卑，受而祀之。再请，又与以观音、伏魔画像。伏魔呵护我朝，灵异极多，国初称为关玛法。玛法者，国语谓祖之称也。中壁所设，一为国朝朱果发祥仙女，一为明万历帝之太后，关东旧语称为"万历妈妈"。盖其时明兵正盛，我祖议和，朝臣执不肯行，独太后坚意许可，为感而祀之。国家仁厚之心，亦云极矣。余则本家之祖也。其礼，前期斋戒。祭用豕，必择其毛纯黑无一杂色者。及期，未明以豕置于神前，主祭者捧酒尊而祝之。毕，以酒浇入豕耳，豕动则吉。若豕不动，则复叩祝曰："齐盛不洁与？斋戒不虔与？或将有不吉？或牲毛未纯与？"下至细事，一一默祝，以牲动为限。盖所因为何，祝至何语而牲动矣，其牲即于神前割之，烹之。煮豕既熟，按豕之首、尾、肩、胁、肺、心，排列于俎，各取少许切为丁，置大铜碗中，名"阿吗尊肉"，供之，行三跪三献礼。主祭者前，次以行辈排列，妇女后之。免冠，叩首有声。礼毕，即神前尝所供阿吗尊肉，盖受胙意也。至晚复献牲如晨礼，撤灯而祭，其肉名"避灯肉"。其礼，祭神之肉不得出门，其骨与狗。狗所余骨，则夜中密弃之街,看街者即为埋之,亦有焚为灰而埋者。惟避灯肉则以送亲友云。旧礼,舍外一见祭室灶烟起,不论相识与否,群至贺,席地坐,以刀割肉自食。后渐以主人力不足供众,遂择请亲友食肉矣。其日炕上铺以油纸,客围坐,主家仆片肉于锡盘飨客,亦设白酒。是日则谓吃肉,吃片肉也。次日则谓吃小肉饭,肉丝冒以汤也。其所谓阿吗尊肉,初不以食客,意谓此不可令客食也。然亦有与客食者。盖主家人多,当其自尝尚不足,故不能食客;若主家人少,自尝有余,又恐弃之,故以食客,初非秘不与客也。客食毕不谢,唯初见时道贺而已。客去,主人亦不送。又主屋院中左方立一神杆,杆长丈许,杆上有锡斗,形如浅碗。祭之次日,献牲祭于杆前,谓之祭天。旧有祝文,首句云:"阿布开端机。"国语"阿布开",天也;"端机",听也。谓曰天听著。下文为某某设祭云云。今多不用祝文,唯主祭者默自口祝而已。又觉其文首句词气阔大,其祝时多亦不用此首句,但言"某某今择于某月口献牲设祭"。是祭也,男子皆免冠拜,妇人则不与。其锡斗中切猪肠及肺肚生置其中,用以饲乌。盖我祖为明兵追至,匿于野,群乌覆之。追者以为乌止处必无人,用是得脱,故祭神时必饲之。每一置食,乌及鹊必即来共食,鹰鹯从未敢下,是一奇也。锡斗之上、杆梢之下,以猪之喉骨横衔之。至再祭时,则以新易旧而火之。

　　祭之第三日换锁。换锁者,换童男女脖上所带之旧锁也。其锁以线为之。旧礼,生人后乞线于亲戚家,为之作锁。今不复乞线,但自买线为之。线用蓝白二色,亦有用红黄者。聚为粗线作圈,线头合处结一疙疸,结处剪小绸三块缝其上。旧例,上次祭时所带,必至下次祭时始换之。今多只带三日即取而藏之。下次祭时再带之以俟换。其换锁之仪,用箭一枝,搭扣处系以细麻及新锁。院中神杆旁别置小杆,杆上扎柳枝一束,柳上剪白纸作垂绥二以系之。神座木版前有一钉,用黄绒绳一条,其绳极长,一端挂于钉上,一端牵于门外,系之柳枝上。令带锁者群聚围座一处。主祭者持箭,以麻缕新锁绕于香烟上,然后取一细缕搏于带锁者之怀。置已遍,复绕于烟,每绕一度,怀麻缕一度。如是者三,然后换新锁。其旧锁即系于所牵之黄绳上。自国初以来,所易者均在,若有以年久朽坏者,始取而焚之。神座前,平时每挂一黄布袋,即用以贮黄绳者也。当祭时开袋取绳,祭毕仍贮之,悬于神前。其带锁,男子至受室,女子至于归后,始止。每换锁时,有祭品一席,撤供即置于带锁者围座处,群争攫而食之。其未受室、于归者,虽年二十余亦行此礼,亦与群儿攫食,盖受福之意也。

满洲跳神,有一等人专习跳舞、讽诵祝文者,名曰"萨吗"亦满洲人。跳神之家先期具简邀之。及至,摘帽向主家神座前叩首。主家设供献黑豕毕,萨吗乃头戴神帽,身系腰铃,手击皮鼓(即太平鼓),摇首摆腰,跳舞击鼓,铃声鼓声,一时俱起。鼓每抑扬击之,三击为一节,其节似街上童儿之戏者。萨吗诵祝文,旋诵旋跳。其三位神座前文之首句曰"伊兰梭林端机",译言三位听著也。五位前文之首句曰"孙扎梭林端机",译言五位听著也。下文乃"某某今择某某吉日"云云。其鼓别有手鼓、架鼓,俱系主家自击,紧缓一以萨吗鼓声为应。萨吗诵祝至紧处,则若颠若狂,若以为神之将来也。诵愈疾,跳愈甚,铃鼓愈急,众鼓轰然矣。少顷祝将毕,萨吗复若昏若醉,若神之已至,凭其体也,却行作后仆状。主家预设椅,对神置,扶萨吗坐于椅。复作闭气状,主人于时叩神前,持杯酒灌豕耳。豕挣跃作声,主家乃阖族喜,曰:"神圣领受矣。"乃密为萨吗去鼓、脱帽、解铃,不令铃鼓少有响声。萨吗良久乃苏,开目则闯然作惊状,以为己之对神坐之无礼也,急叩谢神。徐起,贺主家。礼毕,众乃受福。萨吗,即古之巫祝也。其跳舞,即婆娑乐神之意。帽上插翎,盖即鹭羽鹭翎之意也。必跳舞,故曰跳神。二十年前余尝见之。今祭神家罕有用萨吗跳祝者,但祭而已。此亦礼之省也。

汤山之东三家店有一破庙,外有碑卧焉。为赵子昂书,大楷,颇近颜鲁公。宝五峰冠军奎手拓数字,惜无人护持也。

木兰为较猎之所,又谓之哨。哨者,哨鹿也。哨鹿者着鹿皮,衣鹿角冠,夜半于旷山中吹哨作牡鹿声,则牝鹿衔芝以哺之。盖鹿性淫,一牡能交百牝,必至于死,死则牝鹿衔芝草以生之,故哨之以取其芝也。每秋驾临,以行秋狝之典。其中有地名半截塔,有一塔倾圮已久,内有字曰"敬德监造",乃元时物也。五峰言半截塔之北有地,忘

其名,有一墓,前有二小石,皆作成房室之状。其左者,上一小额,曰
"孝敬之墓"。以过路,未将榻出。右者,门半开,露半身小儿。

大觉寺在圆明园西,金之清水院也。今犹擅泉竹之胜。斌笠耕
太仆尝游憩焉。次日晨起,欲穷附近山水,因至。山有二栈,其山甚
高。山顶有玉皇庙,惟一老内监卢姓,养静其中。每日下山,樵汲自
给。山有洞,洞口石明净,若有人常摩挲者。又至城子山,山上皆砖
砌若城。山顶有真武殿一间,其门内尘封,乃返。告之方丈慧彻,慧
彻戒莫再往。问其故,告曰:"二栈之内监颇有道行。前曾有女子至
其旁挑之,诵经如故。久之,不为动,女乃言曰:'本欲食汝,我乃洞中
之蟒也。洞中之净石,即我出入所致。汝修行颇坚,不能害,自后约
为谈友,可乎?'内监许诺。女出入必风。于是日至城中,有所见闻,
归必以告。因言:'但不能进内城,正阳门有关圣守之。各城皆有神,
惟外城可至耳。'此处有蟒妖,不可轻至也。"

城了山之麓,地名水塔寺,有园一区,本傅东山部郎园也。同年
英竹泉少寇瑞得之。园固有池,竹泉芟刈古柳而广大之。后归于脣
叟相国师,师乃修葺名之。

京城贡院内有一白蛇,出则不利于考官。十八房,惟第三房屋舍
孙辰东没于其中。孙盖非考终命者,同考官多不肯居是屋,或于亲友
同为房考者约共一室,此屋遂空。戊寅乡试,杨编修希铨与某以此舍
为会食之所。一日甫晚餐,屋墙忽倾倒,如人力推者然。惧而出,不
敢食于此,而家人及乡厨场中谓乡官厨为乡厨。遂以为厕。一日有青蛇一
自户下出,了不畏人。众趋视,则更有大白蛇一,巨如茶盂,长六七
尺,蟠于舍中,昂首视人,群惧而奔。不数日,同考广东崔舍人槐没于
闱中,贵州某病亦几危。此蛇不知是何怪也。更有青蛇,则又不仅一
白蛇矣。

孙没于第三房,后颇为厉,拆而改葺,亦复未安。自其子河间太
守宪绪释褐后,稍稍安静。某科宪绪以充同考官,众留此屋与之。孙
已携香楮入闱,至舍设奠,哭而祝之,此舍由此稍安。己巳会试,同年
邵编修葆钟充同考,不知此舍为孙之屋也,居之。试事毕,亦无他异。
揭晓前一日,同人有贺之者,询得其由,是夕寒热大作,填榜时竟不能

升堂。出闱半月而没。甲戌春闱，孙少兰侍御入闱最后，惟余此舍。少兰乃约与余同居。问之辛未同考，已无人敢居者。此舍由此遂废。今复有崔舍人之事，又将废一屋舍矣。

都中天主堂有四：一曰西堂，久毁于火。其在蚕池口者曰北堂。在东堂子胡同曰东堂。在宣武门内东城根者曰南堂。南堂内有郎士宁线法画二张，张于厅事东西壁，高大一如其壁。立西壁下，闭一目以觑东壁，则曲房洞敞，珠帘尽卷，南窗半启，日光在地，牙签玉轴，森然满架。有多宝阁焉，古玩纷陈，陆离高下。北偏设高几，几上有瓶，插孔雀羽于中，灿然羽扇。日光所及，扇影、瓶影、几影，不爽毫发。壁上所张字幅篆联，一一陈列。穿房而东有大院落，北首长廊连属，列柱如排，石砌一律光润。又东则隐然有屋焉，屏门犹未启也。低首视曲房外，二犬方戏于地矣。再立东壁下以觑西壁，又见外堂三间。堂之南窗日掩映，三鼎列置三几，金色迷离。堂柱上悬大镜三。其堂北墙，树以楠扇。东西两案，案铺红锦，一置自鸣钟，一置仪器。案之间设两椅。柱上有灯盘四，银烛矗其上。仰视承尘，雕木作花，中凸如蕊下垂若倒置状。俯视其地，光明如镜，方砖一一可数。砖之中路白色一条，则甃以白石者。由堂而内，寝室两重门户，帘栊窅然深静。室内几案，遥而望之，伤如也，可以入矣。即之，则犹然壁也。线法古无之，而其精乃如此。惜古人未之见也，特记之。

尺五庄在南西门外里许，都人士夏日游玩之所也。有亭沼荷池、竹林花圃，可借以酌酒娱宾。其西北为柏家花园，有长河，可以泛舟。有高楼，可以远眺。茂林修竹，曲榭亭台，都中一胜境也。尺五庄乃其附庸耳。其初俱为王氏之园，继为果亲王府所有，后乃归之柏氏。柏氏不恤其村人，嘉庆六年大水，近园饥民竞相踩躏，高楼则拆毁之，大木则斧戕之，林竹池荷鞠为茂草。柏氏不能有，乃鬻于明氏，尺五庄则分鬻于多氏。明太守者丰于财，乃购料庀材，欲复其旧而更壮之。费资万余，材甫粗备，未及修而没。其家乃转售其材于匠氏，半造者亦毁而售其材，荒烟蔓草中，但余一片长河而已。尺五庄亦转为特廉访所有。廉访名特通阿，初守河南之汝宁，洊擢为陕西廉访。廉访之购斯庄也，将以娱老。未几卒，公子乃于此地营窀穸焉。转眼沧桑，可胜感叹。庄外余一亭，沿河构屋数间，周曲设以苇篱。有售酒食者，以供游人饮歠。城市庄严，到此饶有野趣，都人称"小有余坊"焉。

余少读《书经》"荡荡怀山襄陵，浩浩滔天"，及十余岁，稍解文意。以为黄河虽大，焉能怀襄山陵以至滔天也，当系史臣故甚其词耳。后督学中州，按部陕州罢，亲至三门以观禹功。山距城三十里。此三十里两面皆山，中夹一河，宽可数十丈，溯腾澎湃。至三十里将尽之处，忽有一山如堵墙，横截其中。禹将此山凿三洞，如城门而大，中为神门，右为人门，左为鬼门。河乃由其中奔流而下。当未凿门之先，河流如入囊中，不得出。所谓激而行之，可使在山，势不得不漫左右两山而下。水自山而下，欲其不"浩浩滔天"不能也。今神门船不敢过，人门亦不可进，盖门旁有矶，稍不得法，则船必触矶而败。往来者惟鬼门耳。第当其时禹如何而凿，此其所以为神功也。立三门山上遥望之，可里许，中流有　大石如柱。河水奔激，势甚猛悍，至此触石柱分流而下，其势稍杀。此即所谓砥柱也。又东则至孟津矣。孟津以上有山夹河，势不得逞，是以亘古无溃决之患。下此则不可言矣。

河南少林寺后殿西壁前设供桌，供一石，高几二尺强，上下宽五七寸不等。石面似平，凸凹实不平也。石质似净，黄黑实不净也。即之，一粗石，了无异处。向之后退至五六尺外，渐有人形。至丈余，则俨然一活达摩坐镜中矣。谛视，腮边短髭若有动意，与世所画无纤毫差。盖传者实真像也。寺僧言乾隆三十六年驾幸嵩山，欲观祖师面壁石。石在少室山洞中，故浮置之者，因请以呈览焉。精气所存，终古不减，此余所亲见者。

由陕州至三门，循山边而过。中有一段，差役、舆夫齐声呐喊而疾趋，盖山上时有人抛石，实则无一人也。不喊则必被击，大喊则少停。余过此，回首视之，石复缓缓由山飞下，如有人抛之者。抛石积河边，日积月累，当亦成小山，而河边固无多石也。此理殊不可解。

少读《左传》，于秦之孟明颇重其人，重其能奋志终取晋邑也。后人亦未有议之者。当其出师时，蹇叔哭送其子，谓晋人御师必于崤。果败于崤。何其智不蹇叔若也，殊为之惜。后考崤有二，东崤在今永宁北六十里,西崤在今陕州,其中相距三十五里。或谓故道今峡石驿是。余亲至其地,询知古道在张茅,去峡石五里。因策骑至张茅,见山川险巇,望之生畏。盖王莽以其地险,乃开今峡石之道。今峡石之路犹不能并轨而驱,则当日崤、函之险阻可想而知。晋自灭虢,据崤、函之固,有桃林之塞,以拒秦人之东顾,秦安能越此而东逞哉?于此乃知孟明非将才矣。为大将者必知天时,必明地利。孟明竟昧昧,以致匹马只轮不返,其为擒囚也固宜。况由秦而东渡河,以道计之,当过虢之桑田,_{今阌乡。}入桃林塞,_{今灵宝。}越下阳、_{今陕州。}虢珒、_{今渑池。}周墙人、_{今新安。}越王城,_{今河南府。}历滑国、_{今偃师。}巩、_{今巩县。}成皋、_{今汜水。}邬,_{今密县。}又西而后入郑,_{今新郑。}孤军深入,兵家所忌。无论其必不可得,即使得郑,将谁属哉?不得已灭滑而还,终亦为晋有,不能自守,此一定之理也。似不应愦愦至此。盖缪公之纳晋公,久欲图其割地,借以为东图耳。迨晋诸臣不与,乃欲乘其丧不及备,以掩而通东出之,谋为异日东辙计也。观其自华阴出关,经历二崤,绕周之辕辕_{今巩县、}伊阙_{今嵩县,}而后至今河南之偃师,行欹岩深谷中二千余里,被弦高破其机关,乃灭滑还,其计原有在也。不料晋诸臣皆奸雄,早已窥破,岂肯令其越崤、函以东一步耶?是以虽败而缪公不肯罪之,此行盖非孟明之得已也。然欲行险侥幸,罪亦无辞耳。读书论世,其时其地其事不了了于胸中,未可轻易雌黄也。

山西平陆县,春秋虞国也。河南陕州,春秋虢国也。今陕州至平陆,不过五里。由大阳渡渡河而行,虽迂道亦不至十里。山西到陕非,由平陆不得达,自春秋至今二千余年,此道不易。晋欲取虢,舍虞即无由通,借之道以灭虢归,不灭虞,是终不能有虢也。此理不论何人亦当明之,而虞公竟宴然自安。千古愚人,莫虞公若矣。

嘉庆戊辰九月二十二日,行抵华阴县。将欲游华,细雨不辍,虔心默祝。早饭罢,忽然开朗。县尹遣人告曰:"天助游兴。少俟路出,可先至玉泉院。明晨入山,当具匹帛、布履、山舆以待。"及晡时,与小鹤同年乘马出郭,对岳前行。危峰插天,秋树红黄相间,日光射影,如画里行也。过古云台,庙宇宏壮,惜倾圮已甚。又转而过十方院,绿竹夹径,清泉细流,其声琅琅然,则至玉泉院也。泉自山岭而下,清澈毛发,饮数瓯,味甘洌,沁入心脾。院有亭,亭下大石镌"山孙"二字,人因称曰山孙亭。字方二尺余,体似隶,笔法苍古,不知何时书也。有石洞,卑而狭,传内藏希夷遗骨。上有小碑,署"希夷遗冢"四字。有石屋,内塑希夷睡像。联为蒋爱亭侍郎撰,云:"住常寂光,八百年恍如一日;开大法眼,三千界妙入微尘。"额则侍郎先德霁园侍郎书也。有石船,传是希夷卧处。船上楼房倾圮矣。院中有大石,刻大字数行,一云"五岳当先",一云"五岳朝天",一云"三峰插秀",一云"蓬莱仙景"。字法颇端凝,皆万历年人书。有一院,颜曰"小有洞天"。堂上塑历来入华登仙者,中一座像稍大,则老子也。四围列座五十六,有戴笠者,有双髻者,有老者、少者,有宫人,有公主。每座后皆木牌书仙之姓氏出身,及飞升脱化颠末。又有堂五间,旁有回廊,廊之中有曲房,粮储素观察讷为女公子崇兰坡、同年绥夫人游院而造者也。道人出迎客,吐属殊雅,急欲知华山景状,先令述之,宛然如已经历矣。

二十三日,天明即朝食,县尹已具匹帛及山舆至。遂易布履,曳袍裾,四人舁山舆俗名爬山虎。民壮二,左右掖,纤夫二,前曳而行,道人随焉。经张超谷,绕河而进,河声活活。山石丛立如戟,行其上,数折至三里厓。山中有小庵,即厓也,言行已三里矣。过王猛台,有擘窠字三镌于石壁。遥望岳路,惴惴然如不属。前进尽台,则地脉与岳连,而其山固独成一峰,绝不相与也。又进为五里关。关前大石上镌"金天初地"大字四,旁小字无算。石粗年久,茫不能辨。过此一山壁立,中划数丈,宽尺许。道人告曰:"此希夷峡也。闻峡中有路上通,其下有二洞,阔腹弇口。其旁旧有希夷庙,今亡矣。"又里许,为小上方、大上方,皆于石壁凿小窠,仅容趾,旧时有铁锁可攀而上。山半有洞,洞前有台,非人迹所到矣。对上方者为毛女峰,山领有毛女洞。再进而山腰,有台有洞。道士指云:"旧有女乘白鹿飞升,为白鹿岩。"也历十八盘,舆不能进,以匹帛系腰旋螺曳而前。古树青葱,远连天碧,道人曰:"是青柯坪矣。"心旌摇摇,小坐乃定,遂作上山计。越二里许,及回心岭。有回心石二,一为何仙书;其一字绝大,而"回"作"迴",则不知谁何书也。石壁大刻"孝子回头"及"当思父母"字,又一壁大书"英雄进步"四字。壁之上镌有诗云:"削出芙蓉峻且深,世人到此怯登临。峰石落雁留边雁,石号回心倦客心。玉女池中云漠漠,老君洞外柏森森。烟霞满目仙踪渺,惟有黄莺托好音。"盖国初人作。又前而陟,壁插天,铁锁垂若长绳,则所谓"千尺幢"也。将欲援而登,忽冷雨密飞,冻云四布,山峰礙硪,黯然无色,向闻瀑布,仅于云隙窥见片白。于是游兴嗒然,慨叹而已。急下山,石磴如沐油,大风作箫声,木叶乱下,寒气逼人毛发。道人曰:"岁逢闰九月,下旬即往时十月之杪,土人当此时相戒不行。即使今日晴明,固亦不得至莲花峰也,将何宿焉?岂非山灵之默佑星节乎?"遂与道人别,舆而归,夜柝已相属于道矣。道人娄姓,乡人呼娄师。谢芗泉仪部曾作《登太华记》,视明李攀龙所作为详。然于入山之前路犹略,且以上方有希夷峡,叙述舛错,故为详记补之。

蒲州文昌阁三层,内皆砖级盘旋而上,如登塔者。戊辰九月过寺坡底_{寺即普救寺也},登其顶,面中条山,横瞰黄河,长沙如练。秋气暮澄,遥望白云若烟笼寒水,则太华矣。可称西道胜境。阁曰桂籍阁,四围嵌小碑,刻明历朝武科第,自洪武丁卯科起。盖亦武榜之雁塔也。阁之三层祀梓潼帝君王父母,中祀帝君父母,下祀帝之妃及圣女、圣子、圣孙,俱有像。像前立木主,俱有封号。中层木主书曰"圣父显应慈佑仁裕令德王太元初帝储真延庆天尊"、"圣母昭德积庆慈懿恭惠妃嗣祥储庆元君"。其上下封号,惜皆不记忆。阁创何时,亦未及细考。《蒲州府志》云:"明成化中,建州人杨瞻初欲卜藏室于此。术者言此为蒲中风水第一,主科甲仕宦。瞻曰:'吾家何以当此?愿公之。'州人因建阁其上。"云云。阁中碑像俱未之载。据言阁建于成化,今碑刻洪武丁卯以来科第,岂成化以后追记耶?

普救寺与文昌阁隔坡。《志》云"寺有窣堵波,合砖成之。于地击石,有声若吠蛤"。过其地,因观焉。寺甚古而不宏阔,志所谓"明初并广化、旌勋、藏海、乾明四寺入焉"者,盖皆倾圮无有矣。寺外西偏有浮屠,高十三层,当即《西厢记》所云"日午当天塔影圆"也。塔前丈余地,有微凹,塔后亦然,盖瓦石击久所致。试以石击凹处,有声出塔中,如巨蛙。土人不知空谷之应响也,遂以为塔中有大虾蟆精矣。然击前地则声在塔底,击后地则声在塔顶,前后上下所应不同,理未可解。寺建于隋代,塔修于明嘉靖十三年。塔上有宋刻陀罗尼经,盖宋时亦重修之。小儿辈欲闻虾蟆声,日以瓦石击塔,经字漫漶矣。按《志》云:"寺唐时名西永清院。五代汉遣郭威讨李守贞于河中,周岁城未下。威召院僧问之,对曰:'将军发善心,城即克矣。'威折箭为誓,翌日果破,乃不戮一人。因改院曰普救。"是普救之名五代始有。《西厢记》作于金章宗时董解元,故称普救。何以元稹作《会真记》已有"普救"之名?

夷齐庙在首阳山,《水经注》所谓雷首山,一曰独头山。山南有古冢,陵柏蔚然,攒茂邱阜,俗谓之夷齐墓。其水西流,亦曰雷水。《晋书·地志》:"雷首山,伯夷、叔齐隐其阳,所谓首阳山。"《太平寰宇记》云:"首阳即雷首之南阜。"余至河东,问其山去官道不远,因往谒。蹊径荒僻,庙宇朴古,惟一道士守焉。瘠而且老,面有菜色。殿中二像皆枯槁形。左廊壁间一石镌昌黎《伯夷颂》,为皇统己巳上党赵汉卿书,字用柳家法。右立一石,隶书,两面刻,乃开元十三年梁昇卿书,字法在《御史台精舍铭》上。前堂数碑,惟一大篆书可观,盖学李阳冰者。殿西大冢二,中立一石,大字草书"首阳山古贤人之墓",字法古峭,石皮皆剥落,不知为何代书。字之空处镌篆字数行,乃明嘉靖间人,盖后人所记耳。墓之对面有一碑,黄庭坚书,文勋篆额。山谷此书绝佳。以僻远无人到,碑亦鲜拓者,故唐宋碑石皆完好,无剥蚀之病。然亦幸其无人知,为能完洁也。按《蒲州府志》载有颜鲁公碑,丁约立石,惜匆遽未得遍审。若昌黎《颂》则书于皇统己巳,为金熙宗之十四年,当宋高宗之绍兴十九年,《志》乃以为唐碑,则误矣。

索伦索音近篸。风气刚劲,故兵以索伦为强。其出师归有愿留京者,听之,月给粮银四两。然此中不尽索伦也,有达呼尔在焉。达呼尔者,本居黑龙江之地,自为一部落,与索伦杂处,其习俗极鄙。其行辈有得官者,则以叔视之,不必一族也。官进一阶,则以叔祖视之。受者亦居然叔,居然祖也。及平日以叔、以祖事人者,一朝得官,官且同等,则称之以兄弟焉。级若或过之,则向之所事以叔,所事以祖者,即反其礼以待之,有不然者则相戾矣。此达呼尔之习也,不知者通目之曰索伦。

黑津乃"徽钦"二字讹音也，在三姓东三千里外散处，至东海边。以鱼为生，即以鱼皮为衣，故曰"鱼皮笪子"，或谓"黑津笪子"，或谓"徽钦笪子"，名异而实同也。所食之鱼曰达布哈鱼，牙最利，食小鱼，类内地之乌鱼。或以为干，或以为面，亦不一品。烹熟，先以大碗而入，则人知其有亲也。食时狗蹲于左右，骨出即以饲狗。狗有时急欲食，则攫于其口边。其人爱蟒衣，悬而不着。得蟒衣则张于所居，多者以为富。其水曰戊子江，盖海汊也。冬时水冻，坐扒犁驾狗而行，或五或七或十一或十三，日行可六七百里。前狗之领而行者曰狗头，狗头一可直银四五十两。盖行时头狗前行，知有虎豹则回，其知也以闻气而知也，人视以为备，故贵之。余内弟左子恕宜任伯都讷巡检，知之最详，为余言之。

沟民者杂处于黑津之中，非黑津有别种也。盖皆汉民掘人参者及内地逋逃者。其中有老大哥为之长，群听令焉。老大哥者不计齿，其人公正，为众所服，则众奉而尊之。条教严明，众不敢犯。其刑有四。有斗杀者，大哥号于众，宰牛设酒生祭之。问其人死所，愿水，则以大石系而投之海；愿火，则围木致其人于中而焚之；愿坐签子，则攀杨枝削其梢，插其人谷道中而撒之，杨枝上挑，人之肠出矣；愿埋，则穴土而坑之。以是，无敢轻犯法者。

三姓中有民觉罗，国初之黑津秀而黠者来投，因编入旗。其人以国家有民公之封，自以为宋后，因自名为民觉罗。

吉林多雨，盖其地多山，重岚酿湿，密雾蒸阴，晴暄和朗之天岁不得多见也。伯都讷多风，常以三四月起。大木拔折，屋瓦飞空，砰轰若千军万马之奔，汹涌若拔地掀天之浪，令人神慑心悸。四月以后则止。三姓多雪，雪时无花无片，如四两半斤之絮团漫天而降，深及丈或七八尺常事也。故其地谚曰："吉林雨，三姓雪，伯都讷风。"

宁古塔与高丽以江为界，曰高丽江。其江半黑半清，近高丽者水黑，近宁古塔者则清，水色两分，盖天之所以界内外也。江边采薪者，每见必相詈，隔水而诅，习为风气。此理殊不解。

吉林等处皆土城，无雉堞。左子恕任伯都讷巡司，于乡村近围场处，每晨起常见对面城郭鲜明，女墙排列，楼阁烟村互相掩映，城上行人往来，或骑而过，或倚而望，居然蜃楼海市，一大观也。彼地人不识女墙，竟有不知其为城郭者。初见时觉相距不过三四里许，急令人踪迹之，出三十里仍无所见。每见必以清晨，日出则灭，土人谓之现城。盖凡有城郭人民之地，精气所结，时或现形。如洪泽湖边人，犹见泗州城郭楼台，即其证也。是地旧去黄龙府不远，或辽金旧有州县欤？

叶尔羌，西域一大都会也。其办事大臣公署，即小和卓木之花园。有大池，水池中造八面亭。有长桥，高下曲直，可达亭前。居室临水，有艇子舣于水旁，开门即可泛舟。其地恒燠，夹水长堤，花木若春，垂杨两岸，掩映水碧。西域无杨，惟此园独有，居其中，恍如西湖上游也。办事大臣向多三年更易。有福公勒洪阿任此，集唐诗"白首即今行万里"、"皇恩只许住三年"二语为联，属徐星伯同年为之书。

徐星伯言福公喜为诗，曾任伊犁索伦营领队大臣。伊犁西南边外有特穆尔图淖尔，旁多古翁仲。福公巡边至其处，作诗云："斜阳寄语双翁仲，不是前朝旧鼓笳。"殊清致可喜。《居易录》云："陈给事说过喀鲁三百里喀尔喀、车臣部落界，即南望北斗矣。"余尝以问同年，那太仆偶堂丹珠前任内阁学士，言此说未确，至彼地望斗，觉七星相距空处，较都中所见加宽耳。同年宝献山相国兴云："此地高之故也。地高去天觉近，故望星之空处觉宽。"宝时自吐鲁番来，因言彼地望月中影，似加明晰，望天河中白气，乃是小星。吐鲁番较京师高一百五十余里，去天较京师将近一度，塔尔巴哈台其地较京师高一百□□里，故望星如此。其说似可信。

《夏小正》曰"汉案户"，谓天河也。献山言吐鲁番于六月望河，乃当东厢屋脊，盖其地在天河之西也。其地每月朔即见月。

叶尔羌、和阗皆产玉，和阗为多，然入贡则由叶尔羌大臣奏进。其商、回之售卖，初无例禁。自乾隆四十三年高公朴请间年一次官为开采，于是定例，玉禁始严。凡私赴新疆偷贩玉石，即照窃盗律计赃论罪。又办事大臣期公成额、阿公扬阿等先后请于密尔岱及巴尔楚克地方各添设卡伦一处，以防回民私采及商民夹带之弊。又请将采剩河玉卖与兵丁，俾转售商民以沾微利。自是以后，玉器遂为无价宝矣。尝见双冠军构玉烟壶二枚,用白金一千八百两。又冷姓商携玉碗四口,径五寸,索直五千两。及己未春弛玉禁,其从前因贩玉获罪者,俱核释。兵丁转售之例,及密尔岱、巴尔楚克卡伦,俱议裁。先是叶尔羌奏进大玉,至是令即于所至之处弃之,因弃于乌沙克塔克台焉。惟商贩应税者,于起票进关时注明若干,每月造册,移付嘉峪关税员查核。于是玉大贱。年余犹见前索价五千之四碗,只须八十两矣。

和阗产玉之地有五:曰玉陇哈什,曰哈喇哈什,曰桑谷树雅,曰哈琅圭,曰塔克。惟出玉陇哈什、哈喇哈什二河中者美。其水皆出南山,东西夹和阗城而下。和阗古于阗,《汉书》所谓"于阗在南山下,其河北流"是也。西曰哈拉哈什河。"哈什"译言玉,"哈喇"译言黑也,故玉色黯。东曰玉陇哈什河。"玉陇"译言察视之辞俗言瞧看,其玉尤佳。嘉庆间充贡之地皆罢采,岁唯取玉于此河。其叶尔羌之玉,则采于泽普勒善阿。采恒以秋分后为期,河水深才没腰,然常浑浊。秋分时祭以羊,以血沥于河,越数日水辄清。盖秋气澄而水清,彼人遂以为羊血神矣。至日叶尔羌帮办莅采于河,设毡帐于河上视之。回人入河探以足,且探且行,试得之,则拾以出水,河上鸣金为号。一鸣金,官即记于册,按册以稽其所得。采半月乃罢。此所谓玉子也。近年产亦稀。回民应贡,出资购以献矣。叶尔羌西南曰密尔岱者,其山绵亘,不知其终。其上产玉,凿之不竭,是曰玉山。山恒雪,欲采大器,回人必乘耗牛,挟大钉巨绳以上。纳钉悬绳,然后凿玉。及将坠,系以巨绳徐徐而下,盖山峻,恐玉之卒然坠地裂也。今斧凿碎玉堆积,随时可以之抵雀矣。其玉色青,盖石之似玉者。《尔雅》云:"西北之美者,有昆仑墟之璆琳琅玕焉。"密尔岱是其地矣。记之可补《尔雅》注。

乌沙克塔克台所弃玉三,即密尔岱所产也。徐星伯同年行经其处,大者万斤,次者八千斤,又次者三千斤,共置一处。初覆以屋,年久屋圮,玉之面南者俱为风日所燥,剥落起皮。闻辇此大玉时,用马数百匹,回民不善御,前却不一,鞭棰交下。积沙盈尺,轴动辄胶,回民持大瓶灌油以脂之,日裁行数里。奇公丰额奏回民闻弃此玉,无不欢欣鼓舞,其喜可知也。

　　蒙古外藩王、贝勒及胡图克图死,皆遣官致祭,或赐奠。致祭者有祭文,星使行一跪三叩首礼。赐奠者,星使至,立奠三爵而已。然赐奠之礼隆于致祭也。星使回有私觌,羊几头,马几匹,驼几只,或佐以银。星使反其银与驼,或取一二羊焉,或取一二马焉,如是而已,贫者犹不能也。嘉庆己巳土尔扈特汗死遣子爵策侍卫楞往喀喇沙尔赐奠。汗之夫人,七额驸拉旺多尔济之侄女也。策侍卫至,夫人已往山中避热。其地有古庙,只三楹,汗之柩置于外廊之地,其简略如此。策奠毕回,夫人遣其官等数人馈以小哈哒一、哈哒者,薄绢也,红黄二色。蒙古买以敬佛,为贵物焉。大者长丈余,小者数尺。小鸟枪一、元宝二。策受哈哒,反银物,仍以哈哒答之。受哈哒者,必转答以哈哒。其人固请留其枪,不获已将留之,先取以观。其人乃曰:"枪门实有损,此地无能治者。"策固婉却之,乃还。某问其仪,具以告。某笑曰:"犹是小鸟枪也。昔以馈我,我不受。"今为袭封,复持往伊犁献松将军,松将军又不受。一损缺无用物耳,乃为至宝,是则可悯已。

　　恰克图,读若去声。我国与俄罗斯交界之所,库伦大臣所辖也。库伦,土谢汗地,商民皆居毳帐,大臣衙门壁瓦则皆以木。交易即在恰噶尔,设监督焉,彼亦遣人于恰噶尔总其事。以我之茶叶、大黄、磁、线等物,易彼之哦噔绸、灰鼠、海龙等物。恰噶尔地最高,至其地如登岭。然俄罗斯地渐洼下,故其国气候恒燠若矣。我之货往,客商由张家口出票,至库伦换票,到彼缴票。库伦者,圈子之谓也。库读若平声。今有喇嘛圈子,圈内皆喇嘛;买卖圈子,圈内皆买卖人。客货俱载以骆驼。俄罗斯人每以千里镜窥之,见若干驼,即知所载若干物。商未至前四五日已了然,盖其镜已见于三四百里外矣。子爵策侍卫楞言之。

　　耐损,回俗大喜事也。凡未成丁者,十五岁以下,势前必小割一刀,名曰耐损。其礼,择日请阿叶阿叶者,老师傅也。至其家为割之。亲友咸贺,有以礼物馈遗者。富家仍置酒馔,留贺者饮食。此礼不可解。李鼎和为余言之。李,临清人,言其乡回教俱如此。但不知惟临清一州行之,抑天下回教皆然也,当访之。

　　庚辰九月五日，徐星伯见过，出小铜佛示余，言乌鲁木齐所属之济木萨保惠城为唐北庭都护地，保惠城北五里有旧城基址，土人名曰破城，其地往往得古钱_{皆开元钱}、铜器，而铜佛尤夥，大小不一。近时牟利者置窝棚于其地，掘而货之，然取之不竭。多余山侍郎庆归携铜佛数尊，皆新出土者。星伯乞其一，高约二寸，厚约二分，为韦陀状。下有座似莲花形，座有四孔，皆穿，下有圆柱，似冠上顶柱，盖用以安插者也。佛脑后有铜鼻一，直孔穿，盖用以备绾系也。又有一铜匕，长约七寸，绿坟起如粘翠，厚将及分，葱然可爱。皆唐物也。

　　同年徐星伯学使自伊犁归，携一小圆钱盒相示。大如拇，上镂银文绝细，远观俨若草麻子状。下有键，所以管开阖者。上有钮，若洋表之环。辟之，盖之里色赭，底之里色银。其中有翠色小雀，红其首，罩以玻璃，如指南针，但雀之首西向。云为回子阿浑所佩者。回俗每日以未以后五时向西礼拜，盖其祖国在西，故礼之，且以送日也。此物惟阿浑之最尊者方得佩之，盖出于藏地，即回疆亦少有，得之甚不易也。星伯过叶尔羌时，遇克什米尔部人货得之。其名曰克辟勒拉默，回之祖国曰默特。

　　西藏，古吐番也。其地不耕不耨，播时普洒其种。及苗高二三寸青葱一片，则分陇拔而弃之，陇之存者仍青葱一片也。迨再长至四五寸，则腰割而弃之，存者再发，收可十倍，盖地气之壮也。其俗人家门首屋脊上安一物，如人之势，以屋之大小为物之大小，未有无此物者。大招则大可数尺矣。女子每日必涂面，如戏中铁勒奴，盖以喇嘛多，恐其见色不诚耳。鄂云浦中丞驻藏时，有一傅粉抹脂者，居然名妓也，身价甚高，招之不能即至。其名四字，人唤不清，即以"仓场侍郎"呼之，盖其字音相近也。可为绝倒。

　　叶庶常桂云：晋宁州当国初尚有科名，自城南天台山崩后，科名遂绝。后越六十年，始间有获第者。今乃稍盛。盖此山崩其半，自崩后山势向外，形家说地气六十年一转，今盖其转机也。风水之说，其信然欤？

　　硇砂出库车。徐星伯云其山无名，在唐呼为大鹊山。其山极热，夜望之如列灯，取砂者春夏不敢近。虽极冷时，人去衣着一皮包，露两目,入洞凿之。然不过一两时即出,而皮包已焦,不能逾三时也。其砂着石上红色星星,取出者皆石块,每石十数斤,不过有砂一二厘许。携此者用瓦坛盛石,密封其口,坛不可满,盖火气特重,满则热甚,砂走也。然受风亦走,受潮湿亦走。贾人携此,每行十数日,遇天气晴明无风时,揭其封以出火气。星伯过库车时,曾携数石密封之,及抵伊犁,则石皆化成黄粉,而砂已不见矣。故携此甚难,即其地亦不易得。惟白色成块者不化,乃其下等也,然可以及远。内地所谓硇砂,类即此耳。

锅水以真硇砂合五倍子水而成,可烂铜铁。星伯同年寓伊犁时,适有一旧铁香炉,戏取蜡油画一龙,题数字于上,置水中。一宿,炉上铁销熔一二分,而蜡油所画则凸起不动,龙与字高出,而其地光平如镜。携至京,观者以为刀法之平,非秦、汉以后人所能,断其为秦、汉器。可知鉴古者,大率易欺也。

空青恒产于关外戈壁中,其地无水尽沙,所谓旱海也。惟粗石有之。沈县令仁树初官甘肃徽县及两当杂职,其地为蒙古年班入京孔道。一岁蒙古包过,蒙古所携物,俱以大皮贮为包。里下马家儿从,凡官差用里下之马,其家必以人从。蒙古押包者前行,过一处下骑,见若蹲地者,见其手若释子之捻诀者,见若抬地上物涂目者。马家儿从后观之,了然也,而不知所以。追及之,骑者去,视其地无有物也。谛寻之,见沙中有小石剖为二,就审之,剖处皆有窝,有滴水贮窝中,意前骑者之涂目必是水也,亦醮而涂其目,水尽乃行。及夕问之,前下骑者莫肯告。复自言其涂目事,前骑者惊曰:“尔何来得此造化耶!”明日骑者行,从马者以其马归,无他异也。久之,里中有聚赌押宝者,此子至即见其盒中物,或青龙,或白虎,若置于前无障碍者,因大笑众人之皆盲也。众随之辄中,宝主患之。异日有出宝者,此子至,无不中。宝主因相约贿之,乞勿至,至亦勿言。于是衣服饮食,不谋而裕如矣。一日众饮之,询其术,秘不言。又极饮之醉,苦询之,始具道其故。众共谋曰:“此子不死,此目不得除也。”因共杀之,遂成狱。沈备得其详。余忘其为两当、为徽县矣,此子亦忘其名。可知空青不徒治目疾也。

徐星伯云:乌鲁木齐开铅厂,工人掘地得一石,碎之水出。厂官闻之，急令往取水，已散地无余。天生异宝，每误弃于无知者之手，亦何可恨。

西域贾人能识宝，以有鳖宝也。徐星伯之仆李保儿者，旧从广东观察朱尔赓额在伊犁，曾见其人，知其法。其法遇得鳖宝，与之约，相随十年或八年。其物大若豆，喜食血，亦与之约，每日食血若干厘，不及分也。约明即以小刀划臂，纳之臂中，自此即能识宝。过期物自去矣。始知西域多识宝者，非生而异人，亦非别有幻术也。

爨，国名，白蛮也。字书多不载，盖《广韵》"爨"字下只注为姓，未注为国名，故相承遗漏耳。按《隋书·苏孝慈传》：兄子沙罗捡校利州总管事，从史万岁击西爨，累战有功，进位大将军。《册府元龟》载孝慈开皇中简授利州总管事，盖以沙罗误作孝慈。又《梁睿传》：睿请宁州朱提、云南西爨并置总管州镇。《辍耕录》载宋戏曲院本有"五花爨弄"。院本五人，一曰副净，一曰副末，一曰引戏，一曰末泥，一曰孤装。又谓之"五花爨弄"。或曰宋徽宗见爨国人来朝，衣装鞋履巾裹傅粉墨举动如此，使优人效之以为戏。于是诸杂院爨有"人参脑子爨"、"断朱温爨"、"变二郎爨"等名。其地在汉为牂柯地。云南新出《爨龙颜碑》，南北朝宋太始二年九月刻。书之以补"爨"字注之漏。

国学内有俄罗斯学。康熙间许俄罗斯通中国，始遣其子弟入学，十年一更。子弟若寄信于其国，皆露函交理藩院，理藩院译其文进呈，无私语方为寄之。嘉庆己巳，忽寄书一本，皆汉字。其书卷前二页有圆图，如太极状，图内黑白杂错，若画云气者。其解以为阴阳二气，有此二气是生一男一女，男女自为配，是生天主。反复辨论，大意似只知有母而不知有父。书奏，仁宗令察其书所自来，得其刻板毁之。案俄罗斯，古丁零国也，人狡而狠，好利。其国教宗耶苏。

海船敬奉天妃外，有尚书、挐公二神。按尚书姓陈，名文龙，福建兴化人。宋咸淳五年廷试第一，官参知政事，《宋史》有传。明永乐中，以救护海舟，封水部尚书。挐公，闽之挐口村人，姓卜名偓，唐末书生。因晨起，恍惚见二竖投蛇蝎于井，因阻止汲者，自饮井水以救一乡，因而成神。五代时即著灵异。二神亦海舟所最敬者。

云南土司惟宣慰司最大，秩□品。其地隶版图，而为南掌老挝所奴隶，每蹂躏索馈献。有喀鱼拉者为尤甚。宣慰司初尚富，今已雕敝，则不胜其扰，而喀鱼拉之来更频。思茅同知辖是境也，能为之逐喀鱼拉即为称职。盖南掌诸国皆瘠而穷，又为缅甸附庸，意者供亿不足，不免旁索。嘉庆己卯，南掌入贡，其从者所过，虽办差之草帘亦取而留之，鄙可知矣。

滇、粤多蛊，有以药成者，有自生者。熊编修常锌典试云南，偶与内监试某观察谈及，某曰："此易见耳。"翼日告曰："蛊起矣。"熊出室望之，如放洋灯者然。某曰："贵人指之则落。星使何不试之？"熊指之，果坠。熊曰："观察亦贵矣，何独属我？"某曰："非钦使，不应也。省中惟巡抚、学政乃可耳。考官天使，故请试之。"此理殊不可解。

云、贵边境常有瘟气。气之至也，鼠必先灾，鼠灾必吐血而死。人家或见梁上鼠奔突堕地吐血者，其人即奔，莫回顾。出门或横走，或直驰，竭其力奔数十里，或可免。人有中之者，吐血一口即死。此气之灾，时或一条，时或一段。如一村分南北街，竟有街南居室一空，而街北完然者。如一村数十百家，竟有中间数十家一空，而村两头完然者。初闻此灾不祸有功名之人，凡生监皆可免。近今生监亦不免矣。此理亦不可解。

南掌，古越裳地，自周以后，不通中国。明有刁线歹，始通贡。雍正七年，遣头目叭猛花贡象。乾隆十年，以该国窎远，定为十年一贡。五十九年，始赐敕印。彼时国王召温猛不克自振，逃赴越南。越南国将其敕印收缴，其国乃为其胞兄召蛇荣代理。嘉庆十八年，召温猛死于越南之南雅，其国遂为蛇荣子召蟒塔度脂所有。每贡，用蒲叶金字表文。其贡使称曰"大怕"，音近怕字之上声。不知其字，聊记其音耳。从者称曰"后生"。曰大怕者，盖其贵者尊称也。大怕衣红袍帽，则若官轿前刽子手之式。其内衣布，紧缠其身。亦着靴。闻在其地则赤足，且不着裤也。后生或衣蓝布袍，或葛布，不带领，暑日亦戴骚鼠帽，其状不文。大怕之服当亦如此。今所服者，盖入云南境后，地方取戏中衣帽使着之，非其国服也。

安南国，嘉庆九年锡号越南，古交趾也。其随贡使来者衣红短袄，束绿带，以蓝布缠头出两角，若戏中之扮渔婆者。贡使则宽袍纱帽，帽上加一凿花铜片，若女子之翠围。其地东南界云南。人无尊卑，皆赤足。见有以绳作络，人坐络中扛而行，则其长官出也。俨若中国之抬猪者矣。

广东香山属有地曰澳门，为通夷舶之所。其地隔海，广东人及客广者多未至其地，余尝往游之。夷屋鳞次，番鬼杂遝，俨然一外国也。明代许西洋租地，交市只一千三百八十人耳，今所侵殆数倍矣。其人皆楼居，高楼峻宇。窗扇悉以玻璃，轩敞宏深，令人意爽。楼下多如城之瓮洞，贱者处之。其屋用白石攒灰垩之，宛如白粉，洁净可玩。其俗，有尊客至，当家老翁出迎，礼以脱帽为恭，以妇女出见为敬，男子无少长则避之。客至，款留酒果，设大横案，铺以白布，列果品茶酒于其上。近门处为尊客座，排列依次而北，其妇坐于案之横头。女子环案坐，客西向则坐于客右，东向则坐于客左。案前各置瓷盘，盘内置刀一、叉一，叠白布于上，布即饭单也。饮以熬茶，和以白糖，一女斟茶，则一女调糖，令鬼奴按客座以进。食果，则女子切片置盘内，鬼奴递送客前，取客前之盘返于主人，别置他果，往复传送。酒贮以玻璃罂，红黄白各色俱备。杯亦玻璃，大小罗列，以酒之贵贱分杯之大小。饮时则主翁自酌，鬼奴传送，客饮愈多、食愈多，则主人愈乐。妇人妆束悉与洋画同。其髻式与内地无异，但无尾耳。囟前留垂发长二寸许，被于额上，如内地未嫁女子之看毛发，卷如画狮，即：《诗》所谓"卷发如虿"也。生于其国者发浅绛色，而目光绿，生于澳门者与内地同。浅绛者天然卷毛，黑者则盘束而成矣。女之大者，两肩被以水红绸及乳，如云肩而无瓣。闻富者仍加金绣，胸俱露而不蔽，裙亦束于衣外。女之幼者，垂以裤脚，布之细如蝉翼。有呬吔花园者，园中以铜丝结网蒙之。内有大树一株，小树数株，有假山，有水池。壁上多插以树枝，蓄各种鸟，红黄白绿，五色灿然。鸟之上下飞鸣，宛如在园林中也。或巢于树，或巢于山间水旁，或巢于檐壁及所插枝上，名曰百鸟巢。又有曰八角巢者，别一家之园也。巢乃一六方亭子耳。园中曲道逶迤，竹树葱蒨，与唐人园亭无异番夷称内地人为唐人，惟屋宇不同。园蓄鸡一，大若小驴，额上有肉角，食火，即火鸡也。番人之有职者，所居墙外有黑鬼持火枪守之，隔数十步立一人。衣以纯黑，似戏中所扮猪八戒者,其冠亦似戏中孙行者之冠。胸前用白皮条,宽二寸,左右交缠,用以兜枪。其人以左手插于皮条内握枪柄,枪直竖于左乳前。火枪之旁复有铁枪。枪虽两用,重笨已极矣。持枪者直立不动,宛同木偶人。过其旁,但一目觑,颈不转也。近旁有脱帽卧地者三四,盖即循环替代者也。此乃番国之官兵也。其富而无职者,门前立红衣人,如戏中之刽子手,帽亦似孙行者而斜其一边,执藤鞭以守门焉。

其俗有词讼事呈于番官,番官具文列所诉状下于被控者,被控者复呈诉。如此三四,缪辖难明,则聚讼者与被讼者于庭列坐于地以质之。屈伸莫定,则以经册列地,或翻之,或践之,理曲者不敢践,则负矣。其国制和尚为尊。有犯罪者请于和尚,和尚命之杀则杀,命之宥则宥。然和尚之尊不及女尼,凡和尚所判必告于尼,尼若不然,则不行矣。妇女与人有私,遇礼拜时必跪白于和尚前,盖求和尚申天主,莫之罪也。妇人最重者两乳,惟木夫得抚摩之。若与唐人私,和尚问以曾否抚乳。如曾抚及,即戒以下次不可,当即忏悔,其妇亦唯唯而退。女之欲为尼者,先闭于寺楼,惟留一穴通饮食。于是者一年。至期,其父母问之曰:"其苦如此,能否坚受?"如不能受者,即令回家。愿苦者,再闭一年,复问之。立志坚定,即终身闭于此楼,永不与人见。殆佛家所谓真苦修行者,故其尊莫与比并矣。又其俗男子不得置妾,不得与外妇私,其妇约束极严。而妇人随所爱私之,其夫不敢过问。若其夫偶回本国,往来须时,必托一友主其家。其友三四日一过宿。若逾多日不至,妇则寻至,责以疏阔。其夫归,问友之往来疏密,密者即为好友,疏则不与之交矣。习俗所尚,全与礼教相反,此天之所以别华夷也。

番妇见客,又有相抱之礼。客至,妇先告其夫将欲行抱礼,夫可之,乃请于客,客亦允,妇出见。乃以两手搴其裙跳且舞,客亦跳舞,舞相近似接以吻,然后抱其腰。此为极亲近之礼也。

番国官职有文武。文由考校而得,主文字案牍,职有六等。武多世职。凡没于王事者,即以其子袭其官。其住澳门之大班,多其国之贵者。曾有一大班病死,剖其腹,细按其五脏,某脏受病,一一为图注明，归白其国主。尸则葬于澳门。其墓似浮图，与僧家葬礼无异。其非贵人之没于澳门者，死即埋，久之，则去其骨骸，更以埋新死者。

闻番人言，红毛国中水火皆有专家，只许一家卖火，一家卖水，无二肆也。人家夜不举火，至晚鬻火者能令室中自明，无俟燃烛也。欲水亦先告鬻者，屋宇皆有水法，水即自至，无俟担桶也。夷人多巧工，此语或不虚也。

夷船只许进澳门，易小舟进黄埔，此外不得至也。戊寅有一夷船至，守口者问之，答以遭风，将整篷索而后去。越数日，篷索不整亦不去，守者禀于制府，禁米菜小艇不得出口。夷船不得食，具状以诉，不由其大班转禀。阮制府令责其大班，以该船既不应到所不当到之地，乃又不诉所应当诉之人，何该国漫无统属至此。大班乃实诉其船系为提取军饷六十万而来，非数日所能卒办，俟饷齐即去。乃不禁米艇。越半月果去。盖红毛时为雁雕战败而提饷也。红毛善水战，雁雕善弓矢，引以登陆，以强弩毒矢射之，大丧其师。红毛近渐强横，遭此损折，是亦天挫其锋也。

卷四

　　太学石经凡一百九十碑，为江南拙老人蒋衡书，乾隆五十七年始勒石。先是五十六年冬，上欲勒石经于太学，初命彭文勤公元瑞司校雠，金司空简司工。五十九年，上启跸幸避暑山庄，以文勤不随扈，命每晨携笔砚至乾清宫，遍校内府所弆宋刻各本，金司空备食。文勤因得观人间罕见之本，考其同异，著为一书，名曰《乾隆御定石经考文提要》。凡蒋书不合于古者俱改正之。碑成，文勤面奏云："石经将垂训万世，只臣与金简二人列后衔，臣以末学，金又高丽人，恐不足取信。"因加派和相国珅、王文端杰为总裁，董文恭诰、刘文清墉及金司空、彭文勤为副，金司空士松、沈司农初、阮制军元、瑚太宰图礼、那太宰彦成随同校勘。独文勤得邀宫衔，并命仿《五经文字》、《九经字样》例，每经勒《考文提要》于后。和相国嫉焉，大毁《提要》不善，并言非天子不考文，议文勤重罪。高庙谕云："彭元瑞本以'乾隆御定石经'加其上，何得目为私书？"和计不行，乃令人作《考文提要举正》，分训诂、偏旁、谐声三门，以为己作也以进。又訾《提要》多不合坊本，不便士子，请饬禁销毁，并命彭某不得私藏。高庙叹曰："留为后人聚讼之端，亦无不可。"其事乃寝。和乃密令人将碑字从古者一夜尽挖改之，而文勤之《考文提要》亦不果刊。嘉庆八年，文勤奏请详加察核。仁宗命董文恭、纪文达、朱文正、戴文端、那冢宰查对，但将碑字之草率漏画，略加修补而已。阮制军之抚浙江也，始以《考文提要》属门下士许进士绍京刊刻焉。《提要》之作，荟萃宋本之善者。嘉庆二年，乾清宫毁于火，宋本俱烬。今乃借是书以存其大概，岂非深幸耶。碑无故被一夜之灾，抑又何也？蒋衡江苏金坛恩贡生，乾隆五年以手书《十三经》进，赐国子监学正。衡为人作书，每自称曰"江南写《十三经》拙老人蒋衡"。后更名振生。

　　《骈字类编》书板久不存，人家有藏者，亦据为奇货。嘉庆甲戌夏，武英殿奏请清查板片书籍，时同年谢峻生编修为提调官。查至南薰殿，见炉坑内_{烧火炕出灰之坑，都中名曰炉坑}有物贮焉。命启之，板片堆积，审之，则《骈字类编》板也。核校短二千页，因奏请刻板千补之。_{板两面刻字，故只用千板。}今此书发卖，士子俱得见之矣。

武英殿书籍其存而不发卖者，向贮于殿之后敬思殿。甲戌夏清查，将完好者移贮前殿，其残缺者变价，符咒等书悉付之丙。于是敬思殿空，为贮板片之所。谢峻生云：查书时窗台上有黄袱包贮一物，拂尘展视，得书十二本，盖兵书也。无名目。书中画图，按图解说，如白虹贯日、恶风震雷之类，天见何象则何如应。画有断尸横陈、将军缺首等像。图皆着色画，见之可怖。解俱称“朱子曰”。恐系秘本，不敢细读，因进御览。奉旨仍谨藏于殿中。案兵家书有图者惟《虎钤经》，撮天时人事之变，凡六壬、遁甲、星辰、日月、风云，备举其占，有飞鹗、长虹、八卦、四阵诸图。经为宋许洞撰。又《握机经》，于衡冲风云诸阵皆绘有图，为明曹允儒撰。此称朱子，则不知何书，疑为伪托紫阳者也。其变价之书，峻生购得《通志堂经解》，白纸本，虽缺少《三礼图》，而其本绝佳。书内有谦牧堂印，犹是内府收存之初本也。

活字板造始于宋。沈括《笔谈》云：“宋庆历中，毕昇为活字板，以胶泥烧成。”陆深《金台纪闻》则云：“毗陵人初用铅字，视板印尤巧妙。”盖其始或以泥，或以铅也。乾隆三十九年，金侍郎简请广《四库全书》中善本，因仿宋人活字板式，镌木单字二十五万余。高宗以活字板之名不雅驯，赐名曰“聚珍板”。

有元一代之史，明人不解其国语，于其人姓名多讹舛错谬。高宗《御定三合音训》，先拟依其国语改定，如脱脱当为托克托，阿里不哥当为额哷布格，帖木儿当为特穆尔之类，其名始正。惜自国子监取三史板交武英殿，久未举行。善读者取《音训》查对，即了然矣。赵瓯北纂《廿二史札记》，将《音训》刻入，正此意也。道光初年敕改，军机章京又率意翻换，如额哷布格更为阿里克布克，和尔果斯更为和尔和逊，此类不可胜数，阅者几不能识为何名。尤可笑者，史中有“金复盖海”句，是总金州、复州、盖平、海城四县而言也，纂者改为“金复哈噶”，盖误以“盖海”为人名也。又《睿宗传》“饮酒欢甚，顾谓左右曰”，纂者以“甚顾”二字改为“萨赖”，盖“甚顾”二字刷本略有模糊，遂误以两字为人名。若此之类甚多,且挖改原书,不久必有脱落之弊。后奉旨校正,常州吴伯兴宗丞孝铭时官水部郎,分得列传,与余话及。足知纂书官不出一手,亦重得其人也。

广东省城内双门底拱北楼上有铜壶滴漏,其时最准。三层,大小五桶皆以铜为之。桶旁镌字,云"延祐三年十二月十六日造",以后另行小字,云"作头洗运行。作头杜子盛。南海县该吏陈用和、广东道宣慰使司都元帅府阴阳提领简德转监铸。承务郎广州路南海县尹兼劝农事周胜宝提调监铸。广州路总管府提控案牍兼照磨承发架阁常天锡。广州路总管知事宋君敬。承直郎广州路总管推官王亨。承德郎广州路总管府推官王思聪。广州路总管府判官扎忽。广东道宣慰使司都元帅府令史常文广。承宣郎广东道宣慰使司都元帅府都事王巨威。承务郎广东道宣慰使司都元帅府都事杨复。承宣郎广东道宣慰使司都元帅府经历穆齐侯。承宣郎广东道宣慰使司都元帅府经历捏古伺。中顺大夫广东道宣慰副使金都元帅府事王从政。奉议大夫广东道宣慰副使金都元帅府事拜降。怀远大将军同知广东道宣慰使司副都元帅阿剌不花。中奉大夫广东道宣慰使都元帅怗里。资善大夫广东道宣慰使都元帅马速忽"。此壶至今五百余年,尚能不差时刻,犹可见古人之制作也。阮芸台制府仿其式,以锡为壶,置于厅事之旁,时刻俱不能准。盖工人未能得其中之消息也。或曰锡不能如铜之坚,故易坏耳。

文王鼎,《宣和博古图》载鼎铭七字,曰"鲁公作文王尊彝"。薛尚功《钟鼎款识》载鲁公鼎铭同,盖即《博古》之文王鼎也。姜绍书《韵石斋笔谈》记李修吾节镇淮阴,遣中翰黄黄石以千三百金得文王鼎于梁溪嵇少峰家,后记此鼎之转徙甚详。刘公㦤《七颂堂议小录》云:文王鼎所见凡二,冯涿鹿、孙退谷二家所藏形制皆同,孙氏翡翠尤胜云云。此中或即有修吾之物亦未可知。然世安得有如许文王鼎哉?修吾之物,其篆文及鼎之轻重大小,《笔谈》已言其与《宣和》所藏迥异。诚如所谓"飞凫家见鼎之方而古者,即指名为文王鼎,恐不免见牛呼戴,见马呼韩"矣。

《通志堂经解》纳兰成德容若校刊,实则昆山徐健庵家刊本也。

高庙有"成德借名,徐乾学逢迎权贵"之旨。成为明珠之子。徐以其家所藏经解之书荟而付梓,镌成名,携板赠之。序中绝不一语及徐氏也。书中有宋孙莘老《春秋经解》十五卷,而目录中无之。山东朱鸢湖在武英殿提调时得是本,以外间无此书,用活字板印之,盖以通志堂未曾付刻也。其时校是本者为秦编修敦甫恩复。秦家有通志堂刻本,持以告朱,朱愕然,不知当日目中何以缺此也。秦云据其所见,为目中所无者尚不止此。岂是书有续刻欤?

《复斋钟鼎款识册》,南宋秦氏熺物也。熺为桧子,其门客董良史为之摹绘成册。今归扬州阮制军元,刊本传世。此册自宋流传,展转至明,项氏以银二百得之。又展转至扬州,秦编修敦甫欲仍以银二百购之,其人不售。有陆氏者增银二十,乃归陆氏。陆后携至杭州,时阮抚浙,因乞跋。阮欲以原购之数取之,不可。西湖多御碑,一日陆忽于碑旁镌"内阁中书臣陆某敬观",守土者以陆大不敬,将置狱。阮以书生无知,乃为解释。陆感德之,献是册以谢,遂归阮。夫熺之为人不足重,而其所宝之器其犹存人间与否,亦未可知,而乃借是图以至于今,使人按图知古,则敝楮胜于吉金多矣。岂其中亦有神物护持之欤?

杨妹子善画,《图绘宝鉴》载其画有《赵清献琴鹤图》,特佳。但云不知其名。或曰是清献之妹,或曰公之女也,或又曰清献公媳也,总不可考。案姜二酉《韵石斋笔谈》:乃宋宁宗恭圣皇后妹也。姓杨氏,且为南宋人,与清献姓既不同,而年代复远。或人所云,舛误甚矣。《笔谈》又云:凡御府马远画,多命题咏。曾见马远《松院鸣琴》小幅,杨娃题其左方云:"闲中一弄七弦琴,此曲少知音。多因淡然无味,不比郑声淫。　松院静,竹楼深,夜沉沉。清风拂轸,明月当轩,谁会幽心?"调寄《诉衷情》。庚辰秋,有友持山水画幅属题。画远山一角,近坡老松葱郁,松下一人鸣琴。款署马远名。虽赝物,而颇有韵致。幅边多题咏。余乃为一绝云:"宛然如对晚风清,松院沉沉夜月明。但少题词杨妹子,轻吟一阕《诉衷情》。"

古人收藏名迹,多钤以私印记识。赏鉴家一经品题,后人多借以珍重。即贾似道之奸恶,世反以有长字印及秋壑图章、半山堂等印为可宝。项子京搜罗名品，固一世之豪，其传于今者私印累累，殊不伤雅，而《韵石斋笔谈》遽以石卫尉黥美人譬之。其载价于楮尾，亦欲后人不轻视耳，乃谓与贾竖甲乙账簿无异。未免恶詈。是则毛西河一流习气矣。

诗以道性灵，故往往有谶语。《齐·五行志》曰："文惠太子作七言诗，后句辄云'愁和谛'，后果有和帝禅位。"又曰："文惠太子在东宫作《两头纤纤》诗，后句云'磊磊落落玉山崩'，自此诸王宰相相继薨徂，二宫晏驾。"唐骆宾王《帝京篇》云："倏忽搏风生羽翼，须臾失浪委泥沙。"人谓宾王与敬业兴兵扬州，大败逃死，此其谶也。崔曙《试明堂火珠》云："夜来双月满，曙后一星孤。"以是得名。明年卒，唯存一女，名星星。元张之翰除松江知府，题桃符云："云间太守过三载，天下元贞第二年。"是岁即卒。六安陈鳌中嘉庆丙辰科进士，覆试第一。时题为《首夏犹清和》，陈起句云："入夏初居首，春光剩几分。"丙辰以前数科，凡覆试第一多得状元，人俱以状头期之。乃不数日即卒，竟未与殿试。又曾见吴云庄上舍持一扇为毕某诗忘其名，末句有"空濛人浸一江烟"之句。余曰："此人恐有水厄。"越岁，云庄为言前见扇头作诗人已死于水矣。无心出之，往往有应，盖亦机之先见者欤？

宋曹士冕作《法帖谱系》，世罕得其本。浙江鲍士恭家有藏本，人亦希见。余尝于《永乐大典》中写出之。其论《淳化帖》之支派甚详。内有《澧阳帖》云"旧有法帖石本，其后散失，仅存者右军数帖而已。或云《武陵帖》盖以澧阳本重刻，未知孰是"云云，而澧阳刻石之原委未明。于《鼎帖》云"武陵郡斋板本较诸帖增益最多，博而不精"云云，而所刻卷数之多寡未述。按《晁公武读书志》有《武陵法帖》二十二卷，王若谷以秘阁法帖合潭、绛、临江、汝、海诸帖参校有无，补其遗逸，成是书。鼎中张斛刊之石。曹云武陵板本增益最多，或言武陵以澧阳本重刻，则澧阳自较诸帖为多矣。又系石本，当即张斛所刻之《武陵法帖》也。晁公武见此帖，距曹氏作《谱系》时三十余年。或士冕未见全帖，未能详考耶？书之以补曹氏之未备。

宋李庄简公光致胡忠简公书云："见公汉隶甚奇古。今汉碑绝难得，不知左右何从而学之，乃超胜如是？仆有《转物庵碑》，乃'邹'、

'德'、'久'书不甚佳,得暇为作此三字,甚幸。"据此帖,足见南宋得汉隶之难如此。洪、赵诸君所藏,乃能如彼之富,则其购求之艰,用心之苦,为何如也。后世乃犹欲持一帖之漏以訾议之耶。

岁辛未,见蔡盐场大使传声购朱文公手书注《鲁论先进第十一篇》,犹是未定草稿也。竹纸墨格。以今本较之,其涂改及不同处不过数十字。曾逐字开写一纸收存,今不见矣。书法极苍秀可爱。然以所改字读之,亦无大紧要。或明代善书者伪托之耳。

《存复斋集》载有《跋司马温公于范忠宣手帖上书通鉴稿》,跋云"此稿标题晋永昌元年之事。是年王敦还镇,元帝崩。此江左立国之一变也,故公不得不手书之"云云。今读《通鉴》,于是年事简明详尽,令人了然可见。先辈不知费几许心血,往复审正而后脱稿也。《存复斋集》,元朱德润撰。字泽民,睢阳人,流寓吴中。延祐末以荐授翰林,应奉文字兼国史院编修官,寻授镇东行中书省儒学提举。虞伯生序惜以画事掩其名。周伯琦作墓志,谓山水人物有古作者风。其《雪腊赋》称"天子大搜于柳林,召小臣朱德润图而赋之",是善画矣。今罕有传者。按德润移疾归,至正十二年起为江浙行中书省照磨官参军事,摄守长兴。集题"征东儒学提举",案集中文止于至正十一年,是集盖成于未起官以前也。

尝见墨笔细竹一副,画为道升,题为子昂,殆伪造者仿本也,故不入录。题曰:"文湖州咏竹,一字至十字成诗。竹,竹。森寒,结绿。湘江滨,渭水曲。帷幔翠戟,戈矛苍玉。虚心异众草,劲节逾凡木。化龙杖入仙坡,呼凤侣鸣神谷。月娥巾帔净丹丹,风友笙竽清簌簌。林间饮酒瘦影摇尊,石上围棋轻阴覆局。屈大夫逐去徒悦椒兰,陶先生归来但存松菊。若论檀栾之操无敌于君,欲图潇洒之姿莫贤于仆。"《历代题画诗类》及《广群芳谱》俱未选,故录之。

卢村砚余在中州曾得其一,瓦质而龟形。余既莫知其所出,试以墨亦不甚奇,未之重也。及试陕州,见士子有用此者,问之云殊不易得,有不发墨者伪也。然不能言其详。山长冯梦花绶,浙人也,在陕久,见而问之,乃为余具道所考。时当冬寒,且言遇寒不冻,验之果然。

冯有长诗一章，前有序，叙述甚详，记以备考。序云："村在陕州城南三十里，传有隐士卢景者好造瓦砚，砚成，悉瘗之崖壁间，村以是得名。然莫详其时代，州乘亦逸其人，惟砚窑故址犹在。人于得砚处时见开元古钱，因疑砚为唐时物云。砚之大者径尺，小者三四寸。形制如箕、如瓢、如龟鳖之甲，下有两足或四足。质似粗而甚薄，然坚致密栗不可磨削，性发墨而不渗。以盛水，暑月不涸，寒月不冻。或谓其古澄泥类也。砚之在村随处皆有，乃入土辄数丈，上多居人屋庐，禁人发掘。必俟其旁崖崩裂，始争锄土出之，又往往为沙石压损，完者百不得一，故村人甚秘惜焉。辛未夏，于州城偶得之，因记以诗：铿然片瓦坚于铁，大或如瓢轻如叶。陕人贻我向我言，此为古砚岁千百。父老相传作砚人，姓卢名景多高节。平生造砚不卖钱，窖之土内如埋壁。至今时代不可稽，求之志乘皆湮没。废窑毁败子孙亡，村以卢唤未曾易。窑外村前百丈崖，田夫往往挥锄掘。掘时常见开元钱，粘泥附砚相狼藉。以钱证砚砚可知，当是唐时人手泽。吾闻卢纶尉阌乡，又闻卢奂守二虢。岂其后人隐是村，借端犹奋文人烈。不然寻常陶埴家，好名孰抱如斯癖。其时澄泥出虢州，更传石琢稠桑驿。唐人砚谱竟宝之，胜于龙尾斧柯石。二者年来早失传，搜罗不得人争惜。此砚当时不著名，胡为历劫难磨灭。尾圆头锐腹低凹，一池似月环其额。案头昂首类于蟾，裙边舒足趺同鳖。偶尔金壶勺水倾，积旬曾未虞枯竭。研之三匣墨如云，一泓终日凝灵液。瓦当铜雀世纷纷，孰优孰劣无能别。词人宝爱过琳腴，银笺珊管勋同策。吁嗟乎！作字张芝尚有池，吟诗魏野常留宅。足与黄流抵柱共千秋，谁知更有区区陶瓦称奇绝。"

卷五

董相国文恭公年五十大拜,入直军机三十余年,见人从无疾声厉色,礼貌之周到,虽于童子亦不肯忽也。而退直入家,则性气殊急。出门能谦恭数十年如一日,实亦人所难能也。公鼻中有淤肉闭塞,气不得通。每当严冬入西华门,扑面风来,则张口迎之。或风甚气逆,则小立暂喘。老年得上气疾,至冬恒剧,盖亦由鼻息之不能转运也。

座师朱相国文正公晚年恒闭目养静,门生故旧至,公倚桌坐,以杖支颐。杖头置青绢一幅,盖以拭目也。与客谈亦不睁目。语喜诙谐。翰林院土地相传为昌黎文公,故有文公祠。公以为代文公者为吴殿撰鸿。一日丁祭毕,昇轿过文公祠,公自轿中回首作拱介,大声曰:"老前辈有请矣。"乙丑除夕,余至公家,问公岁事如何。因举胸前荷囊示曰:"可怜此中空空,押岁钱尚无一文也。"有顷,阍人以节仪呈报,曰"门生某爷某爷,节仪若干封"。公因谓余曰:"此数人太呆,我从不识其面,乃以阿堵物付流水耶。"其谐谑如此。自以为前身为文昌宫之盘陀石,因号盘陀老人。有请乩者谓公系文昌二世储君,名渊石,故字石君。奏请加梓橦封号,行九拜礼。卒之日,卧处一布被布褥而已。上亲赐奠,驾至门即放声哭,且赐以诗,有"半生唯独宿,一世不谈钱"。传曰"知臣莫若君",信哉。

青乌之术似不可信,然亦有可据者,盖亦在其术之精与否也。朱文正公其先浙人,曾祖客于京,业锻。有江西一士善地理而道不行,迍邅已甚。居与朱翁邻,每出入扃户,则属朱翁为视焉。居数岁,怏怏将归,谓朱翁曰:"承翁爱已久,愧无以报德。意中卜得佳城二三处,翁能移殡此乎?"翁谢以无力置地。术士言:"此地价不昂,我力尚能买以赠翁也。"因以千文买芦沟西镇冈塔前地一区,为植榆一株,谓曰:"他年移殡来,树下即穴也。前后左右视此树均即葬,后嗣当大贵。然须坚嘱后人,若贵,切无以土冢不华,别加土山与石坊、享堂等物也。"公尝为余外舅言如此。故公虽入阁,惟土坟一邱、树二三十株而已。公殁后，公之侄山东方伯锡爵于坟后培以小土山，中央画一红日。居无何，公子四品卿遂亡，公之孙观察涂年未四十而殀，方伯亦褫职责成，侄孙某守常州府亦降职，比部某病废。累世簪缨，顿嗟零落。余为公曾孙道其颠末，归不告家人，竟至墓所将土山毁去之，乃举于乡，由教习得县尹。公后起乃有人矣。谁谓术士之言尽不可信耶！

静海励氏，大姓也，四世翰林，为直隶望族，三代皆官司寇、少寇。文恭公杜讷少嗣于杜家，故姓杜。后欲归宗，不知其姓，仁皇帝特赐姓励。故虽为大姓，人丁不多。大司寇廷仪，其子也。少司寇宗万，其孙也。曾孙翰林守谦字子大，尝以腊月宴客，择客之有貂裘者邀之。重帘幛风，围炉炙火，客至其堂，不知其外边之有寒也。及入席，益以火炉，客热甚，加以酒，愈热，客皆脱裘而饮。宴罢欲去，纷然觅裘俱不见。喧咤间，主人出他裘一一衣客，且人与质票一纸，谢曰："岁事迫人，无可为计。诸君貂裘，俱已借入质库矣。"客无如何，唯唯而散。一时传为佳话。

仕宦之通塞，实有子平所不能推者。休宁汪薰亭阁学滋畹，凡日者皆言官不过同知，困顿场屋，始就盐场大使。乾隆戊申赴部候选，自分风尘梦，不作大罗天上客矣。候选者例每月朔到部投供。阁学平生喜斗马吊，一日欢会，继之以夜。次日为月朔，不忍舍之散。同室人有投供者，倩之代。同室人到部忘之。是月出缺，汪以月朔未投供也，不得选，懊恨无及。不得已，入闱应试。是科获售，联捷成进士，官翰林，不二十年至内阁学士。使同室者一为投供，则早已执手版听鼓辕门矣。然平生不知几经精子平者推算，竟无一许其为木天人也。亦异矣哉。或曰凡乡居无日规，即有之，或遇阴晦，则诞生之时多由意度，盖时辰不得真也。理或然欤？

芜湖黄左田司空钺，乾隆庚戌进士，授主事，怏怏而归。设帐江左，自分终老湖山矣。嘉庆己未，朱文正公入京，招之来，荐为内廷供奉。定例，南书房非翰林不能行走。黄乃以候补主事入直懋勤殿。每日入直，例南斋供奉，由乾清门出入。懋勤殿供奉，只带领匠役由石门入。黄以年近六十，且多病，恒有浩然之志。岁甲子驾幸翰林院，黄格于例不得与。上以黄当差有年，特赐翰林。又以其顶戴六品，若与编修头衔，有似降等，因授对品翰林。以一未经补缺之主事，卒尔得开方翰林，实异数也。由此典试、督学、总裁，不及十五年官一品。庚辰八月入直枢密，老福正未可量也。当候补户部主事时，上念其贫，命户部尚书、侍郎每岁助银五百两。尤为异数。

满洲蒙古由翰林出身者，不数年必至阁学、侍郎，若至十余年则不多有。蒙古法学士梧门先生，名式善，能诗，性情洒落，有飘然出世之态。以□□科翰林起家，□□年不过四品。然每及四品辄踬，今已屡踬屡起矣。先生喜与文士游，所居为李西涯之故居。苏斋翁阁学颜其西室曰“诗龛”，人因称为诗龛先生。晚喜食山药，又名其斋曰“玉延秋馆”。性不能饮，然有看花饮酒之约，虽风雨必至。又爱画，朱青上、素人、野云时往来其门，号“三朱”。尝要三朱作《诗龛图》，青上写太湖石，素人、野云分司竹树亭榭焉。诗画之会，一时称胜。尝蓄王麓台山水小卷，前为南斋诸公题咏，因凡入南斋者，俱请之题。己巳余供奉南斋，亦与名楮尾焉。暮年好学益笃，卒以学士终。壬申冬，召余与孙平叔尔准至其家，告曰：“有事属二君，二君其为吾祭文墓铭乎。”神色沮丧。居无何，果卒。先生壮而无子，夫人病瘘者已若干年。买妾久不育，一岁有娠，先生梦窗前桂花大开，然实无有桂也。喜而醒，则家人叩扉报公子诞生矣，因名曰桂馨。未弱冠成进士。先是未第时，求婚于英大冢宰煦斋先生。吾乡方葆岩制军精子平，冢宰以桂属之推。制军极赞成之。桂以进士授中书，群谓先生平生学问为文人领袖，公子将光大以食其报也。不三岁亦病瘵卒，复无嗣，天道不可知也。犹记诗龛一联十六字，钱梅溪隶书，云：“言论大苏，性情小谢；襟怀北海，风度西涯。”可作先生像赞。

俗言凡大贵者多有异人处，此语或然。曹文恪宗伯秀先卧被仅四尺余，只覆胸腹而已，赤两足置于被外，虽甚寒亦然。刘文清相国卧被甚长，睡时将被折为筒，叠其下半，挨人之。家人俟其入被中，并将上半反叠如包裹状，虽酷暑亦然。是亦罕闻之事。

五来之说，凿然有之。纪文达公殆自精灵中来也。人传公为火精转世。此精女身也，自后五代时即有之。每出见，则火光中一赤身女子，群以铜器逐之。一日复出，则入纪家，家人争逐，则见其径入内室。正哗然间，内报小公子生矣。公生时耳上有穿痕，至老犹宛然如曾施钳环者。足甚白而尖，又若曾缠帛者，故公不能着皂靴。公常脱袜示人，不之讳也。人又言公为猴精，盖以公在家，几案上必罗列榛、栗、梨、枣之属，随手攫食，时不住口。又性喜动，在家无事不肯坐片时也。又传公为蟒精，以近宅地中有大蟒，自公生后蟒即不见。说甚不一，或谓火光女子即蟒精也。以公耳足验之，传为女精者其事或然。惟公平生不谷食，面或尚一食之，米则未也。饭时只肉一盘，熬茶一壶耳。宴客肴馔亦精洁，主人惟举箸而已。英煦斋先生尝见其仆奉火肉一器，约三斤许，公旋话旋啖，须臾而尽，则饭事毕矣。此故则人所不解。

纪文达又善吃烟。其烟管甚巨，烟锅绝大，可盛烟三四两。盛一次可自圆明园至家吸不尽也。都中人称为"纪大锅"。

刘相国文清公卒之岁，腊月二十一日封篆，公坐内阁堂上，座后有一白猫卧于褥，体态甚伟。当其未坐时，固无猫也。此物自何来，人亦不知。堂上中书、供事等群见之而不敢言。公退，猫亦遂不见。二十四日早公卒。或谓所卧之猫盖狐也。

蕴大司空布家中窗户俱用竹帘，虽隆冬亦无用毡布者，盖其性嗜轩敞，不使眼界闭一室也。冬日退朝，只衣绵袍，凝寒亦不着皮裘。卧时以被平覆于身，四围俱不折拂。其睡亦无定所，一夜尝易数处。此亦禀性独异者。有老媪尝役于其家，出则为人言之。余见施吉士銮坡隆冬亦不着裘，即皮帽、皮领亦不着，其事略相似。

前辈善啖者，首推曹大宗伯文恪公，次则达香圃宗伯椿。人言文恪肚皮宽松，折一二叠以带束之，饱则以次放折。每赐食肉，王公大臣人携一羊乌叉，皆以遗文恪，轿仓为之满。文恪坐轿中，取置扶手上，以刀片而食之。至家，轿仓中之肉已尽矣。故其奏中有"微臣善于吃肉"之句，道其实也。香圃宗伯家甚贫，每餐或不能肉食，惟买牛肉四五斤，以供一饱。肉亦不必甚烂，略煮之而已。宗伯人极儒雅，惟食时见肉至，则喉中有声，如猫之见鼠者，又加厉焉。与同食者皆不敢下箸。都城风俗，亲戚寿日必以烧鸭烧豚相馈遗。宗伯每生日，馈者多。是日但取烧鸭切为方块，置簸箕中，宴坐以手攫啖，为之一快。伤寒病起，上问尚能食肉否。对以能食。于是赐食肉，乃竟以此反其病而终。

座师长沙刘文恪公诞生时，是夕村人见灯火烛路，挑者、抬者、车推者络绎前来，约半里许。即之，则皆酒也。意村中无此大肆可容贮者。俟其过，尾之而行，望至刘宅门首蜂拥而入。众趋视，寂无一人，门固扃也。正惊愕间，门内有喜声，报生男矣。公平生饮最豪，可三昼夜不辍杯，终亦不醉。同饮有一日半日潜逃者，公皆称为吃短命酒。宋周益公生时，家人闻厨室有人言曰："酱至矣，葱犹不至，奈何？"益公生平不食葱。俗有食禄不曾带来之说，信哉！

刘文恪公传是钟离祖师后身，故公即以仙之名及字为名与字，而面圆、色红、须微，常带笑容，与世所画八仙中之钟离仙宛肖。公少时家贫，为文不能延良师。家有乩，每课文求乩仙，笔削督责颇严。一日文偶冗长，仙谓不宜，公乃短章，仙怒，因不阅，悔谢乃免。及成名始去。五来原有自仙来者，而乃有仙为师，亦奇矣。

戴可亭师相于任四川学政时得疾，似怯症。成都将军视之，告以有峨嵋山道士在省，谒请治之。因邀道士至署。道士谓与其有缘，病可治。因与对坐五日，教以纳吸之法，由是强健。道光乙未，余典试西江，揭晓之次晨，甫撤棘而师相至。是年正九十寿，精神步履如六十许人，惟重听耳。余问及饮食，师言每日早饭时食稀粥，多半茶碗。晚餐时食人乳，一浅碗。余曰："即此饱耶？"师拍案大声曰："人须吃饱耶？"年九十六卒。闻师饮食如此已多年，盖峨嵋道士传有秘法也。

桂文敏公芳以少农军机大臣奉命赴鞫案，中途授漕督，因旋莅莅任。行至荆州患病。桂之祖总督两湖，没于楚。父恒官湖北督粮观察，又没于楚。都人闻公病，皆危之，以其先不利于楚也。桂在京时与曹文正公同掌翰林院事，而彼此过访未曾登堂。病时，曹梦桂来访，坐厅事告云："吾已物化矣。惟吾祖吾父俱不利于楚，是何故也？"曹曰："君尊人岂官楚乎？"桂曰："前吾家书烦君携寄，乃忘之耶？"言已复曰："吾今约君往履安寺，彼地绝佳，可乐矣。"曹不欲往。桂起坐牵其衣，曹坚退。桂曰："可相待二十年。"曹惊寤。次日桂凶闻至，曹追忆寄书事，乃其典试湖北时，桂曾倩寄家书，不诬也。桂二世官楚俱不利，乃至过楚亦不利。三世厄于楚，此中岂有因果欤？文正没时恰符二十年。

座师英煦斋先生庚辰四月十四日五十寿，仁宗锡以诗章，并有文绮、荷囊等物。谢折有云："惟国家际周甲延禧之盛会，泽必同沾；而臣工无五旬拜赐之前闻，施真逾格。"是年为六旬万寿之次年，旧典亦无赐臣工五十寿者，盖旷典也。时先生为冢宰兼步军统领，故折中又有"统七校而周巡，俾先宿卫；首六官而步治，忝正卿阶"之句，亦可谓极一时之荣。

奎玉庭照甲戌授庶吉士。先是，令弟奎芝圃耀以辛未庶常授编修，煦斋先生作《示儿诗》，有"应呼乃弟为前辈，敢向而翁认晚生"句，一时荣之。德文庄公以乾隆翰林起家，官至大宗伯，先生为乾隆癸丑翰林。玉庭昆仲，后先继美，为满洲科第第一人家。成亲王为书一匾，曰"祖孙父子兄弟翰林"。今玉庭长公子锡祉，又以乙未科编修擢司业。四世翰林，诚玉堂嘉话也。

煦斋先生未婚时，和相欲妻之，德文庄公，辞焉。和衔之。乙卯，先生以庶常散馆，和密令监试者索诗稿，记其句，将欲黜之。是日有索稿者，先生辄与之。及缮写，别为一诗登卷。次日，阅卷遍索先生之卷而不得。是科满洲留馆只先生一人，和由是益怏怏。故文庄公扬历中外垂四十年，卒不得一谥。嘉庆年始追锡易名之典焉。人皆服文庄之识远，先生应事之捷也。

郑侍御敏行未释褐时，梦几上列大印一，四角无数小印围之。解者以为异日必掌封疆，小印乃属吏象也。乙丑，郑以言事左迁礼部主事，补仪制司管铸印局，始恍然前梦已验，官止此矣。因乞归。

长牧庵相国麟抚山东时，每岁临清关有解巡抚公费若干两，相国欲奏归公。其长公子怀亦亭云麚新，方十余岁，以为不可，曰："大人不取此项，不足为廉。若一奏入，瓜代者至将，必仍旧贯，是令司关者倍出之矣。"不听，果如公子言。相国亦稍悔所见之不远也。及为喀什噶尔办事大臣也，先是新疆奠定之初，一切赋税较之准噶尔时有减无增，回民悦服。其喀什噶尔回民内有伯德尔格一种，素皆贩运营生,绝无恒产。岁例税金十两,金丝缎二匹。乾隆二十七年,有阿奇木莫萨者于正贡外索普尔钱二十千文,辨事大臣海明查出,即将此钱作为正赋。相国具奏以为既非赋课旧有,应革。又伯德尔格初只八十余户,迨乾隆四十五年有四百余户。辨事大臣玛兴阿议增贡金四十两。相国以为无论中外百姓,回民生计日繁,则生计日难,从无计户增赋之例,应裁。又喀什噶尔看管果园回民,岁进葡萄一千斤。办事大臣永贵议以徒劳台站,只收二百斤,余八百斤,每斤作钱十文折价存库。相国以事虽细微,体制不合,宜免。此节殊得绥番之体。

松相国督两广时,余堂叔兰宧运同时丁内艰,在其幕府。一日相国宴客,邀之同座。食间关部遣纪白事,相国命之入。其人见相国宴客,肴馔必丰,因属目焉。相国见之,意其人之垂涎也,曰:"汝爱食吾肴乎?"取二簋与之。相国之小仆诧其事,自座后翘足而望。相国回首见之,意小仆亦垂涎也,曰:"汝亦爱食此肴乎?"复取二簋与之,存其余以食客。客颇怏怏,族叔亦为之惶然,相国不之顾也。尽醉而罢。松相国除吏部尚书,入京。行抵涿州,八喇嘛遣人迎之。相国乘一马,喇嘛之使人乘一骡,易骑而行,自涿连宵至圆明园。其家人戚友迎于长新店者,俱不知也。到园已四更,扣军机章京直庐之门,呼叶公起为具折。叶公者,户部郎中叶公继雯也。是日叶公非入直期,其同事重松相国之为人,亦不敢辞。而相国亦不问其姓名,即以叶称之而已。次日面圣,即呈讲《大学》首章,以为治国平天下当自正心诚意始。出借勒相国肩舆,候客家人始闻相国之已到都也。晚仍宿园中。又次日入城,先赴吏部之任,日晡方归家。其妾迎于中门,相国顾谓长公子曰:"此谁家戚谊也?"长公子曰:"此某姨娘耳。"相国乃恍然问曰:"汝今亦老矣。"其为人旷达如此。

人之癖好,实有不可解者。米南宫有石癖,赵魏公有马癖。卢氏莫宗伯清友先生,名瞻绿,别号韵亭,有扇癖。不论冬夏,居则几上、架上、榻上、座上,无非扇也。喜为诗,又喜画。有能画者,必属之画扇。画竟,即题诗,且一题再题,多至十数题,无不叠韵,俱细书于扇头。画有空处,则补以诗焉。画之优劣亦无去取,但借以题诗耳。先生兼管顺天府尹时,以在私室审断公事左迁,以太仆正卿终寿。先生爱客,家人善制捶鸡及烧卖,都中有"莫家捶鸡"、"莫家烧卖"之称。善画兰,亦不择笔,随兴画之,淋漓飞动,在天池、板桥之间。

莫清友先生又喜论时文,愈老而文思愈勃勃,然未尝落笔也。丁卯除夕,家人设酒果度岁,先生忽欲作文,顷刻而成。元旦朝贺回,已缮清本,邀余至其家读之。题为《式负版者》,兴致酣畅,书卷富有,如墨卷中当行之作。先生为进士至此已廿余年,全无荒芜之意,亦人所难能也。因命其长孙熟读以为揣摩,长孙受之而未读。是年河南乡试即此题,其长孙入场,悔之莫及矣。以是科命题,而先生于除夕忽作此题文,亦似冥冥中莫或使之,非偶然也。而其孙竟不读文,且不得一荐,此理殊不可解。

雪庵和尚喜书《八大人觉经》,用笔俊劲,深得鲁公三昧。明万历辛卯夏,包副宪桯镌石。曾见其为弟子惠福书者。其传于世者不知尚有几本。宝五峰冠军奎藏有墨迹一卷,字较包刻觉稍小,诚所谓铁画银钩,无纤毫败笔。是卷闻铁冶亭先生总督两江时曾勒石,未之见也。五峰没,以之殉葬,真迹不复在人间矣。固不独茧纸之入昭陵也。按雪庵名普光,字元晖,号雪庵,俗姓李氏,大同人。元至元间特封昭文馆大学士,赐号元悟大师。《图绘宝鉴》但载其善画,山水学关全,墨竹学文湖州,而不知其能书也。

扬州梅蕴生孝廉植之,绩学士也,能诗。又善琴,方弱冠,琴已擅名。喜深夜家人睡静后,独坐而弹。一夕曲未终,见窗纸无故自破,觉有穴窗窃听者。俄而花香扑鼻,已入室矣。乃言曰:"果欲听琴,吾为尔弹。吾顾不愿见尔也。"急灭其灯,曲终乃寝。自是每鼓琴,窗外必有窸窣声。间亦有鬼至,满室如臭沟之味,乃曰:"此味殊不可酬。"乃不弹。鬼亦去。昔师旷奏于郭门,空天鹤至;敬伯弹于洲渚,刘女魂来。妙音感通,琴其最也。梅君之琴,盖妙矣,而深夜无人,鬼来不怖,其胆亦不可及也。

扬州朱素人名本,行四,善画,尤工花卉,一时能品也。嘉庆壬戌、癸亥间,曾作炕上小屏十二幅,为莫韵亭大京兆寿。花果翎毛虫鱼,无不一一飞动。余尝仿之。幅末未署款,亦无年月。道光辛巳,商山司马由济宁缄寄属题,余为志其颠末云:"画屏十二幅,扬州朱素人本为韵亭宗伯夫子寿,计已二十余年矣。商山官任城检点旧藏,重付装潢,邮寄京师,属元题识。素人精绘事,称能品。兹画笔墨淋漓,尤为杰作。元时学涂抹,尝集于三花树斋,月余不见夫子,必招致之。至则笔研纵横,杯盘狼藉,甚胜事也。今夫子骑箕天上,素人埋骨青山,抚今思昔,能不慨然。辄书数言,不胜车过腹痛之感。"题毕,以无便未寄。壬午五月,书来索取,重缀两绝于后:"汝上迢迢远寄将,摩挲旧迹益神伤。如今画手看前辈,嵩岳高高江水长。""重展遗缣向暮天,当年雅集已云烟。房公老去廷兰死,零落人间有郑虔。"笔墨韵事,特记之。

古今孤介之性,惟能诗画者为多,而画家尤甚。倪迂、萧尺木辈,性不能与人同也。盖邱壑幽邃、花竹清闲之气蕴酿已深,故画品愈高,而其性愈僻。朱昂之者,常州人,字青上,一字青立。善山水,酷近大痴。两目上视,盖观摩古画久而习成也。其姊之夫官锦县,招之,朱前往。道过都中,留月余,落落不与人往来。其同里孟丽堂,名觐乙,善花卉,得恽家三昧,而独以幽胜。时不得馆,余邀之同居。朱与孟少同窗且相善也,来视孟,余因得识之。朱长余十二岁,而以余生于申,渠亦生于申,又所生月日时皆同。又名若字,又与余参差同其半。而又独重余之为人,遂相友善。然每过余,但饮茶耳。若饥,则出袖中巾,取数钱令仆人购饼以食。余欲备,则去。一日来别,余言:"祖道古人不废,余尚可食客乎?"乃约日制春菘一器,煮肉二斤,饱食之。及出关至锦,以官署不胜聒聒,遂亡去。其戚踪迹得之,已逃禅矣,拘之回,送归吴。其性之孤僻如此。丽堂善啖,无室家儿女,一身孑然。居京十余年,亦不与人结纳。目短视,作画时常以笔醮色,每误醮水,则以水涂之。及纸干,但存魂而已。与其人善,落笔则必精心于高古一派;以其人俗,则作俗画与之。然其所谓俗者,每得佳画;所谓高古者,半水半墨,若在烟云缥缈间矣。若不喜其人,则以其纸作画而他赠焉。其性之幽僻又如此。

人有生同年月日时而命绝不相似者,星家因言所生之地有不同也。汪文端公廷珍与盛京成司马书同年月日时生,汪进士第,成仅一举。汪官六品,成必五品。汪五品,成则四品。成官侍郎,汪则三品。

官阶每成大一级。今汪官尚书，而成犹侍郎，其爵位犹不甚相远。所可异者，二公面貌酷肖。八字同而乃面貌亦同，此则罕闻事也。其曩时丁内外艰，年岁亦略相同。

张姬，盱眙汪孟棠观察云任爱姬也，早卒。汪固深于情者，思之殊切，都中友以"茧子"呼之，谓其多情缠绵若茧也。汪即别号茧兹。家伯山太守为姬作传，汪归舟咏长律三十首，曰《秋舫吟》。官番禺时，新安汪玉宾浦、顾子绍远承、陈务之务滋摘其句为图三十幅，笔墨高秀，各极意致，殊足供案头清玩。汪诗亦缠绵如其人。如："比翼禽栖连理枝，长教相守不相离。也知此愿非虚语，未必他生有见时。供养昙花新画本，迷离灯火旧题词。怪他牛女空灵爽，肠断秋河月半规。""幽明消息渺愁予，手把清尊问碧虚。无地可埋人世恨，何由能达夜台书。苦心领略瓜应似，薄命思量絮不如。少小便教飘泊甚，双眉曾未一朝舒。""剧怜娇鸟冒风沙，缯缴声中逼岁华。万里依人何竟死，一生多难久无家。秋潮旅榇随萍梗，暮雨灵旗下荻花。丁种相思无限恨，乱抛笔砚毁琵琶。""倩女归来信有灵，夜深时见火青荧。雁惊残月呼前浦，鬼语荒芦聚远汀。山与云昏天黯黯，树如人立影亭亭。船头吟罢招魂句，秋水微茫数点萤。"读之令人心恻，惜幅长不能备载。其好句如："征实事留今日想，凭虚心写旧时容。""却看曙后灯犹热，不道春前草竟枯。""记得西南园畔路，四无人处哭棠梨。""信有词堪誓天地，须知恩不在形骸。""梦到醒来嫌太短，花从落后想初开。""摘花露重红侵袖，斗草烟浓绿满裙。""针榭笑声闻得蟢，菊屏清韵佐持螯。""帘每放迟归燕子，窗常开早饲鹦哥。""一秋拚向西风哭，酬尔当年泪万行。""怪底此身如薤露，不堪回首望芦沟。""旧事只余鸿雪印，春心分付絮泥沾。"皆清俊可人，为略记之。其画三十幅，汪居十七，如"双眉曾未一朝舒"、"珠帕求诗蘸泪痕"、"摘花露重红侵袖"、"题纨小令字能抄"、"二月风寒掩病帏"、"芙蓉凉露泣秋江"、"蓬窗灯影自低徊"、"乌栖风柏满天霜"、"为种春花瘗绣衾"，顾之"千林杂叶声争响"、"不堪回首望芦沟"，陈之"春心分付絮泥沾"、"商略移蕉伴曲栏"等幅，尤为雅致。

同年吴中翰兰雪嵩梁旧官国子博士，善诗。有姬名绿春，姓岳氏,山西文水县人也,善墨兰。余丁卯夏避雨兰雪斋中,兰雪命姬出见,对客挥毫,天然韶秀。姬年十五归吴,十九而夭,兰雪伤之。姬生时最喜梅,家有梅将花,尝曰:"梅不但花可爱,影亦可爱也。"及花开而姬卒。兰雪乃作《梅影》诗:"临水柴门久不开,寒香寞寞委荒苔。独怜一树梅花影,曾上仙人缟袂来。"兰雪时有母丧,姬亦服素。诗具一往情深之概。法时帆学士读之,曰可称"梅影中书"。岁辛巳,余使沈阳,《岁暮怀人》诗有《赠兰雪》一首,即用此称。诗云:"清思都在饮茶初兰雪善饮茶,今日诗家合让渠。欲识莲花旧博士,即今梅影老中书。"

琉球国遣官生入监读书,自康熙二十二年部议准行,无年限。每逢册封之年,请于使臣回京代奏。其来也四人,率以四年而归。归其国则授四品官。嘉庆十年,其子弟来,吴兰雪时以博士教之,颇聪颖。十四年己巳还国,过山东,蒋别驾第护送之。其子弟有赠蒋诗者,有诗草,即今传海国"笔花何止属江郎"之句,工秀可诵。兰雪衣钵传之海外矣。后兰雪为候补中书,尝作诗云:"凤凰未识池边树,桃李先栽海外花。"亦韵事也。

琉球人作书,大率皆学《十七帖》,惟子弟遣入学者,始学作楷。其书札与中华无异,但以"阁下"字易称曰"门屏"耳。官制,宰相曰"法司",王族子弟之俊秀者曰"若秀"。其国以得兰雪诗为珍宝。尝得诗,借子弟寄礼物谢之,刀、扇、雪酒、花布、蕉布、铜壶、护寿、□□八种。护寿者,纸也。□□□,烟也。得吴姬墨兰,亦酬以八种,刀以团扇易之。

僧慧朗者,九江人,能诗。有句云:"云浓暗湿游山屐,雨细斜侵听水人。"人以为可为兰雪之徒,因师焉。兰雪赠之诗,有"九峰云里一诗僧"之句。

浙江钮殿撰福保,戊戌进士。余督学浙中,按部湖州。岁试,乌程廪增附与试者三十一人。余视点册,其祖与陈大士同名三十一人,皆同祖兄弟也。因问广文何以如此之盛。广文答曰:"除已登科出仕者,本年大魁及拔贡入都朝考皆同祖者。"因问究有若干人。答曰八十余。其祖生子八人。子之子或十余,或八九,或七八不等。余赞叹久之。广文曰:"其兄弟至多,皆读书,无习匪者。"此尤世间所难有者也。钮氏之德益厚矣。余新取入学福登,亦际泰孙。

汪司马官同知时,车行堤上,忽风雨雷电大作,避大柳树下。及霁,下车欲溲,回首猛见车窗内坐一人挥扇,童子侍。揭帘视之,则现影车窗玻璃中,由是不散。家以为异,取而供之,历二十余年。家中儿童作弓矢戏,适破之,玻璃不全而影不散。余通家张石卿侍读亮基,其甥也,持此示余。平视之,一残缺玻璃片耳。向阳斜视之,一仙坐其中,仪容甚伟,面微红,双眸炯炯,白须甚长,发上着红色道冠,衣紫,伸右臂执羽扇,俨然镜中人也。所侍童子衣缺其半。平视之,仍一无所见。达摩像见于面壁之石,盖九年精气所积。此则雷雨片时,虽有仙灵避劫者,何精气数十年不散。亦可异也。

同年朱虹舫阁学方增留心堪舆之学,自谓新得蒋大鸿秘传,非寻常青乌家所能道。有钱君者年未三十,以青乌术自命。庚寅夏,侨寓宣武门外大街,徐星伯同年与往还。钱寓之对门某店有高竿,徐问:"此竿当门无碍乎?"钱曰:"有此人佳。我为是移寓来也。"徐以虹舫为问,钱曰:"颇闻其人,尚未入室。"一日朱过徐,徐因言钱居不远,朱即倩徐同往候之。与语大悦,相谓今海内言是学者,殆莫我两人若也。朱卜宅兵马司中街,修理既协,移居焉。十月钱卒。十一月朱卒。卜吉得凶甚矣。学问无穷,人固不可自信也。

朱阁学官翰林时,寓宣武门内绒线胡同。初有子,三人一日出城,行至大街,忽有旋风起于车前,尘灰腾沸,不能见人,乃旋车回。未几,其夫人及子相继而没。阁学固好行善事者,皆不解其故。然行善愈力。岁庚寅冬有疾,阁学素知医,每煎药熬大黄浓汁为汤,众劝之不顾。服大黄十六斤,腹泻不起。时其如夫人有娠方八月,余为联挽之云:"上苍有灵,八月定教昌厥后;大黄为厉,九泉应悔自知医。"道其实也。

斌廉访笠耕说某家宴客,客有以世族相夸耀者,继而相谇,继而挥拳,斌为解之乃释。吴中翰兰雪说吾乡刘孟涂开在江西与同学数人论道统,中有两人论不合,继而相詈,继而挥拳。因忆翁覃溪、钱箨石两先生交最密,每相遇必话杜诗,每话必不合,甚至继而相搏。或谓论诗不合而至于搏,犹不失前辈风流,若论道统、夸世族至于相搏,殆未可以风流目之也。

许秋岩漕督兆椿由贵抚迁漕运总督,过楚中,有一县令方擢武冈刺史,与许初无往来,而锐于酬应,作禀贺许。禀中"漕"字俱写作"糟"字,许乃于禀后判一诗还之。诗曰:"生平不作醉乡侯,况奉新纶速置邮。岂可尚书加曲部,何妨邑宰作糟丘。读书字应分鱼鲁,过客风原各马牛。闻道名区已迁转,武冈是否五缸州。"

庆云崔孝廉旭,字晓林,号念堂,嘉庆庚申科与余同为张船山先生门下士。善诗。困于礼闱已二十年矣。己卯春榜后不归,教读都中以待庚辰之试也。复下第,八月将归。其先德事母孝,冬夜自起煮豆粥进母。念堂为作《寒宵煮豆图》,求文士题咏,因亦属余。余题云:"花落棠梨春树枝,百年鱼菽不堪思。与君共有陔南泪,未忍题君煮豆诗。"念堂刻诗集二册,又为题词。余赋七言断句二篇:"潦倒西风落木多,一杯相属且高歌。清词合共香山老,双屐龙门载酒过。""吾师一去吴江冷,零落遗编付剞藤。传得佛驮铁如意,人人争识雁门僧。"船山先生守莱州,乞养归蜀,过吴门,因暂留。岁甲戌春,遂卒于吴门。夫人以丧归,零丁飘泊,惟三女依母存焉。石琢堂廉访蕴玉为同年生,为刻其遗稿二十卷。念堂为诗深得师传,故次篇云然。题毕不禁南丰之感。其少君又刻《补遗》六卷。

旧友杨秀才天玉,丙子秋赴金陵。录科前一岁,丁本生母忧,是时降服已阕,而学官未之申明,格不能试,附船而归。及燕子矶风浪大作,舟覆,同舟十四人皆没于水。江故有救生船,因浪大俱袖手坐视。潜山柳舍人际清,寒士也,时为诸生赴金陵应试,适见之,泊舟悬赏,以募救者。获起七人,杨公与焉。柳为之解衣赠路资。七人由是得生,而柳之试资已罄。竭蹶至金陵,称贷以毕试事。是科获隽,连捷成进士,授中书。柳之释褐在救人之后,未始非阴骘有以致之也。

江宁吴葆恬者业医,住细柳巷。一日门首闲眺,翘一足于户外。俄顷间声音袅娜,举动娉婷,宛一女子矣。自言:"我明代某家女,避乱落烟花队中,悒郁投水死。适过此,吴某不应以足阻我,故祸之。"百计禳解不去。越十数日,乃曰:"管先生善为文,知与管善,能丐管先生为作传,当即去。"因乞于管,不可。坚请之,曰:"生平不为若辈作传。"终不可，鬼亦不去。时值乡试，有徽人某者亦善医，能以针刺鬼。乞治之，乃针吴右手鬼窠少商穴，鬼痛楚作声。再针而鬼逃矣。管先生名同，字异之，嘉庆孝廉，从家惜翁为古文。其不为女妓为文，宜也。但此女能死，亦可嘉悯，坚请不许，抑亦甚矣。

　　朱孝廉云锦客扬州，雇一庖人王姓，自言幼时随其师役于山西王中丞亶望署中。王喜食驴肉丝，厨中有专饲驴者，蓄数驴肥而健。中丞食时，若传言炒驴肉丝，则审视驴之腴处刲取一脔，烹以献。驴刲处血淋漓，则以烧铁烙之，血即止。鸭必食填鸭。有饲鸭者，与都中填鸭略同，但不能使鸭动耳。蓄之之法，以绍酒坛凿去其底，令鸭入其中，以泥封之，使鸭头颈伸于坛口外，用脂和饭饲之。坛后仍留一窟，俾得遗粪。六七日即肥大可食，肉之嫩如豆腐。若中丞偶欲食豆腐，则杀两鸭煎汤，以汤煮豆腐献之。豪侈若此，宜其不能令终也。

卷六

　　吾乡张暎沙先生若瀛初官热河巡检,高庙巡幸日,张治道涂。有内监过不礼于张,张杖之,高庙嘉其有胆,擢县令,洊升南路同知。其生平爽直有如此者。归田后于西郭外创一园,名逸园。欲速成,然烛施工,楼台墙屋,草草而已。有言其不坚者,答曰:"我之年几许矣,此足娱我,遑问我后耶?"园额跋云:"平地起楼台,楼台起平地。平地兮楼台,楼台兮平地。"此四语甚有意味,足发人猛省。生平喜作诗,不甚求工,谐谑语颇多趣致。尝记其嘲大鼻五律末联云:"江南一喷嚏,江北雨濛濛。"嘲矮人末联云:"阳沟三寸水,呼唤渡船来。"嘲面黑末联云:"有时眠漆凳,秋水共长天。"传闻此二句系后人改易。令人绝倒。

　　暎沙先生,总宪公弟也。总宪八十生辰,先生以杖为寿,仍系以诗云:"郑重提携此一枝,枯藤亦有化龙时。须知手足关情重,莫待颠危始执持。"读此诗者,孝弟之心可油然生矣。

　　外祖贵西观察柟轩张公,乾隆乙酉科江南乡试,题为"乡人傩"一节,文已入彀。副考欲作元,而正考阅得吴珏一卷,欲以此卷次之。副考不肯,曰:"留为下科中元可也。"竟不获售。后以戊子科"宪问耻子曰邦有道谷"题发解。前一岁十月,有怀宁江君梦试此题,文成不得意,辄毁之。再作再毁。及三作,苦思竟不能成。有一老人云:"何自苦乃尔,欲见解元文乎?"以稿示之。请再读,许之,因默记之。醒则急挑灯录稿,熟读之。久渐有知其事而索观者,江恐人之见之也,乃焚其稿。及入场时,聊背诵则不能成篇,入龙门则并题而忘之矣。及题下,果然。同号者皆欣然作文,江犹思之若痴。人多交卷,乃草草而纳。一出龙门,元文乃依然烂熟于胸中也。十六日归舟,夜泊采石。月下柟轩公坐船头朗诵其文,江散步江边,闻声辄跃入船中,大叫曰:"为解元贺。"公愕然。江背诵一字无差,因道其梦。榜发果然。岂冥中前一岁已有元墨耶?又何以先露其机耶?若前副考,可谓能识文矣。

　　侄婿张子畏寅于书摊上见抄录奏稿一本，皆乾隆九年京察自陈题本也。首即其家晴岚先生，后为漕督顾琮、苏抚陈大受、甘抚黄廷桂、浙抚常安、晋抚阿里衮、川陕督庆复、江督尹继善、福抚周学健，共九件。今录晴岚先生一通，以存旧式。且先生出身履历，吾乡后辈恐不备知，录之更以昭吾乡之盛事焉。奏云："乾隆九年四月二十三日，通政使司、通政使臣张若霭，奏为遵例，自陈不职，恳赐罢斥，以肃察典事。准吏部咨开，自乾隆六年起至乾隆九年京察届期，在京部院等衙门三品以上满汉官员，于乾隆九年三月，令其将三年事迹逐慇据实自陈等因。窃臣年三十二岁，由臣父张廷玉吏部左侍郎任内荫二品官生。雍正八年十月，内奉世宗宪皇帝恩旨：'张廷玉着给一等阿达哈哈番，永远承袭，仍加二级。'又奉旨：'世职准长子张若霭承袭，仍准入场。应得恩荫，照例移给次子张若澄。钦此。'中雍正十年壬子科举人，中十一年癸丑科进士，殿试第二甲一名。奉旨：'今日诸臣进殿试卷，朕阅至第五卷，字画端楷，策内"公忠体国"条，颇得古大臣之风，因拔至一甲三名。诸臣皆称为允当。及拆号，乃大学士张廷玉之子张若霭，朕心深为喜悦。盖大臣子弟能知忠君爱国之心，异日必为国家宣力。大学士张英立朝数十年，清忠和厚，终始不逾。张廷玉朝夕在朕左右，勤劳翊赞，时时以尧、舜期朕，朕亦以皋、夔期之。张若霭秉承家教，兼之世德所钟，故能若此。非独家瑞，亦国之庆也。因遣人往谕张廷玉，使知朕实出至公，非以大臣之子而有意甄拔。乃张廷玉再三恳辞，以为普天下人才众多，三年大比莫不想望鼎甲。臣蒙恩现居政府，而子张若霭登一甲三名，与寒士争先，于心有未安。傥蒙皇恩名列二甲，已为荣幸之至。朕以伊家忠荩积德，有此佳子弟，中一鼎甲亦人所共服，何必逊让。张廷玉跪奏云："皇上至公，诸臣亦无私曲，以臣子一日之长，叨蒙恩取。但臣家何等恩荣未备，只算臣情愿让与天下寒士，求皇上怜臣愚衷。若君恩祖德庇佑臣子，留其福分以为将来上进之阶，更为美事。"陈奏之时情词恳至，朕不得不勉从其请，着将张若霭改为二甲一名，即以二甲一名沈文镐改为一甲三名，以表大臣谦谨之诚，并昭国家制科之盛事。朕之私中公、张廷玉公中私之心迹，亦令普天下士共知之。'五月内奉旨：'张若霭原取中鼎甲,着照鼎甲例授为翰林院编修。'旋奉旨:'张若霭着办理军机处行走。'十三年六月内奉旨:'署日讲起居注官。'凡此数年以来忝叨恩荫,滥列词曹,珥笔彤廷,趋承讲幄,叠膺赏赉,备沐慈仁,深惭教育之恩,未效驽骀之力。雍正十三年皇上龙飞御极,臣父以总理事务又荷恩纶,赏给世袭头等轻车都尉。嗣经部议,归并为三等子,仍令张若霭承袭。奉旨:'依议。钦此。'九月二十一日奉旨:'张若霭在南书房行走。'乾隆元年六月奉旨:'张若霭着以原衔充日讲起居注官。钦此。'二年五月,乾清宫御试,蒙恩取置第五名,升授翰林院侍讲。十二月以臣父总理事务告满辞退,蒙恩赏给骑都尉。奉旨:'大学士张廷玉在内廷行走多年,辅弼赞襄,勤劳懋著。朕之视大学士鄂尔泰、张廷玉一切恩眷均属一体。今大学士鄂尔泰因赏给骑都尉,由一等子照例授为三等伯,张廷玉亦着加恩,由三等子从优授为三等伯,仍着伊子张若霭承袭。钦此。'四年二月奉旨:'张若霭着补授翰林院侍读学士。'五年闰六月初一日丁生母忧,七年十月初一日起服,旋奉旨:'张若霭着仍在南书房行走。'又奉旨:'兼在懋勤殿行走。'十二月十一日奉上谕:'我朝文臣无封公侯伯之例,大学士张廷玉系格外加恩。彼时伊奏请给伊子张若霭承袭之处不合,今着带于本身,伊子张若霭不必承袭。钦此。'八年三月补授翰林院侍读学士。四月正大光明殿御试,钦取二等第三名。闰四月升授通政使司右通政使。七月蒙恩特授光禄寺卿。乾隆九年三月初三日蒙恩补授通政使司通政使。伏念臣一介庸愚,遭逢圣代。荷两朝之恩遇,浃体沦肌;际累世之昌隆,戴高履厚。朝朝视草,虚縻廪禄于西清;岁岁簪毫,深愧旷瘝于东观。觐龙光于咫尺,身愈近而惶悚弥深;瞻秘殿以趋跄,职既亏而竭蹶尤甚。纳四门之敷奏,常期早达云霄;沛万姓之恩膏,犹恐稍迟雨露。寸衷莫补,徒奉丝言纶诏之颁;半管难窥,谬厕玉管瑶签之列。兹当庶绩澄清之日,益显微臣陨越之愆。伏乞皇上俯鉴愚忱,即赐罢斥。庶不职惩而官方以励,大典肃而臣分得安矣。乾隆八年十二月二十日钦奉谕旨:'凡大臣自陈乞罢者,令各举德行才能堪以自代之人随疏奏闻。钦此。'窃臣看得太仆寺少卿陈其凝为人朴实,办事明练,堪以代臣之职。谨据臣所见举以自代,伏惟圣主垂鉴。为此具本。谨奏。"

吾乡左上舍兆薇，忠毅公裔孙也，寓金陵。一日游洞神宫，见数辈请乩，皆金陵人，因观之。乩忽书一绝云："先辈风规旧识荆，讲堂犹记勒钟铭。东林君子攻西厂，明德于今有后昆。"又书"明礼部主事陈礼"，众不知所谓。诗盖为左君而书也。以生平钦识之人，忽见其孙，不觉欣喜而发耳。人神同一性情哉。

吾乡钱明经忘其名，善诗赋，每岁督学科岁试诗古，钱必冠军。一岁题为《天柱赋》，钱入场时饮酒过多，竟大醉，入号辄酣睡。同试者疾其每试居首，不肯呼之使醒。有纳卷者过其旁乃告之，钱始瞢然，已无及矣。卒尔问题，书七言绝句一首，诗云："我来扬子江头望，一片白云数点山。安得置身天柱顶，倒看日月走人间。"

学使得卷评云："此人胸中不知吞几云梦。"仍取第一。

丁上舍廷枢云：士子应金陵省试，舟行回家者当过天门山，即梁山，在芜湖北。舟中有将获隽者，其舟尾必有水蛇数头衔而过水口，试者以为验。相传天门山口不容蛇虺径入，蛇每欲入，必随有贵气者乃得入。人之贵贱蛇亦能知，异哉！

枞杨有张姓行十九者，以渔为业，人皆以张十九呼之。一日渔于三江口，得一鲤甚巨，邀众舁之，约几二百斤。鲤腹有文，宛然朱书。谛视之，文曰："生在黄天荡，死在三江口。江湖八十年，付与张十九。"此鲤巨如此，乃不得化龙，为张十九所网，岂有宿孽耶，抑定数耶？张亦由是改其业。

乙卯二月余在籍。一日喧传涤岑前明遗老陈先生焯旧宅园名也，有大树自鸣，闻者甚众，至晚观者亦众。以爆驱之，声少歇，少顷复鸣，如此数夜。其声若人长吟，乍高乍低，不知何怪。言者俱以为不祥，后亦无他异。有老人云："鸦鸟生子后即不飞，俟其子啄其肉以自哺。啄时即哀鸣，数日食尽，则止。"有人搜树视之，果然。可知少见多怪，天下事往往如是也。

吾邑科甲仕宦在江北称盛，然科第中独缺状元、探花。嘉庆甲戌，龙汝言始得状头。乡人向有"沙塞三江口，桐城状元有"之谚，此三江口在枞阳，为桐邑地。十余年来江口果长沙滩，验矣。然有之不能留,岂其地仍有不宜耶?

　　嘉庆壬申大考以前,孙少兰侍御梦其外祖张檞亭先生以笔二管属以赠余,告曰:"此晴岚阁学若蔼之笔也。"不解其故。及余考列一等四名,擢侍讲,乃忆晴岚先生以大考一等第五升侍讲,梦笔盖预兆也。及戊寅大考,或谓晴岚先生平生大考二次,一次升侍讲,二次以二等洊升,不复与考矣。笔两枝,盖其两考所用者。此次殆应以二等洊升耶? 试毕,余列三等十一名,以为梦笔但为侍讲兆耳。至道光甲申,余考列二等,由此洊升,不复与考,始悟赠笔两枝之验。檞亭先生虽为余外祖行,而未曾一面。鬼神先知,巧为预兆如此,数岂可不信哉。然天下往往必有预示其兆者,其理究不可解。

　　吾邑有大贵者,枞阳江口必有大鼋入河向县而拜,渔人每知之,伺以为验。张勤恪公若澄之受擢也,鼋入河拜。甲戌前一岁又入河而拜,次年龙殿撰汝言大魁天下。又张氏五亩园有大皂荚一株,不轻结荚,每结一荚,则张氏应科者必得第一人。结一小荚,必得一副车。外祖贵西观察枬轩公以戊子发解,是年树结荚一丛,计七枚。每至科场,张氏以此为验。吾家有贵者,前一岁除夕,戴安山即大凹山。祖坟必有火光。见者以为火也,即之则无。叔祖铁松中丞巡抚江西时,前一年除夕,火光见。癸酉又见,则余甲戌充会试同考官,五月即督学中州。乡中人云:"墓下子姓每获第,亦常见火,但大小有不同耳。"又余老屋竹叶亭后即王渔洋诗:"岁晚龙眠路,曾通竹叶亭。"有大皂荚一树,每结一荚,则老屋内必死一人。凡有死伤,以此为验。此树今为火烬,无复可验。同一皂荚,张氏以为瑞,吾家以为妖,此理殊不可解。

　　吾乡浮山,胜地也。劳在兹澂尝图其胜境十六幅为一册,绢本着色山水。李古塘葂各题一绝,仍各系以跋。不知此物何以流转入都。岁辛巳,有持以求售者,乡人故物,意欲留之,适以乏资还之。劳在兹此册笔墨欠深厚,未足为珍。而古塘题句殊清雅可喜,且为乡中胜地题咏,邑乘久不修,他日艺文恐其无征,特为录之,以备异日修志者一助耳。

　　《华严寺》云:"近倚峰阴接水光,林间楼阁照斜阳。紫衣旧赐恩犹在,山鬼闻钟拜御香。"寺有神宗朝御赐藏经紫衣犹存,新建一楼贮之。

《宝藏岩》云："洞门云气冷飘萧，闲处堪容挂一瓢。我欲餐霞煮白石，丹梯有路指青霄。"由宝藏岩上凌霄岩，甚险，非扪石扳壁不能到。

《妙高峰》云："何当搔首问青天，呼吸将通帝坐前。下界烟波如此阔，不知经几变桑田。"妙高峰乃兹山之最高处。

《醉翁岩》云："垂檐覆户石流苏，听罢谈禅酒一壶。向道环滁山色好，玲珑得似此中无？"岩石醉翁，以欧阳文忠公得名。

《金谷岩》云："树势蒙茏石势攲，金身似见住山时。参来文字禅何用，幻出千寻无字碑。"岩内奉丈六金身，岩顶一石名无字碑。

《紫霞关》云："十丈垂虹一径盘，俯临绝壑仰层峦。扪萝更踏苍松顶，江上青峰为探看。"援关而上为首楞岩，钟景陵题云："望长流若带，九华若笋。"

《天然桥》云："石梁并驾若龙游，霞重岚深水漫流。偶遇樵人笑相问，前途可许到瀛洲。"双石跨硐，下覆如屋，上通人行。一名游龙枒。

《会圣岩》云："丹岩苍壁列层层，九带曾参最上乘。要识禅机何处是，洞中清磬塔前灯。"卄山远录公塔院所在，建九带堂于其上。一名会胜者，岩洞之多，此处为胜焉。

《浩笑廊》云："豁然中朗杳然深，到此应忘入世心。高唱惟存诗一句，乾坤怪处少人寻。"浩笑廊一名陆子岩，一名蜿蜒窦。游人题咏满壁，惟雷半兼"乾坤怪未了"之句传耳。

《石龙峰》云："夭矫争看出翠微，松涛声里势如飞。漫惊风雨腾空去，留与游人一振衣。"峰在会胜岩之前，丹井、金鸡、朝阳、晚翠诸岩俱在望。

《莲花石》云："几瓣嫣然着雨开，丹砂千岁养成胎。若非天女空中散，即是昙摩海上来。"关口至山顶皆石，中有红瓣如莲，大数尺许，雨后尤鲜明可玩。

《连云峡》云："流丹滴翠耸崔嵬，似补青天炼几回。燕子只疑蓬岛近，衔泥飞上讲经台。"与海岛、佛母诸岩相连，岩中巢燕最多。

《棋盘石》上云："黑白徒争方罫中，千秋一局暮云笼。知音若解来听法，片石如逢远录公。"相传远录公为欧阳公因棋说法于此。

《张公岩》云："昔人出世爱求仙，药臼丹炉尚宛然。可惜不留黄鹤在，借骑相访万峰颠。"宋有张野夫修真于此，如海岛岩亦有吕纯阳遗迹。

《观音岩》云："绝险原无路可攀，凿开石窦即禅关。普陀莫叹风涛隔，只隔桃花水一湾。"一名啸月岩。过桃花洞而入石关，下俯桃花洞。

《檣山》云："望中蜃市浸潮痕，缥缈方壶半岛心。只恐神鞭鞭石去，独留一柱作云根。"浮山临湖，自湖上望之，如浮舟回抱此山，取义曰檣。下即小峡，亦曰缆山焉。

天池同学招游浮山，劳子既作一十六图，余因各系以绝句。诗成已久，于甲戌春天池始见之，遂委书博笑。不知何时续此胜游也。弟李蒽并识。

小绒线胡同某家有旧书两架，急欲售。余闻之往，以钱五十千得《管子》、《庄子》、《初印》、《韵府》及《类函》、《事文类聚》、《文臣注文选》、元刻《楚词》、《北堂书钞》、《四库总目》等书。但其直咄嗟而办，殊不易易，因借张表弟相如衣裘，质以予之。问主人何故卖书，答云："赎当耳。"卖书赎当，借当买书，亦可留为异日佳话。

先七世祖开化公讳文燮，字经三，号羹湖，又号听翁。博通今古，工文辞书画，称名家。中顺治甲午举人、己亥进士，与王渔洋先生善。先生《居易录》称公诗画皆有名。年六十余，忽病不识字，即其姓名亦不自知，医不知为何症也。竟以是终。公生于明天启丁卯，卒于康熙壬申，年六十有六。公之得此奇症也，家乘无传，则公之遗事为子孙之所不知者，又不知凡几矣。可胜慨哉！

"归庵"，先曾王父曹州公自颜其枢也，且作记。公在塞外六年，辛苦艰难，怡然自若。读是记而旷达之怀，百年如见矣。检旧笥得稿，因书之以留佳话。

记曰：姚介石名兴滇，桐城巨族，曹州太守。乾隆己巳有军台之役。军台者，准噶尔蠢动，设置塞北之邮递也。自张家口出关，至鄂尔坤新城，共二十九台，长亘三千余里，委蛇曲折。台丁就水草迁徙不常，其实不止此也。每台处蒙古十七家于其间，每年出资以养之。介石派坐二十二台，逾瀚海西北更十余程，地名桃李。树木不生，鸟兽绝迹，悲风昼夜呼号，飞沙朝夕霾雾。饮惟酪，食惟膻，毳幕荒凉，孤身寥寂，冰山雪窖，酷冷奇寒。介石居常以命数自安处之，尚觉坦然。惟是其俗人物故后弃于荒野，听犬狼食之。如食之速，则以为魂魄登仙；不食，则谓成鬼道矣，人皆畏之。即富厚之家，亦不数日，血肉未干，即火而弃之。葬事固未之闻，棺木从不之识。介石以清白之躯既贫且老，既老且病，托迹穹庐，草霜风烛，未可定也。固不敢以父母遗体饲犬狼，即委之灰烬，亦所不忍。闻北千里外尔登兆，其地阡木稍可，因托人购之，木价二两八钱，运价八两。傥命数已定，全尸而南，不亦幸欤！语云"生寄死归"，故颜其前曰"归庵"，题之曰"姚介石之柩"。侥幸生还，作将来一段佳话，未为不可。或谓之痴，或谓之达，不问也。时乾隆十五年庚午，介石年五十有六，"归庵"成，因为之记。并附以诗："死归生寄两茫茫，不识他乡与故乡。五十六年都是幻，于今撇却臭皮囊。"庚午九月十九日介石自记并书。

《塞外竹枝词》注云："基城主人俚调。"先曹州公戏作也。自识云："卢抱孙《出塞集》有《竹枝词》十三首，工妙异常，惜不尽夷民情事，故补写之，其已道者不及也。续貂之消所不计云。"

到此宁教心不灰，非风即雪更尘埃。毡帷几处山坳里，一似生人在夜台。夷民所处尽蒙古包，多在山坳中，以避风雪。上尖下圆，顶微平，围以白毡，浑似墓冢。

席地铺将几片毡，羊羔牛犊系当前。中央不是寻常火，冬夏无分马粪燃。以毡铺地，坐卧皆在其中。中央设粪火一炉，以便炊爨。牛犊羊羔亦系于侧。

鲜品何由到大荒，夕飧一碗米稀汤。频年酥迭差生活，差读钗。虽具人身实可伤。夷地菜蔬一无所有，以牛羊驼乳为食，呼奶茶为酥迭差。富厚者傍晚煮粟米稀汤一餐。长年如此，诚可怜也。

酿成马乳不须沽，上品波罗鞑辣酥。剧饮何尝分昼夜，从教醉倒在泥涂。以马乳酿酒，每饮必烂醉而后已。其波罗鞑辣酥甚佳。

家家来牧叱牛羊，几处山头下夕阳。鄂博遥看知远近，如飞一骑马蹄忙。夷人每出必骑，骑必驰骋。垒小石于山巅为之鄂博，以志远近。

偶尔惊闻忒默鸣，呜呜咽咽作哀声。凄凉境界伤心泪，铁石肝肠亦动情。呼驼为忒默。拘其羔以食乳，母驼号（平声）羔，悲凉凄恻，惨不可听。闻昔有坐台者闻此声，不觉痛哭，问其故，云："我母在家，亦如是想我矣。"孝子哉！惜失其讳。

焉知地狱与天堂，一定身尸饲犬狼。曾是众生都不若，尚教麻海落人肠。夷人死后，必弃置旷野以饲犬狼。食之速者谓登仙。不食则谓成鬼，人皆艮之。肉名麻海。

入门摩六各先施，卜而汗尊西北陲。几卷灵文勤捧诵，慈云妄想见牟尼。夷俗敬佛，以西北隅为尊。入门必叩首。呼佛为卜而汗，叩首谓摩六各。

男女咸钦是喇嘛，恪恭五体拜袈裟。顶心一掌殊骄贵，佛在何方莫认差。见喇嘛必五体投地，如拜佛然。拜毕，将头就其侧，喇嘛则以手扑其顶，男女皆然。谓其五指有五尊佛在，荒唐妄诞如此。

见面扣都礼数恭，差乌才罢又斟钟。瓜田李下寻常事，幕内公然温榻浓。夷人相见云“扣都”，问好之词也。睡谓“温榻”。投宿者毋论识与不识，同处一幕。

毕世何曾见沐汤，肌肤垢污齿牙黄。焉支柱自夸颜色，那得消魂别有香。男女自出胎一洗，终身不知沐浴。

装饰珊瑚辫发垂，羊裘狐帽赛男儿。弓鞋笑说金莲步，手制新靴嵌绿皮。男妇骤难分别。妇女不束腰带，穿耳，辫发饰以珊瑚。

对人也解作娇羞，口肯连声不转头。临上马时才一笑，故翻纤手掩双眸。呼闺女为口肯，皆善骑。

见惯夷妆别样新，一般袅娜小腰身。归时莫教双鬟侍，惟恐钗裙诧异人。

远出龙沙已二年，几回搔首向南天。不须更作蓬莱想，但到中华便是仙。

后又识云：“予不识夷文，无从翻译。篇中夷语，不过就其音而书之，字之确否，不得而考也。”元之按：蒙古语奶茶当为“酥台差”，差音近钗。差即茶也，台训有，言茶中有酥也。呼驼为“忒默”。默音近摩。肉当为“祃哈”。佛当为“布尔汗”。汗音近上声。叩首当为“摩尔郭”。问好为“扣都”。扣音去声。睡为“温塔”。温音近去声。塔音近他字，上声。闺女当为“叩肯”。

先端恪公官刑部尚书时作一联云：“常觉胸中生意满；须知世上苦人多。”北平黄叔琳镂版悬于普济堂。又吾乡张文端公书室一联云：“读不尽架上古书，却要时时努力；做不尽世间好事，必须刻刻存心。”粤西陈榕门相国一联云：“惜食惜衣，岂为惜财原惜福；求名求利，但须求己莫求人。”仕宦者果能胸中生意常满，能刻刻存心，能惜福求己必无贪酷钻营等事。贫穷者果能胸中生意常满，能刻刻存心，能惜福求己，必无邪辟奸诈之行。以之劝天下，教子孙，数语用之不尽,固不独可作座右铭也。

江西临川驿壁间,有女子题诗云:"无端驱马向南天,回首吴山隔暮烟。一点乡心飞雁外,五更归梦落灯前。晓风残月三千里,水绿蘋香二十年。愁绝明朝听杜宇,又随芳草过临川。"清俊绮丽,书法亦明秀,一时传颂。款署曰"姑苏女史虞桐凤"。群以不知其人为惜。余亦初爱其句。家辰沅观察莲溪先生兴洁能诗赋,引见入都,为诵之,先生笑而不言。后乃知即所作也。书者为同邑顾含章坤。顾书学董,以秀媚胜,兹特效女子用笔,加柔妩焉。先生以桐城人侨居姑苏,时官凤凰厅司马,撮合恰如女子之名。虞姓乃隐姚氏也。可知凡驿壁旅店女子题诗,如"镶红旗下说明珠"之类,皆文人一时游戏嫁名为之耳,未可信为真也。

虎如族祖敬尝过直隶开州,于郭外壁间题《柳梢青》词一阕云:"秋老吟鞍。开州郭外,有客停骖。乡梦重重,离愁一一,歧路三三。　晚风乱扑征衫。对凉月、床空夜阑。昨夕山东,今朝蓟北,明日河南。"天然恰当,其地正合有此一词。

卷七

辛未七月彗星见，长五尺余。问之钦天监，以为含誉星。唐懿宗咸通五年彗星见，司天奏以为含誉瑞星，宣示中外。《居易录》载康熙中彗星见，给事中粘本盛上言以为含誉星。案《晋书·天文志》："彗星三日含誉，光耀似彗，喜则含誉射。"唐司天盖又以彗似含誉而名之矣。《志》又曰："妖星，一曰彗星。""见则兵起，大水。"此次星以七月五日戌初后见于中台，属柳宿，至牛宫约百日，至天汉中。案是星行纬度顺天市垣，历星张、翼、轸、角、亢、氐、房、心、尾、箕，至牛、斗间方隐，故行百日。《史记·天官书》曰："柳、七星、张，三河。"谓分野也。《晋·天文志》曰："自柳七度至张十六度，于辰在午，周之分野，属三河。"又曰："河内入张九度。"《汉·天文志》曰："妖星，不出三年，其下有军。"岁癸酉九月，滑县有李文臣、牛亮臣之乱。是年睢州上泛，河决，宁陵一带俱为泽国。考占验《书》有"血及庙门"句庙门谓太庙门也，林清之乱，紫禁城内杀人，太庙后墙血及矣。

《周礼》疏引《春秋纬》、《运斗枢》、《文耀钩》并云："太微宫有五帝座星。青帝曰灵威仰，赤帝曰赤熛怒，黄帝曰含枢纽，白帝曰白招拒，黑帝曰汁光纪。"纬书之说，后世多疑不经。道光壬寅，嗼夷有欲来天津之谣。都人有设乩卜问者，太岁真人丁迈降坛，判云："殷天君即过此，当邀之。"有顷神降，问者问神何往。判云："将往天津会议。五帝轮递值年，一帝管五百岁。今时为赤熛怒帝值年。若有大事，仍集五帝会议。兹灵威仰诸帝尚未到，天机不可泄也。"然则纬书可尽目为伪托欤？

《说文》："盒，覆盖也。从皿，合声。乌含切。"《玉篇》"于含切"。《广韵》属二十二覃谙字下，乌含切。按《说文》注作"合"，是乃"含"字之误，盖宋本刻工之错。汲古阁仿宋大字本、额约斋仿宋小字本俱不敢擅改也。今人遂以"盒"字有平仄二音，非也。

有一友宴客，席间客话及赠马事，在坐一少年卒然问曰："母马耶？父马耶？"满坐匿笑。主人解之曰："马有以母称者，即可以父母称。"翼日友言于余，因捡《史记·平准书》："而乘字牝者，摈而不得聚会。"《注汉书音义》曰："皆乘父马，有牝马间其间则蹄啮，故斥出不得会同。"又《史记·秦纪》徐广曰："秦地有父马生驹。""父马"二字甚典雅。

娃娃，《说文》："吴越之间谓好曰娃。"今通称幼孩为娃娃。雇工王姓名秋儿，年二十许矣。女仆高媪旧与之同村居，一日称秋儿为娃娃，举室哄然。晚间询之，据段媪云：北方谓人在某地生者，则曰某地娃娃。如京里生，则称京里娃娃；屯里生，则称某屯里娃娃。谓秋儿为娃娃者，盖追言其所生之地也。说颇有理。若陕西人直称年三四十许者亦曰娃娃。书此以备方言一则。

吾乡俗称日至未刻为日偏西，当是日平西之讹耳。日平西，高丽诗人曾用之。李齐贤诗曰："木头雕作小唐鸡，箸子粘来壁上栖。此鸟胶胶执时节，慈颜始是日平西。"

唐鸡，据高丽诗，当是鸟名。京中有人家门首贴一联云："灶下已无新晋马；釜中犹有旧唐鸡。"自与高丽诗有别。闻晋马、唐鸡二物，翁阁学、纪文达皆不识为何典，未查出。

古诗："遗我双鲤鱼，中有尺素书。"高句骊溟州有女子与书生约为婚姻，父母欲别纳婿，女子以帛书属鱼。书生烹鱼得书，遂往谐约焉。此亦鱼中寄书之一证。

馎馎，古之馎饦也。《玉篇》："馎饦，饼属。"《广韵》："饵也。"《资暇录》："毕罗者，蕃中毕氏、罗氏好食此味，因名。今字从食，非也。"《升庵外集》："北人呼为波波，南人讹为磨磨。"按今京中书为"馎馎"，有"硬面馎馎"、"发面馎馎"、"杠子馎馎"、"笸子馎馎"、"实子儿馎馎"等名。又新岁用水煮食若南人所谓饺子者，曰"煮馎馎"。《名义考》："京师人谓饼曰饆饠，当为母母。《礼》八珍淳母，煎醢加黍上，沃以膏者是也。"按今馎馎制法与淳母绝不相似，即煮馎馎亦无须加黍沃膏，《名义考》之说误矣。馎，《玉篇》蒲没切，面馎。《广韵》同。北人呼入声字音近平，如呼"粥"为"周"之类，"馎馎"特转音为"波波"耳。《名义考》谓为饆饠。《玉篇》："饆，莫波切。饠，食也。出《异字苑》。"《广韵》莫婆切，列"摩"字下。是即升庵所谓"磨磨"也。今河南呼为"磨磨"，字当作"䯤"。京中呼为"波波"，字当作"饽"。以母字解者远甚。

俗说"三不知"，意料不到之辞也，但不知所本。伯山族弟云：《左传》"三不知而入之，不亦难乎"，俗说当本此。

俗说"强盗不入五女之门"。汉光禄勋陈蕃谏桓帝曰："鄙谚言'盗不过五女门'，以女贫家也。"俗说由来久矣。

京中俗语谓何时曰"多早晚"早字俗言读音近盏。《隋书·艺术传》："乐人王令言亦妙达音律。大业末炀帝将幸江都，令言之子尝从于户外，弹琵琶作翻调《安公子曲》。令言时卧室中，闻之大惊，蹶然而起曰：'变，变。'急呼其子曰：'此曲兴自早晚？'其子对曰：'顷来有之。'"族弟伯山曰："然则此语盖由来已久。"

山东李鼎和曾得屏贼盗咒语，羁旅路宿颇可预防。咒曰："七七四十九，贼盗满处走。伽蓝把住门，处处不着手。童七童七奈若何。"学此咒，清晨日出时，向东方默念四十九遍，勿令鸡犬妇人见之。

玉田刘方来言："辛未七月天津大风暴雨，雷电砰轰自德州西来，若逐物者。至柴炭厂霹雳震地，厂中大火，雷电复东去，至海岸而止。似有物被追，避匿柴炭厂中，雷一击不中，物复东逃入海，追至海岸被获也。烈风迅雷中粮艘伤桅数百，或半折，或拔去，或中裂，焚烧无算。及霁，海岸有大鱼一，长十数丈，脊高过人。有蜘蛛一，大如巨罗，剔去两目。"余闻秦州人言龙获重谴，必抉去两目而死。秦州出龙骨，常有堕龙，人皆见之。此二物盖获天谴。大鱼疑即龙也。

《居易录》载："康熙三十八年青州修葺府学，学训某多侵渔。一日得狂疾，大呼'子路击之'。宛转数日竟死。"余闻前辈言张尚书某即张文敏照也。以药杀仲副宪永檀，张归至仲家浅，见子路以椎击其首，亦以是死。子路为圣门御侮之贤，数千年后犹猛烈疾恶如此。

额岳斋司农云：旧闻严嵩当国时，凡质库能得严府持一帖往候者，则献程仪三千两。盖得此一帖，即可免外侮之患。金陵三山街松茂典犹藏此帖，以为古玩。帖写"嵩拜"二字，字体学鲁公，大可五寸，纸四边不留余地。乾隆四十五年曾亲见之。

戊寅七月九日晡时，平谷县大风。有黑云起于天望山，若旋舞之状，自山而西，复折而东。过西阁村，屋皆倒，拔其椽盘空而舞，屋瓦翩翩如燕子。其风直至独漉河边，陷地作坑，宽三亩余，黑水注焉。或曰龙为之，或曰蛟为之。余谓蛟龙行必以风雨，而蛟之起未有不被水者。是日但见黑云挟风而奔，无雨无水，不知何怪。殆非蛟龙也。

三河县姜福山甘泉寺，俗传唐太宗征高丽借兵于寺僧，僧不与，军回围寺。寺前有两石狗，太宗夜闻狗吠，挽弓射之，一发没镞。今寺前有石狗一，身有箭瘢，年久镞亡，铁锈处犹宛然可验。其一狗逃去，今在狗儿府，村名。身没地中，首出地外。传说有人掘之，其身仍随土而下，究只一首露于土上。二说香河张汝俊拔贡为余言之。

宣武门内武公卫胡同，桂杏农观察菖卜居焉。宅西有园，曲榭方亭之前凿小池，砌石为小山。有一石矻然苍古，为群石冠，苔藓蒙密。摩挲石阴，得"万历三十年三月起堆垒山子高倪修造"十六字。杏农属余书小额详记之。

今之象棋与古不同。晁无咎《象戏序》云："盖纵横丨一，棋三丨二为两军耳。"今棋仍三十二，而纵只十路，横只九路。以车、马、象、士按之，横九路已足，余二路正不知如何位置。岂炮亦与车马同路耶？牛僧孺《玄怪录》："汝南岑顺于吕氏故宅夜闻鼙鼓声，介胄人报曰：'金象将军传语与天那贼会战。'顺明烛以观之。夜半后东壁鼠穴化为城门，有两军列阵相对。部伍既定，军师进曰：'天马斜飞度三止，上将横行击四方。辎车直入无回翔，六甲次第不乘行。'于是鼓之，两军俱有一马斜去三尺止。又鼓之，各有一步卒横行一尺。又鼓之，车进。须臾炮石乱下。因发掘东壁，乃古冢，有象戏局，车、马具焉。"据此，马则斜行三路，车直进不回，与今马只斜行二路、纵横回转无定者相异。此今与唐、宋不同者也。而胡应麟《笔丛》引《玄怪录》岑顺事云："马斜行三路，正与今同。"则明时马犹斜行三路，今则又不同矣。

德胜门内积水潭龙王庙曰汇通寺，乃乾隆间敕修者。叠土成山，砌石蜿蜒有致。庙之后有一石，相传为落星，遍身如云头卷成者。叩之声如铜，质坚而有白点。询之定如和尚，云："非落星，因其身有白点，故谓之星星石耳。"庙前河地杂种菱荷，大可游憩，亦一小胜也。

西郭八里庄慈寿寺内有一太湖石，高四尺余，瘦、露、秀三者俱备矣。

宝西园比部得一太湖石，坚白如玉，两峰净峭，高三尺余。为同寅舒灵阿借去玩供，即携归西安驻防矣。舒君行四，于浙江臬司任乞病引归西安。

近见兰林泉得一烟壶，乃玳瑁玛瑙。一面有背面钟馗，神致勃勃。一面有鱼一、虾一。无少人力，不事牵强，亦佳玩也。

南苑新宫门外二铁狮，极有神致。上有"除邪辟恶，镇宅大吉"，后有一花押，不可识。前有皇祐十年月日，又前有彰德安阳县铜冶镇及冶工姓名四五人，古气磅礴。座之四面，一面即字款，其三面皆阳文，荷花水草，亦极有致。疑是金韨宋物也。

京城骡车近多踵事增华，即买卖车之站口、跑海者，里帏亦有绸绫，窗亦有玻璃矣。市中制车供人雇用曰"买卖车"。终日置胡同口得价行方曰"站口"。东西奔走莫定曰"跑海"。额约斋司农云："乾隆初只有驴车。其先德农中丞起初在部当差时，犹只驴车。惟刘文正有一白马车，人见白马车即知刘中堂来矣。"自川运例开，骡车始出，其时名骡车为"川运车"。适读吾乡刘海峰征君《赠姚道冲归里》诗，有"骡车日日穿胡同"句。道冲为余叔高祖，名孔锌，以雍正戊申保举人才来京。然则骡车雍正时已有之矣。大兴金春甫克谐云："乾隆三十年后，京中惟马车渐多，骡车尚罕见。"盖前此或有，自川运始盛行也。车之有旁门，则纪文达始创也。车旁开门碍于转轴，于是将轮移后，始有后挡之制。

王渔洋《居易录》载甘肃民间名字率多四字，如"马毛向上"之类。近见黔中一役卒名"沙卧赤鸡"，亦奇。

《池北偶谈》载宋郎中师祁工书，遘风疾，左手把笔，其工不减于旧。又引《老学庵笔记》载陆元长、宗室不微、梁子辅皆左手作字，赵广左手画观音大士云云。余同年光州吴黼庭玉堂，壬戌进士，乙丑补殿试，考试试差皆左手书，奏折小字更奇。按杜子美晚枯右臂，有"悠悠伏枕左书空"句。明范叔成字元白，以左臂画花鸟山水得名。陈湘以左臂画山水人物得名。吾乡陈遐伯为贼伤右腕，书画皆用左，钱田间《过遐伯》诗云："丹青一只手，智慧再来身。"

天之生物，虽五方之地燥湿不同，未有不以得雨为膏泽者。西域则畏雨，盖得风则穰，得雨则歉也。其俗男女遇于途，有相识者必以接吻为敬，漰然作声，更以声大为能。星伯同年见之，不禁大笑。天地既异，固无怪其习俗也。

道光十一年辛卯，海口潮涌，江水因之泛溢，自江西以下，沿江州县被灾。贵州则有蛟患。吾乡亦蛟水并发，东南乡宛在水中。大水时一女子避未及，水几没腰。有一人急援手救之，女子乃呼号大哭曰："吾乃数十年贞节，何男子污我左臂。"遂将同被灾者菜刀自断其臂，仍赴水而死。惜不知姓氏。恐天下穷而贞者，似此湮没不少也。

又有被荒女子年未及笄，与幼弟乞食于村馆中。适先生外出，借笔题云："沿门乞食施恩少，仰面求人受辱多。欲赋归来归不得，临流怅望涕滂沱。"题毕挥泪而去。先生归见诗，询诸弟子，追之不及。次日，闻人报有女子同幼男死于河中。惜未知姓氏。

日者工璞庵，行二，山西大同人。生不茹荤。童时读书古寺，九岁略识文意，见道书喜之，顿有出世之志。十二岁逃入宣化府之华阳山，虑家人觅之也，力避于人迹不到处，欲寻洞穴栖止。山有五洞，俱有人在焉。先一洞，其人甚癯，无衣，惟下体被以树叶。言皆鸟音，不能辨，以树枝画地作字相问答。盖康熙间参将学道入山者，忘其名。别一洞，其人猬须可怖，语言不通。问之，则画地告以雍正间某盗逃入此者。其三洞，人见之皆不礼，问之不应。山中无食，只食松毛。有一种果，味似杏，必先食此果，而后食松，则有味，否则不可下咽。风雨至，则癯者令避入其洞，晴则卧洞外。一日游山后，为家人寻见，强之归。其所见之人，盖皆百余岁矣。深山之中殆常有之，不独华山为然也。

渔洋载觉隐吃饭事，尝疑其传闻有误。甲申正月二十日，圆明园引见赞善归，过胡默轩九思家，见一人持一画卷求售，系圬公画，觉隐书，成邸物也。上有大同山翁凝始子题云："畤圬公能诗善画，不知何许人。或隐或显，当是避世之士。与觉隐同心同德，觉隐到处，此公亦到。觉隐本不能画，画皆圬仙之笔，然有觉隐题，圬仙方肯着笔。却有一件奇特处，觉隐吃饭，此公不举箸，只静坐。及乎饭毕起身，圬仙亦饱，鼓腹而歌，若竛仙吃饭觉隐亦饱。时人莫测其旨，因书以志之。"据此，则渔洋非寓言。然亦奇矣。此卷成邸题字两行，亦言初以渔洋为疑，后乃信之。

李进士薛，河南遂平人。生未及岁，乳母抱之立门外闲望。有肩菜者过，李卒然问曰："汝非某某乎，何以至此？"乳母惊仆，以为妖也。自是乃不言。三岁认字读书，过目不忘。其家皆以远大期之。自知前生姓薛，因名曰薛。六岁时，本家昆仲就别塾读书为文。一日塾师改课文，小讲甫就，有事他出，置文于案。众徒亦争出游戏，掩门而已。晚塾师归，见文已改完，并师所改小讲亦有更易之句。师大骇，问之众徒，别无客至，意东家亦无是人也。越日又改课文，故置于案，托言有事又出，潜于外伺之。午间回，见门开，闯然径入，见薛方蹲于师座，执笔点窜未辍也。师乃惊服。古人诗云："书到今生读已迟。"信不诬也。李中乾隆丙戌科进士，惜乎不寿，盖根基未深也。

人病有怪症，古籍常载之。戊寅九月，有一人大解移时，粪不得尽，久之始毕。自疑粪不得如此之多，回视，见出一虫，状似蛔。以竿挑之，长几丈余，惊骇成疾。邀余内表弟胡伯礽治之，诊视本无病，乃以惊得病也。医之半月始愈。其虫胡亦不识，即云是蛔。窃疑人腹亦不得容如此之大虫也。后与苏舍人都礼话及，苏自言曾得此病，但觉胸腹闷胀欲解，及解时有虫出，移晷不得尽。呼人曳之，虫粗如拇指，长丈，头扁而黑睛。曳出后亦无异。苏亦知医，不能指其名也。

人生邀福之心过甚，则事之断无是理者亦据信而不疑。青乌之说不可废，然一为所惑，则必终为所愚。京中有赵八疯子者，创为医地之说。尝为武清一曾任县令者卜地，告之曰："适得吉壤，在某村某家之灶下。去其屋，则得吉。"某令遂别构地造屋，迁其人而购其室。及毁灶，赵又熟视曰："此地惜为灶所泄，地力弱矣。"某令曰："为之奈何？"曰："医之自能复元。药当用人参一斤，肉桂半斤。俟得此二物付我，余药我自为合之。"某令如其教，备参桂授之。越日掘地下药，又告曰："三日后夜半，立于一里之外，若遥见此地有火光浮起，则元气大复矣。"乃潜施火药于地外，阴令人潜往，约以某夜远见有笼烛前行者即燃之。及期至某令家，邀其夜中笼烛往视。漏三下，曰："是其时矣。"遂往。遥望其地,果有火光迸发,乍喜曰:"君家福甚大,不意元气之复,若是之速也。"某令亦大喜。然为药物故,家资已消耗过半。赵售其参桂,家称小康。无何,赵子俱亡,赵亦得奇疾,身如死,但能饮食而已,始大悔。平生所愚者不止某令,而所售参桂之资亦归于尽。身受其报,天道当然。而为所愚者,绝不思理之有无,又愚之愚者也。

有瞽者,习大拘灶之术。每至人家,辄知其家之事,借以自神其阳宅阴地之学。有人召之者,入其门,以手摩挲门户,便言其家祖坟何向,去家远近若干,某某时当见某事,某某人当有某疾。毫厘不差,人以为神。若召之卜地,乃预令其徒潜往熟视以告。及至其所,略端数步,便言此地某山某向某龙入首,祖山或廉贞,或贪狼,俱能言之。因告其人曰:"以此地论,当是大吉。但随我所指观之,左当有何等山何等坡,作龙是否;右当有何等山何等坡,作虎是否;水当何等去,朝当何等峰,下关当何等高低是否,是则真吉矣。"其人见一一与所言合,亦不禁大喜。因请点穴择期,深信不疑矣。尝为某家择日下葬,告曰:"是日特奇,至时当有凤凰过此。尔辈伺之,凤一至,是即葬时矣。"乃预以钱三百买白雄鸡一,即令鬻鸡者抱鸡于某时向某处葬地走过,鸡仍付之。至时,问:"有凤来否? 凤当白色。当谨视之无忽。"少顷,鬻者抱鸡来。人咸曰:"不见凤,唯有白雄鸡来。"乃喜曰:"鸡即凤之类,天下谁见有真凤耶? 吉时至,当速葬。"葬者亦心喜,以为特奇也,而不知堕其术中矣。

天津盐商某患一奇症,胸膈间有一物梗闷。久之,知有一小人在膈,能言语,惟病者自听之,旁人不之闻也。小人若言欲食何物,即须与之食。如有食物至,小人言不食,即不能下咽。病者苦之,百治罔效。闻某善医,邀治之。令取大蛛网数十枚,层叠贴于胸前背中,仍敷以药。无何,小人在内呼捆缚甚楚,蛛网亦渐入皮内。医者言此小人若能生出之,是一至宝。欲生出之,病者觉腹胀不可忍,乃以药化之。及化下,身体俱无,惟存其首,长寸余,宛然一姣好童子矣。《辍耕录》载都下儿患头痛,有回回医官用刃割开额上,取一小蟹出。盖皆理之不可解者也。

人死后回煞之说,南方谓之回煞,京城谓之出殃。常云麾言地安门外某家有新死者,延阴阳生检出殃日。生检查,告以期,且曰:"此殃大异于寻常,当为厉,合家徙避仍恐不免于祟,唯有某鸦番乌克神即看街兵之称。胆大能敌,当邀至家以御之。"其家甚恐。至日,奔访某鸦番乌克神,邀之酒食。食毕,告以故。某亦素负其胆,不肯辞。至夜闻棺盖作声,视之盖已离,棺中人欲起矣。急跃棺上力按之,相持竟夜。鸡鸣,棺中人始帖然,某仍合其棺。及其家人至,问夜来情景,某不言,但以无事答之而归。其家复以无事告阴阳生。生愕然曰:"是吾误检日也。其究殃之归,正在今日耳。然其厉不可言状矣。欲御之,仍非某不可。"其家复至某处,求其再来。某心却却而恐失胆大名,欲去恐力不敌,姑应之而心自疑虑。偶至街前,见一测字者,卒然间曰:"尔有何心事?当告我,可为筹之。"某怪其无因而先知,乃告之故。测字者曰:"鬼甚厉,而将不敌。我有爆竹三枚相赠,但至事急时放一枚,三放可无事矣。然不可在屋中,当登屋以俟。"某至,如测字者所指。及半夜,棺盖裂声甚猛,果不似前夜。盖方裂尸已出,四望无人,即出院中。复四望,见某在屋上,跃而登。将及矣,某放一爆,应身倒。少顷复起,如是者三。爆尽而鸡鸣,尸不复起矣。其家人至,备悉其状,舁尸复殡。往告阴阳生家,入门生已死,身若火燃者,硝磺气犹未散也。其人大骇。复询知此生素恨某,欲因此杀之,且亦神其术。欲图人而使亡者先受暴露之毒,冥冥自不能恕,其为人所伤,固天道宜然。此等术士之能为祸,亦复可惧。测字者不问先知,是亦可疑者也。

《三国演义》不知作于何人。东坡尝谓儿童喜看《三国志》影戏,则其书已久。尝闻有谈《三国志》典故者,其事皆出于《演义》,不觉失笑。乃竟有引其事入奏者。《辍耕录》载院本名目有《赤壁鏖兵骂吕布》之目。雍正间,札少宗伯因保举人才,引孔明不识马谡事。宪皇怒其不当以小说入奏,责四十,仍枷示焉。乾隆初,某侍卫擢荆州将军,人贺之,辄痛哭。怪问其故。将军曰:"此地以关玛法尚守不住,今遣老夫,是欲杀老夫也。"闻者掩口。此又熟读《演义》而更加愦愦者矣。"玛法",国语呼祖之称。

卷八

"安倭何",国语木变石也。木之变石,惟松则然,关东多有之,非奇物也。《隙光亭杂识》引《墨客挥犀》云:"泰山有柏木一枝,长数尺,半化为石。"又《录异记》:"婺州永康县山亭中有枯松树,因断之,误堕水中,化为石。"今尝见人蓄松化石为玩,可验其说非诬。盖古人不知此物,故以为异。揆恺功虽见,殆亦不知此物之多耳。案此石惟松能化,《墨客挥犀》之所谓柏,恐亦松之误矣。关东人取此石制为佩刀形,安以柄,用以磨错铁刀如泥,古所未闻也。今不惟木能变石,草亦有之。草结即上水石也。孙少兰给谏案头蓄一石,如画家合解索、披麻皴,而文细过之。高可尺许,皆数千百草根团结成者。盖枯草芟夷后,其根水流一处,日久凝结,名曰草结。言惟凤陵中有之,不可多得。案此石三门等处亦有售者,出自黄河中。草根绝细,水沫之形俱在,盖亦如水精之结而成石也。名曰上水石。文秀可玩,其质亦轻,但性脆耳。惟出之凤陵之语殊未确。

同年谢峻生崧,言其家旧藏宣纸若干卷,约高八尺,苦无长箧贮之。有卖柏木者,命工作为箱,香润可爱。数月启视,纸皆黄白驳斑。乃知柏木走油,纸俱印透,竟无一幅完好者。记以告人,一切箧筒,当慎辨柏木也。

华山出小松,长二三寸。登华者,西峰道人以此为土物馈遗。以净瓯盛水置其中,则青葱可爱。行则夹置纸本,经年累月虽干不瘁,见水仍活。名华山松,其实则苔也。

《曹南牡丹谱》,沾化可园主人苏毓眉竹浦氏著。余家书筒中有抄本,可与鄞江周氏《洛阳牡丹记》、薛凤翔《亳州牡丹记》并称。惜但有其名而无其状,然曹南之胜已可想见。今为录之。

其谱曰:牡丹,秦汉以前无考。自谢康乐始,唐开元中始盛于长安。每至春暮,车马若狂,以不就赏为耻。逮宋洛阳之花,又为天下冠。至明而曹南牡丹甲于海内。《五杂组》载曹州一士人家牡丹有种至四十亩者。康熙戊申岁,余司铎南华。己酉三月,牡丹盛开,余乘款段遍游名园。虽屡遭兵燹,花木凋残,不及往时之繁,然而新花异种,竞秀争芳,不止于姚黄魏紫而已也。多至一二千株,少至数百株,即古之长安、洛阳,恐未过也。因次其名,以列于左。

　　牡丹花目

建红　夺翠　花王　秦红　蜀江锦　万花主　一簇锦　丹凤羽　出赛妆　无双燕　珊瑚映日　姿貌绝伦

　　以上皆绛红色。绛红之中,各有姿态,艳冶不同。

宋红　井边红　百花妒　鳌头红　洛妃妆

　　以上皆倩红色。

第一娇　万花首　锦帐芙蓉　山水芙蓉　万花夺锦

　　以上皆粉红色。

焦白　建白　尖白　冰轮　三奇　素花魁　寒潭月　玉玺凝辉　天香湛露　满轮素月　绿珠粉

　　以上皆素白色。

铜雀春　独占先春

　　以上皆银红色。

墨紫茄色　烟笼紫玉盘　王家红　墨紫映金

　　以上皆墨紫色。

栗玉香　金轮　瓜瓤黄　擎云黄

　　以上皆黄色。

豆绿　新绿　红线界玉

　　以上皆绿色。

瑶池春　藕丝金缠　斗珠　蕊珠　汉宫春

　　以上皆间色。

胭脂点玉　国色无双　春闰争艳　胡红　惠红　枝红　金玉锡　软玉温香　海天霞灿　杨妃春睡　龙白　紫云仙　磬玉仙　掌花案　状元红　伊红　雪塌　乌姬粉　平头粉　金玉交辉　映水洁临　何园白　娇容三变　花红剪绒　紫霞仙　亮采红

以上诸品各色不同。

又尝见斌笠畊太仆藏江纬画内园牡丹二册。白者有鹤裘、鲛绢、白龙乘、瓣中微有淡红之意。霞举、瓣中亦觉微红，而每瓣若拖长穗。黄者有卿云黄、檀心晕、花白而攒心处微黄。黄金买笑、淡黄。罗浮香。绿者有么凤。瓣多折纹，宛如罂粟。粉红者有当炉面、十日观。心如卷云。银红者有火枣红。色如木槿。赭色有国色无双。绛红者有胜国香、楮云。红藕合者有天台奇艳。花口尖瓣数片，心中瓣细长数寸，卷伸摇曳若风带然。淡藕合有剑气蕊宫仙。花瓣外白。紫者有玛瑙盘、墨晕、花深紫近墨。紫贝。花深紫，心拖黄穗。大红者有胜扶桑、瓣多卷。赪虹素春红。命名或一时各异，然花多异品，习所罕见。册前有江自记一幅，记后一诗。记云："牡丹自李唐来爱者甚众。舒元舆云：'天后之乡西河也，精舍下有牡丹种，其花特异。天后叹上苑之有阙，因命移植焉。'由此京中日日浸盛，至今传其种类，四海皆知所尚。惟江南亳州、山左曹州土水相宜，蕃衍者较异于当年。予夙慕之，每以不得见为恨。甲戌春，因上构采新异种类必先绘图以献，次选其本移栽内廷。予借以从事，历春而秋，得遍涉诸园。及事竣，省其栽培之法，复别其种类，植之小圃。又经年而辨其色朵枝叶之不同，洵知水陆草木之花，无更有齐其美者。予亦不愿自私其独得，爰谱之，以公诸海内名公画家采择焉，未必无小补耳。五月初四日辰时，在畅春园进呈写生牡丹二十八种册子，恭承御览顾问。口占记事：'文章半世无知遇，赖有丹青供圣明。惜未绘图呈菜色，敢题花句效清平。'老迁江纬。"钤江纬之印白文，天章朱文。余题其后云："老迁此册用笔兼洋法，而着色鲜艳，花叶如生，真能品也。册本二十八幅，今失其四，为可惜耳。"兹书于《曹南谱》后，以见牡丹之盛。然闻甘肃和州此花最佳，传者绝少，又不知何如也。

金银花一名鸳鸯草。《隙光亭杂记》引《墨庄漫录》云："治中菌毒，取鸳鸯草生唼。"即金银花也。鸳鸯草可对蝴蝶花。

琉球谓马兰花为水翁花，罗汉松为樫木，冬青为福木，万寿菊为禅菊。盖未识古来草木之名，以意名之耳。抑或彼国俗称如此？记之可供诗人采用。

胡桐泪，《本草》："此物出西域。"自叶尔羌至阿克苏千余里，所在皆有之。其本质朽腐，不中材用，但可作薪。回人谓薪曰"活同"不知其字,其音如是耳，故指此木曰"活同"。中国人不知其故，因以胡桐名之，实非桐类也。其根下初生条叶如细柳，及长则类银杏。孟康注谓有二种叶，是也。其丛生之地有曰"胡桐窠"，修志者不解其地，以为树不应称窠，即改为"鹁鸪窠"，注曰"鸟名"，大误矣。徐星伯云："其泪似松香之珠粘于木上，取其珠则板片即随手下。"其腐如此。五台回人售此最多，大小成片。有作伪者取其木，用根下沙粘其上以充之。此城也，非泪也，当辨之。

养花法

兰

　　春不出。夏不日。秋不干。冬不湿。此花最喜鱼腥水。凡浇灌不可过频，频则根烂，水在根下一过而已。蚁最喜食其根，须用油骨引去之，或用闽中鲎尾曰鲎帆插于土中，亦去蚁。土底不可太紧，紧则不能发畅，且不易过水。

牡丹

　　牡丹最喜肥，种时根下宜以猪羊肠胃铺之，则开花鲜茂。根总宜于暖。又名鼠姑，根下时埋死鼠则茂。

梅花

　　花开后必生叶，叶乃另生之枝。须即将开过花之旧枝剪去，俟新枝长至六七寸时，又将尖掐去，至冬方能有花，且夏不落叶。若任其长发，则至夏必落叶，即焦枯死矣。花总生于叶之根，夏之一叶，即冬之一花也。夏五六月之曝日，宜早辰不宜中晚，切忌。

碧桃

　　盆中碧桃开花后，亦将其残枝剪去，留新芽。清明时移栽土地，霜降前入盆，迟数日再入室。新条亦须掐尖方能有花。

荷花

　　种藕断不开花。须择其细如指而长者，乃花根也。种之，不用河水河泥亦能开花。市肆卖者皆藕也，非生花之物，止足供蔬而已。

宝五峰云：善缘庵在海甸，有象棋三十二子，石体坚硬。有黑地白纹者，有白地黑纹者，皆作冰裂纹。每匡中有菊花一朵，颇堪清供。

圆明园西北红石山麓，旧有兰若宝藏寺，产菊花石。石性粗松不佳，其纹俨然菊花，故名。斜侧反正悉备，亦有致趣，惜其不堪把玩耳。

西路乌什一带出花石，各色俱有，其纹皆有鸟兽人物之形，且有须眉毫末俱足者。铁冶亭宗伯夫人号如亭，得一石紫质而白纹，上一"如"字，小篆文，下有一茅亭。不事牵强，居然成其闺号，此尤奇也。予亲见之。

五峰又言令兄西园北部郎于西郊拾一石，上有观音大士像，眉目手足端然可见。

玛瑙花纹颇有成形者。博垣斋冠军有一烟壶，上有螃蟹一支，螯足具备。

紫英石中有水者颇多。宝西园北部郎有一金鱼，中有水二滴，如鱼之脑。其令弟五峰冠军有一扇坠，中亦有水二珠，如谷米大，摇之可动。

苏仙公土桃出湖南郴州。苏仙公祠，即东汉时苏耽也。祠旁往往掘得土球，状如桃核，大如橄榄而扁。其质似土之结成，而又似沙之凝固，文亦若桃核之文。摇之，空其中，有物作响。亦有伪者。惟以摇之作响若空青者为真矣。星伯云可以治目。

岭南果品其类甚多，新会橙为最佳，荔支次之，黄皮果又次之。余至广时已中夏，尚有藏新会橙者，食之果佳。荔支正熟，以挂绿者为尤美。闻有名糯米糍者更美，未之食也。此外余遍尝之，味皆不善。惟彭婆一种，蒸食之，去皮五层，肉如新栗，其味亦似，且有新栗之嫩者。问之久客岭南者，皆未之食。盖以其形异而忽之也。此果形如肥皂荚，色亦如之。擘开色深红，如俗所谓癫蒲桃者，子亦如皂子而稍大，其色正黑。皮屡去乃见肉。是岭南之佳品也。或以为称苹婆，此果非苹果而亦称苹婆。

扬州洪氏园中蓄一鸟，似鹤而大，高三尺许，色纯白，喙长尺许而青。腭下至颈有皮下垂，宛同牛嗉。日饲小鱼四五斤。守园者称为海鹅。殆即《尔雅图》所绘䴀𪀚者，注"俗谓之痴鸟"。

雄鸡生卵，南方人家以为不祥。余馆于长相国家，一日大徒持一鸡子示余，曰："此后院雄鸡卵也。"甚讶之。及见居停怀亦亭云麾了无异色，因问之。居停曰："此卵可卖京钱数百。喇嘛每岁供佛，必用此几十枚。"余讶每年焉得有如许之多。居停乃言其法："将雄鸡圈入笼内，四外多放雌鸡，雄者急不得出，终日躁跳。不使饮水，三日则必下卵矣。故喇嘛所用不能穷竭。但此卵有青无黄。"翌日小徒于书室中破之，果无黄者。乃知见骆驼[言]马肿背，少见必多怪也。纪文达《阅微草堂笔记》载阿公迪斯言雄鸡生卵之法，正与此同。而所言大如指顶，并治目疾，则异。岂大小偶不同欤？治目疾则未考。

徐星伯同年言伊犁道中见一鼠如常鼠，见人则拱而立。《诗》所谓"相鼠"也。晋公昌镇伊犁时蓄鼠数种，惜未能考其名矣。《禹贡》"鸟鼠山"，郭景纯注谓在陇西首阳县，今甘肃兰州渭源县是也。一名青雀山。《尔雅》云："其鸟为鵌。其鼠为䶄。"注："䶄如人家鼠而短尾。鵌似鹬而小，黄黑色。"星伯同年言赛喇木淖尔岸最多，皆穴地而窟。天将明，鸟先出翱翔。形如喜鹊而小，绿身长尾。鼠如常鼠，蹲穴口顾望，渐走平地。鸟张翅登鼠背，一鼠负一鹊。夏气生凉，野地平阔，往来互驰，半时许方散。然则不仅渭源有之矣。形与注亦少异。

徐星伯同年言：龙观察万育在陕省办理三省教匪时，坐屋内，闻空中有飞声，院中适有掷地声，出视。见地上堆一物，高几二尺许，方圆亦径尺许，热气尚蒸蒸腾上也。怪之。其同事某云："顷见一大鸟飞过，遂有物掷地上，盖所遗粪也。"此鸟不知何名。龙在乌鲁木齐亲为星伯言之。

陕西顾县令沂尝蓄一虎，与之同寝处。升堂判事，虎则蹲于侧。或偶露跋扈之态，顾则抚其首曰："虎儿毋若尔。"虎则俯首帖耳，然堂以下差役及讼者无不战栗。讼以是稀。顾即以是使无讼焉。厩有惊马，莫敢谁何。顾恃其多力，前制之，胸为所伤。归室，袒示虎，虎为之䑛伤处不辍，两日即愈。秦中丞承恩抚陕，其太夫人闻之，欲见虎，秦以告顾。顾乃吉服牵虎往，市人大惊趋避。入辕门，驰报太夫人。门甫启，太夫人遥望见之，亦骇然避。抚军但大声曰："好虎，好虎，请速回。"越时，顾以事公出，势不得与虎偕，留之书室，令一仆饲之，婉慰而别。家人终不免戒心，不与之食，俟其力微，戕之。顾归，虎已死，悲不能已，葬之。有言及者，犹感伤不置。旋亦辞官去云。古者扰龙有法，岂顾亦有法以扰虎欤？《列子》言梁鸯养虎，顾岂其人耶？虎之于顾若家人然，是亦异闻矣。同年徐星伯学使松言之。

王春亭刺史言：多余山侍郎庆之戚某以善骑称。尝买一马，乘之出广渠门。甫出城，有远来大车一辆，此马瞥见，长号一声，即横于车前。群马闻声惶悚，俱不敢进。是马屹然而立，某不知所为。仆人某者，知其故，即解衣物遥掷与其主人。主人接之。马知骑者已得物也，乃飞奔而去，迅不可遏。遇深沟短壁一跃过之，遇推小车者亦一跃过之，落荒而驰。至于旷野无居人之所，两蹄前跪俯伏不动，若敛迹避人之状，某乃得下。询诸仆，始知其为响马也。盖盗劫人财如此，马亦习与性成矣。是亦格物一事。

禁宰耕牛，地方官之一责也。北地日宰数十百，亦不之禁。或言此系菜牛，别为一种。余以为未尝使之耕耳，若耕，未见不可也。张上舍大宗言客甘肃时曾以问人，据言耕牛脊有驾木之骨，菜牛则无，故不可耕也。

苇仙喜猎，云猎狼不可造次。凡狼独行者可施枪，若两狼行则当击其后。盖狼行，雄者在前，雌者在后。若雄者被害，雌者必登高处以瞭，见人即前舍命以斗，枪或施药不及，必为所伤。若雌者被击，则雄者即逸矣。若三狼，亦止击其后者。狼之行恒以三足，其一爪曲以护其喙。狼喙最畏人击，故以爪护之，所以御击也。狼若中枪，长号之声如鬼加厉，最不可闻。又狼性随烟，鸟枪火出，烟必回退，狼中枪者即随枪烟回扑。猎者于施枪后随蹬于地，转首向后，右手拔短刀持向左耳前，以备狼之回扑以刺之也。若其时有风，枪烟不能回退，必先直上空中而后散。狼中枪亦必上跃与烟齐，而后坠地以毙也。狼性亦最狠矣，然犹能死其雄，人之谋其天者，视之何如也。

都城市中有戏海豹者，围以布幔，索钱三文乃许入视。其物实鱼而狗头，喙若虎，四足类鳖，黑质黄斑若豹皮，长三尺余，其嘘如吼。与之食物，能以前两足据桶，出水而夺之，状甚狞狰。戏者谓之海豹。按《山海经》："北岳之山，诸怀之水出焉。其中多鮨鱼，鱼身而犬首。"《说文》有鮨、鲔。郝兰皋农部谓极似今海狗，登州海中有之，岂即腽肭耶？

麈即今之四不像也，似鹿非鹿，似狍非狍。其角可为决，时所称堪达罕平声。也。此兽角根如掌，中如腐朽，色黯黑，以之为决，周围黑道匀透者为贵，然百不得一。其皮可为半臂，衣之愈久则愈厚，愈久亦愈软。若为油水所污，俟其干揉之，仍复如故。凡皮见水则硬，衣此者若嫌其污，可加浣濯焉。闻此衣油垢既甚，可御火，枪刀不利，卒尔亦不能刺也。关东兵卒多衣之。

徐星伯言阜康县至绥来县相距五六百里，有一白鹿大如马，往来各城，或亦至衙署。见则人喜。所过城市竞以刍秣饲之，多不食，食则其人必福。所入之署，官必有喜。长文襄自伊犁将军升任陕甘总督，经阜康，鹿立于公馆门外。次日启行复至。间数年，文襄以平张格尔封威勇公。

天启好猫，猫儿房所饲十五成群，牡者人称某小厮，牝者称某丫头。或加职衔，则称某老爷，比中宫例关赏。见陈悰《天启宫词》。《筠廊偶笔》所载尚不详。

元人卖猫有契。《永乐大典》载其契云："一只猫儿是黑斑，本在西方诸佛前。三藏带归家长养，护持经卷镇民间。行契是甲卖，与邻居人看，三面断价钱，随契已交还。买主愿如石崇富，寿如彭祖福高迁。仓禾自此巡无怠，鼠残从兹捕不闲。不害愿牲等六畜，不得偷盗食诸般。日日在家宅守物，莫走东去与西边。如有故违走外去，堂前引过受笞鞭。年月日契。"

太常寺有仙蝶，褐衣色，一稍大，一稍小。有一翅微缺，人以老道称之。偶见飞来，或出手祝之曰："老道，我辈欲得见颜色，请少住。"蝶即飞落手中。若人有戏之之意，祝之不住也。德文庄公官大宗伯兼管太常甚久，蝶常往来于院中。文庄殁后，蝶忽来殡前旋绕，意若来吊，依依不置，良久乃去。盖文庄生平公正，足以感之。然亦见蝶之通灵也。

格物之学，无穷尽也。平阴朱苇仙云：蛇之交，恒以清明为候。至时麇至，动以千百。雌蛇盘屈，雄者以大小层叠于上，叠至五六，以极小者为顶，如砌塔然。移时乃解。雌者去，别一雌蛇随即其地盘屈，反其尾以向上，雄者复层叠焉。午前如是。若午后，则雄蛇之极小者在下，复以次层叠，雌者居上，如塔倒置。山东名曰蛇雾。蛇雾之日，周围数十里内之蛇皆至一处，或一亩两亩之地皆满。所交之地每年必于是地，过此则无。或言地卑湿则然，或言地暖处则然。交时见人不畏，击之亦不动。或以竿挑之，则委地如死。交必天大雾之日，盖亦阴气所感也。

草中有蛰草，闻之久矣，而未得其详。朱苇仙言之颇悉。此草高寸许，叶微似艾，八楞三尖，有毛。每霜后草枯，而此独鲜。恒于立冬时放花。花着于叶之近本处，如石竹而小，黄色，心似菊，有红色一线围之。花时凡蜈蚣、蝎虺诸虫纷趋，旋绕三四匝，饮其叶而去。最后则蛇至，且食其花及叶与茎而去，去则蛰矣。诸虫之来先于蛇，次春出亦在蛇先。蛇最后蛰，故出亦在后。蛇之行屈曲，及食此花，行不百曲即止，昂首若噎。少顷复行，行复如是。至可蛰处，以首着地，而后盘屈不动焉。百虫不嗅此花，不能蛰也。往平有王氏妇，一日拾薪于野，归觉头晕，但昏睡。医诊视无病。不食亦不起，如是者两月余。立春后渐醒，惊蛰忽起，病恍然失。家人问故，乃言拾薪时见有鲜草开花，虫竞来嗅花，因亦摘食之。有顷但觉头晕，其沉睡初不自知也。此草或云即俗所谓透骨草。努牙时，近根四围之草皆外向。此草出及一寸，中心放一花，花中白心一线独抽，即挺茎也。春着红花，秋后芰荑既尽，交冬陈根勃发。是谓蛰草，则未之审也。

甘肃徽县多虾蟆精。往往晴天陡作黑云，遂雨雹，禾稼人畜甚或被伤，土人谓之白雨。其地每见云起，辄以枪击之，轰声群振，云亦时散。平时有入山者，见山谷间虾蟆无数，不论大小口俱衔冰。皋兰沈大尹仁树为徽县少府时，有阵云起，众枪齐发，云中堕一皂靴，送置城隍庙。翌日失所在。沈之侄亲为星伯同年言之。盖虾蟆阴类，阴气所积，时或为灾，北地亦常有之。此精乃喜着皂靴，殊可怪也。

　　嘉庆己卯秋，河南省黄河决兰阳口，郑州、延津，水皆围城。河流向由仪封而下。未决时，人见仪封有黑气一道横亘于河，如是者一日余。黑气中见有大手，河水遂不下流，乃由旁决。此黑气与大手，不知是何异矣。先是春夏间，郑州城壕遍地皆蛙，大小层累连衔，几无隙地。毙于履，毙于车者，不可胜计。何由而来，何自而去，皆莫能晓。及秋，遂有河决之患。蛙，阴类也，常止于洼，大水则不能容。先见，是为大水异常之兆。次年密县城壕亦如此，殆有胜焉，人皆惊恐，而卒不验。此理不可知也。又已卯夏氾水决，先是春间有一足鸟，大如鸡，鸣集县之文庙桐树上。人以为商羊见，主大水。氾水县果有水患。次年密县之超化寨有虫鸣，其音如云"二丈五"。适其时城壕蛙见，俱以为水来当深二丈五矣。卒复无事。然此虫究不知为何虫也。

　　江苏宝山滨海。海旧去城三十里，今已至城边。嘉庆丁巳岁秋月，天大雷电，风雨一昼夜不止。海水暴涨，水自城头下，城门俱闭。次午始晴明，城中人咸至海塘闲观，见大鱼五，或身首截分为二，或从腰断，或头截其半，刀痕甚齐。其鱼首多类牛头，非常鱼之状。一首重至千斤，当是海中怪也。然大雷电相搏一昼夜，神力几不得胜，此怪亦非常矣。家弟辈俱见之。

　　龟，《说文》："旧也。"介虫之长，四灵之一。其为物也寿，故古人多以命名。宋代尚有之。不知何时以为恶物，相避不以为名与字。嘉庆己巳，朝鲜国遣陪臣韩用龟进表。以龟命名，犹存古意。

　　陕中金钱龟，产于郭汾阳家庙莲花池中。小者如拇指，愈小愈珍，小者直钱百余。余购得数枚，裹以纸，置行笥中。越数日取出透风，少饮以水，仍包置笥中，可远行也。《山堂肆考》："苏州城南有道士养一龟，状如钱，置合中，时使出戏衣褶间。"殆即此也。

　　王渔洋《居易录》云："近京师筵席多尚异味，戏占绝句云：'溧鲫黄羊满玉盘，菜鸡紫蟹等闲看。'"在渔洋时已觉奢靡甚矣。近日筵席必用填鸭，一鸭值银一两有余。鱼翅必用镇江肉翅，其上者斤直二两有余。鳇鱼脆骨白者斤直二三两。一席之需，竟有倍于何曾日食所费矣。踵事增华，亦可惧也。

　　鳇鱼脆骨，鳇鱼头也，出黑龙江。余使沈阳，闻其土人云："嘉庆十年前此物甚贱，一鱼头大者须一车载之，不过售钱五百。自京中以此骨为美品，鱼头遂不肯售，竞相晾晒发卖，每一斤亦须银八九钱矣。”曾记莫少空清友先生宴客设此味，座中有其乡人以为凉粉也。翼日见先生，问曰："前日食君家所制凉粉特佳，曾令人学制，总不能及。不知何以有此味也？”闻者笑其村蠢，余殊嘉其朴诚。

《尔雅》："鰝，大虾。”李和叔林元《使琉球记》云："龙头虾长尺余，绛甲朱髯，血睛火鬣，类世所画龙头。”徐葆光《传信录》云："一名鰝。”《尔雅》注："鰝，大虾也。”无龙头之说。

鱼之飞必自衔其尾。畜鱼者运蹇，则其鱼自飞入他人之池。吾乡松山湖多鱼，畜鱼者甚夥。张孝廉介纯尝于冬至月游湖边，倐忽间似有风起，俄而水中泼刺声。守鱼者哭，问之，曰："时当冬深，鱼皆潜伏水底。今忽有声，鱼将飞矣。”顷见鱼皆自衔其尾，圆若环，密如飞蝗，投于他池，须臾而尽。鱼岂能飞，盖有使之者。

宝冠军使奎，字五峰，号文垣，记养鱼之法，颇有足采者，录之：

龙睛鱼　此种黑如墨，至尺余不变者为上，谓之墨龙睛。其有纯白、纯红、纯翠者，又有大片红花者、细碎红点者、虎皮者、红白翠黑杂花者，变幻花样，不能细述。文人每就其花色名之。总以身粗而匀，尾大而正，睛齐而称，体正而圆，口团而阔，要其于水中起落游动稳重平正，无俯仰奔窜之状，令观者神闲意静，乃为上品。又有一种蛋龙睛，乃蛋鱼串种也。

蛋鱼　此种无脊刺，圆如鸭子。其颜色花斑均如龙睛，唯无墨色，睛不外突耳。身材头尾所尚如前。　又有一种于头上生肉，指余厚，致两眼内陷者，尤为玩家所尚。此种纯白而红其首肉为上色，共名之曰狮子头。鱼逾老，其首肉逾高大。　此种有于背上生一刺，或有一泡如金者，乃为文鱼所串之故，不足贵也。

文鱼　此种颜色花斑亦如前，亦无墨色者。身体头尾俱如龙睛，而两眼不外突耳。年久亦能生狮子头，所尚如前。有脊刺短者、缺者、不连者，乃蛋鱼所串耳。　此三种另有洋种，无鳞，花斑细碎，尾又软硬二种。

世多草鱼，花色皆同此，而身细长，尾小。佳者以红鱼尾有金管，白鱼尾根有银管者为尚。亦无墨色者。名曰金鱼。

又有赤鲤、金鲫，皆食鱼所变，无三四尾者，皆直尾也。不过园池中蓄以点缀而已。养法亦如各种，亦能生子得鱼。　此三种另有洋种，无鳞而花斑细碎，其尾又有软硬二种。

养鱼断不可用甜水。近河则用河水，不然即用极苦涩井水，取其不生虱。新泉水尤佳。

鱼水绿乃活，不可换。其色红或黄，必须换。

凡换水，必先备水一缸，晒之。晒两三日，乃可入鱼，鱼最忌新冷水也。　水频换则鱼褪色。

大缸一口，养大鱼五六寸者二三对足矣。多则闹热挤触不安，必致损坏。

鱼喂虫必须清早，至晚令其食尽。如有未尽者及缸底死虫，晚间打净。夜间水静则鱼安，不然亦致鱼死之道。再沙虫中亦有别种恶虫，亦须略择。

子鱼初生，以鸡子煮熟，拧其黄于布上，摆于水中，子自知食之。及三四分大，不能食大虫，乃将虫置细绢罗内，于水面节之，有小虫漏下者，与之食。至五六分大，则居然食虫矣。

鱼子出净之后，至能于水中游行时，须轻将闸草提于他器内，以水投之。有鱼仍取回原缸。水定后，缸内有虫如虾而扁口如蜈蚣，最能啮小鱼，宜拣净，不然则尽为所害矣。

鱼缸养鱼，总须明官窑缸，虽破百片，亦可锯补。瓦亦用明官窑缸瓦。外用铁屑泥之，则不漏矣。

晒子须用红沙浅缸，取其晒到底耳。

鱼遍身起泡如水晶，乃天热水坏。以新凉水激之，不然即溃烂死矣。

鱼瘦暗不欢，乃病也。即以盐擦其遍身，另盆养之，使吐黑涎即愈。盐纳入两腮，亦佳。

鱼虱如臭虱，而白色透如虾色，一着身断不可落，能使鱼死，必须捞出。以盐擦之，亦佳。

鱼子不可过晒，过晒则化。不晒亦不能出。故须树阴，或覆以筛之，亦可。三日必出鱼矣。

凡鱼生子，总在谷雨前后，视其沿堤赶咬，乃其候也。即将闸草缚小石坠于缸内，任其穿过，即有子粘草上，亟取出，纳别水缸内。若不取，恐为公鱼所食。其赶毕一次后，隔十余日一次，看其赶即须放草接子矣。水近缸沿，则每被鸽子连鱼饮去，故水不宜过深。子初出如蚁，不可见，伏于缸上或草上。出鱼后三五日内，不可乱动其水，恐有伤于尾也。

冬收缸入向阳无油烟屋内。鱼不食亦不生子，其水总不必换。俟春半时，出屋换水。其屋冬亦须火，不使冰过冻而已。亦不宜太暖。每岁于霜降收入，春分时出屋，然亦须看天时冷暖耳。出屋后仍有数夜见冰，亦由是见天时也。

或云鱼不可晒，或云鱼必须晒，又云可晒不晒。予见养鱼者未尝不晒，究不知何以为凭也。姑记此以待试。然予家鱼每过晒则生水泡满身，或予之缸新有火乎？俟得良法再记。

鱼热则浮，冷则沉。然春秋朝日每亦停水面曝阳，则非热也。

鱼之雌雄最难辨。有云脊刺长为雌，脊刺短为雄者。有云前两分水有疙疸粗硬涩手者为雄，否为雌者。又有云前两分水大者为雄，小者为雌者。又有云仅后尾下分水双者为雌，单为雄者。皆不足凭之论也。其雄、雌动作、气质究有阴阳之分，近尾下腹大而垂者为雌，小而收者为雄；粗者为雌，细者为雄。此秘法也。其余诸法，皆愚人之论耳。诸体未备时，其种类亦不易识。惟视其色，黑为龙睛，青为文鱼、蛋鱼，极易辨也。

缸底鱼矢，须用汲筒汲出。若水至晚太热，缘晒甚也，须用生凉水添之。

鱼生子若人不知，则粘于缸上，有落底者，则自食之矣。若早见缸上有子，即换缸。不然，则可一日不喂虫。伏秋间，虽有子亦不能甚长，不能出息也。

秋日不可过换水，天寒不可多下虫，寒则鱼不甚食。然秋中喂大鱼，则来年子早而壮。

鱼子出后，水极清不必换。本水养之，鱼乃不伤元气。

有养鱼不换新水者，即换，亦于本缸内水彻旧添新。此法鱼最弱，市语谓之水头软。若即从旧缸移入新水者，谓之水头硬云。此法所养之鱼强壮。

鱼尾根札者难于过冬，绺尾者易养，此论最验。

冬入室时水不能晒，即用生水，次日移入，然须于院中见冰后入屋。

惊蛰时即可出屋，若天寒亦可迟几日。春分前后亦不必晒水。天寒井底暖，新水不冷，若晒，则反冷矣。

又法，养鱼先要讲究水之活，鱼得长生矣。如居家吃水缸内投以食，鱼其能经久存活者，以其每日去旧更新，非取水之故也。盖新水入缸三日必浑，三日后澄清，四日水性侧立，方可下鱼。下鱼之后，春末犹寒，隔一日撤换新水一次。交夏之后，一日撤换一次。撤换之法，先用倒流吸筒吸出缸底泥滓，添入新汲井水，不用甜水、河水。如盛五担水之缸，每日撤换一担，视缸之大小，以此类推。有鱼之水，七日必浑。浑则当移鱼他缸，刷净原缸，全换新水，晒过三四日之水再入鱼。入鱼之后，照旧撤换。一交秋令，水自澄清，无俟添换矣。缸内不放闸草，一恐鱼虫藏匿，致鱼不得食；二恐草烂水臭，以致鱼生虱蚁之患。谷雨前后便可喂虫，一交九月节，鱼自不食矣。至鱼无故浮水面，口出水上空吸吐泡者，乃是受热之故，速添新汲凉水以解之。若鱼沉缸底懒动，是受寒之故，速捞入浅水内晒之。鱼或歪倒浮游，或如死水中，及动之腮仍能张翕，急取出以盐擦之，另盆养之，犹可得活。俟其涎沫吐净，方可置原缸内。

冬鱼出房不可太早。于清明前后置于向阳之处，用木板盖覆。天若和暖，一日撤板一块，渐次撤去。若骤然不盖，夜间寒霜侵入，鱼必受伤。

夏月伏暑之时，必当半遮半露，不可使鱼受热毒。雨水性沉，日色蒸晒，必致发变。着雨后一俟晴明，即用倒流吸桶撤净缸底雨水，则无害矣。若降雨之先将缸添满，或缸有水孔随落随流，雨水不能到底，则不必撇之矣。

冬月蓄鱼之法，不须喂虫，亦不必晒水添撇。只要视水有浑色，便取新水换之，以纯阳之性在地下，井水性暖故也。置放处不可令缸底实贴坑上，须用矮架托之。亦不可过暖，即水面有薄冰亦无妨。缸口用纸封之，不致于落灰尘，更省遮盖也。

喂鱼之法，须将捞来红虫用清水漂净，否则虫之臭水入缸，净水为之败坏矣。喂鱼虫不拘时候。日不可留余虫也，夜恐虫浮水面，鱼不得受甘露之益。若一时不得鱼虫，或用鸡鸭血和白面，晒干为细虫，喂之；或用晒干鱼虫及淡金钩虾米为末饲之，皆可。

分鱼秧之法，先用洗净揉软棕片一块，择闸草四五束，去根，以绳线缚之，系以石块，坠草于其水中间，不可散放。后看牝鱼跳跃急烈，有欲摆子之势，即取放水浅缸内。入公鱼二尾，恐一公鱼追赶不力。俟母鱼沉底懒于游泳，便是已摆子之候，即将公鱼取出，迟恐为其吞食鱼子。缸须置向阳之处，切忌雨水。听其自变，不过七八日，便能生动如蚂蚁蝇蛆之状，生长最速。俟其化成鱼鲅，先以小米糊晾冷，用竹片挑挂草上，任其寻食，并用粗夏布口袋盛虫入水中，任其吞啄，即透出小白虫。三四日后，虽能赶食散虫，亦须先择白色小虫饲之。即可食红大虫时，亦不可喂之过饱，恐懒鱼腹胀致毙也。沙虫之极小者名曰面食，白色，在水皮上如面之浮，不能分其粒数。初生小鱼食之甚佳，且易长而坚壮。

小鱼长至半寸许即宜分缸，每缸不过百头。至寸余，则每缸三十足矣，多则挤热而死，竟至一头不留。渐长渐分，至二寸余大，则一缸四五六对；至三寸，则一缸不过四头六头而已。然养缸如此。若庭院赏玩，则一缸一对，至多二对，始足以尽其游泳之趣，而观者亦可心静神逸也。

鱼不可乱养，必须分隔清楚。如黑龙睛不可见红鱼，见则易变翠。鱼尤须分避黑、白、红三色串鲅。花鱼亦然。红鱼见各色鱼，则亦串花矣。蛋鱼、纹鱼、龙睛尤不可同缸。各色分缸，各种异地，亦令人观玩有致。

　　子出鱼后，夜夜须将缸盖起，次日日出后开之。否则每至冻死，一缸为之一空。

今　世　说

［清］王　晫　撰

陈大康　校点

校 点 说 明

自南朝宋临川王刘义庆著《世说新语》以来，后世各朝不断有仿效之作出现，以至于形成了中国古代小说中的"世说"系列，清初王晫的《今世说》即是其中的一种。

王晫是清初杭州一带较有名望的布衣文人，《杭州府志》中载有他的小传：

> 王晫原名棐，字丹麓，仁和人。年十三补学官弟子。天质茂美，笔疏气秀，毛奇龄称其诗自然温厚，不徒以音节入古见长。遭外艰，丧葬遵古制，衔恤陨涕，风雪中重趼远涉，遍告当世巨公长者，乞为志传，成帙曰《幽光集》。士大夫读而悲之。晫好方人，持论风旨，为《今世说》。所居曰霞举堂。

在《国朝杭郡诗辑》卷六中也有王晫的小传，内容与《府志》所载相类，不过又扩增了"四方士夫过武林者必造霞举堂，故座客常满"，"家既落，犹喜刻书，客至，质衣命酒，四十后益困"等描述。

在"世说"系列中，诸作多是从先前的各种正史稗说中采撷素材，然后按《世说新语》的体例作归类编排与改写润色，可是《今世说》的载录却如毛际可在卷首序中所言，是"止以四十年来睹记所及"。严允肇在该书序中进一步介绍说："自清兴以来，名臣硕辅，下逮岩穴之士、草句之儒，凡一言一行之可纪述者，靡不旁搜广辑，因文析类，以成一家言。"内容与时代同步，这是该书的重要特色，王晫确定书名时在"世说"前冠以"今"字，其意盖在于此。

　　《今世说》共含四百五十条，涉及清初名流近四百人，它有助于我们了解当时文坛的状况、士人的风貌，以及明清鼎革后士林的心态。不过，此书所载士人的地区分布极不平衡，江浙两省所占的比例竟高达十之七，这还不包括在江浙做官或寓居者；在江浙人士中，又以浙江为主，而且是集中在王晫本人所居住的杭州一带。可以说，这本书的记载实际上是以当时的"西泠十子"为中心，然后扩及其交游。更令人惊异的是，王晫将自己也载录入册，他自称是其友"节取一二，强列集中"，但条数却甚多，与陆圻并列第一，而且赞誉又极高，难怪《四库全书总目提要》批评其"载入己事，尤乖体例"。

　　《今世说》的体例一如《世说新语》，但它只列三十门，略去了"自新"、"黜免"、"俭啬"、"谗险"、"纰漏"与"仇隙"六门，而含贬义色彩的"汰侈"、"尤悔"与"假谲"三门，也分别只有一、二、三条。这只能用王晫的有意回避来解释。描写当世的人与事，要有无畏的勇气才能秉笔直书，在鼎革之变的非常时期更是如此，而王晫显然是顾虑重重。因此，《今世说》对今日虽有一定的参考价值，但由于时代与作者的种种局限，它的不足之处是很明显的。

　　《今世说》原刊于康熙二十二年（1683），咸丰二年（1852）伍崇曜刻《粤雅堂丛书》时收入此书，从此《今世说》在世上流传较为广泛。后来《清代笔记丛刊》、《笔记小说大观》与《丛书集成》初编本所收的《今世说》均据《粤雅堂丛书》本排印。这次标点整理，仍据以作为底本。书中明显刊印错讹，径予改正，不出校记。

目　　录

今 世 说 序

　　古无今，今无人，则其说已。若言足传人，人足重世，何让古人，使今独阒寂哉？或曰："国有史，其大也传。"曰："否。大者传其人，细者传其神。且而亦知日影穿隙乎？不必出见日，识全日矣。则夫一言一行，传其人之神，何以异是？"王先生丹麓，读书不下古人，结交必上今人。予读其所著书，皆自成一世，谓非今人能说。亡何而《今世说》又成，见其包举群彦，言关全极，简秀韶润，胸无宿物，俊不伤道，而巧不累理。呜呼！直《世说》耳，何今之见哉？夫一世所传，不过数人，人率不过数语。今俊顾厨及，转多于昔，善谈名理，争胜于旧。此固秀良辈出，神锋太俊然耶？乃吾独多王先生之殚见洽闻，能使休明一世如此也。先生曰："愚不逮古，而阙其谗险、仇隙数则，即其说不全，补乎其俟。"予曰："是隙之日也，必排闼撤瓦，以延光明，将疑无全日哉？知此，即简傲、汰侈、惑溺，善读书者犹将阙之，而补于何俟？"先生善予言，乃著于篇。同郡冯景香远撰。

今 世 说 序

宋刘义庆撰《世说新语》,宏长风流,隽旨名言,溢于楮墨,故通人雅彦,裙屐少年,皆喜观而乐道之。其后有琅玡《补》、华亭《语林》、温陵《初潭》、秣陵《类林》,其书咸有可观,然以视《世说》有间。其故何也?盖刘去晋未远,竹林余韵、王谢遗风,不啻耳提而面命之。其涉笔简而该,其命意隽以永,去其稂莠,掇其菁英,诚史家之支子,而艺苑之功臣也。今王子丹麓萃数十年以来见闻所及,辑为一书,取精多而用力勤,几与《世说》并时矣。譬之饮食,大官之脔,有时厌饫,楂梨橘柚,则齿颊生津。矧所采辑,皆一时名流,披卷展玩,有如晤对。昔人命千里之驾,作永夕之谭,今得于寸楮遇之,讵非快事哉!近梁水部慎可有《玉剑尊闻》,而吾友陆景宣著《口谱》,徐武令著《广群辅录》,丹麓此书,真堪媲美。见我武林之学,必原本古人,非妄为作者也。故不辞而为之序。同邑丁澎药园撰。

今 世 说 序

　　康熙癸亥秋,予有《两浙通志》之役,其人物多得之于墓碣、家乘所传,浮夸失实,删订为烦,而王子丹麓乃以《今世说》见示。诵之,清风袭人,耳目为之一易。昔人谓读《晋书》如拙工绘图,涂饰体貌,而殷、刘、王、谢之风韵情致,皆于《世说》中呼之欲出,盖笔墨灵隽,得其神似,所谓颊上三毛者也。丹麓少负异才,所著《霞举堂集》流布艺林,而是书自谓非海内第一流不登,且又迟之又久而后成。撰辑既专,品骘弥当,如德行、言语诸科,固当奉为指南;即忿狷、惑溺,迹涉风刺,要无伤于大雅,纵使其人自为读之,亦复粲然颐解。至于赠言,同人亦间采一二,为丹麓写照焉。大率与临川所撰相为伯仲,比诸元朗驾而上之。予谓临川宗藩贵重,缵润之功,或有藉于幕下袁、鲍诸贤;而元朗自西汉以逮金元,上下数千百载,供其掇拾。乃丹麓以一布衣僻处穷巷,斟酌损益,一出心裁,且止以四十年来睹记所及而工妙如此,则其难易固相倍蓰矣。昔典五(应作"午")一代清言流弊,而本朝综核名实,不尚虚无。集中单词只简,清英渊雅,适可为鼓吹休明之助,有昔人之功而无其过。读是书者,亦可以论世云。遂安毛际可会侯撰。

今 世 说 序

　　夫学者屈首受书，一闻古人之名，辄俯焉叹阻，所恨生不与之同时，不获聆其绪言，睹其行事。然而古人之言行载在简编者，可考而知也。试思四海九州之大，光岳之气，蕴降郁积，岂无有一二媲美古人者哉？岂无有乘时挺生，卓荦魁杰，能创古人所未见者哉？而循诵习传之辈，以为今人也，而概忽诸。此其人纵令生与古人同时，日聆其绪言，睹其行事，亦漠然不相接，以终其身焉已矣。予友武林王子丹麓，学赡而行修，潜心经世大业，一时贤豪长者多慕与之游。所著诗歌、古文，宏深奥衍，不啻富金匮而续青箱矣。已复手订《今世说》一书，盖祖刘氏所作《世说新语》而稍节其条目。予受而读之，自清兴以来名臣硕辅，下逮岩穴之士、章句之儒，凡一言一行之可纪述者，靡不旁搜广辑，因文析类，以成一家言。其大要采诸序记杂文之行世者，而不敢妄缀一词，其详慎不惮烦如是。丹麓又言："临川当日以今人述古人，故取裁多而征信亦易。吾之为此，以今人述今人，见闻多所阙遗。书未成而訾謷者纷起，吾甚悔其拙也。"予曰："不然。临川之书叙列晋人者居多，而上逮于东汉、三国诸君子。夫晋人尚清谈，一时名流慕效，相与蔑弃礼教，脱略形骸，以为旷达。其流祸至于中原板荡，神州陆沉，论世者于此为之三致慨焉。今去古日远，士大夫鉴于先代末流之弊，骎骎乎抑远浮华，敦尚实行，此亦转移风会之一善机也。是编所载，多忠孝廉节之概，经纬权变之宜，其大者实有裨于国家，有功于名教。至于风雅澹词、山林逸事，足以启后学之才思、资艺林之渊薮者，无不表而出之。虽其人之生平不尽此数语，即是编亦不足以尽当世之贤豪，而条疏节取之下，使人人解颐欣赏，如入宝山，如游都市，其为益也，不既多乎？且夫后之视今，犹今之视昔也，又乌知过此以往，不有好学深思者起而酷嗜此书，加之博稽详核，以备一代人文之盛，而后乃知丹麓倡始之功为不可泯也，岂得谓古今人不相及，而遂有所轩轾于其间哉？"予故因丹麓之请而为序之者如此。归安严允肇修人撰。

自　　序

　　自经史而外,著述之家不知几千万计,而其书或传或不传,即幸而传矣,人或有见有不见。独《世说新语》一书,纂于南宋,多摭晋事而兼及于汉魏,垂千百年,学士大夫家无不玩而习之者。虽临川王之综叙清远自高,亦以生当其时,崇尚清流,词旨故可观也。至于今读其书,味其片语,犹能令人穆然深思,惟恨不得身亲其际,与为酬酢。假得王、谢、桓、刘群集一室,耳提面命,其心神之怡旷抑何如耶?今朝廷右文,名贤辈出,阀阅才华,远胜江左,其嘉言懿行,史不胜载,特未有如临川裒聚而表著之。天下后世亦谁知此日风流,更有度越前人者乎?予不敏,志此有年。上自廊庙缙绅,下及山泽隐逸,凡一言一行有可采录,率猎收而类纪之。稿凡数易,历久乃成。或疑名贤生平大节固多,岂独藉此一端而传?不知就此一端,乃如颊上之毫、睛中之点,传神正在阿堵。予度后之人得睹是编,或亦如今之读临川书者,心旷神怡未可知也。虽然,临川取汉末魏晋数百年之事,网罗编次,遂勒成一家言,而予欲以数十年中所见所闻与之颉颃,世有览者,毋亦笑予之心劳而日拙也夫。康熙癸亥仲春,武林王晫题于墙东草堂。

今 世 说 评 林

洪晖吉曰：自刘义庆创为《世说新语》，而刘肃仿之为《唐世说》，何良俊广之为《语林》，李绍文复成《皇明世说》。至本朝文物之盛，其持论风旨尚无有编辑成书者。丹麓王子殚见洽闻，凡数十年中之轶事，莫不排纂而表著之。相其体制，直欲远攀《新语》，近抗《语林》，何止压倒唐、明《世说》也。

林西仲曰：品必取其最高，事必取其最奇，语必取其最隽，不须复道。即撷拾之广，似非积数十年之用意未易得此。予尝语人云："入杭若不赏识丹麓，必非佳士；或不为丹麓所赏识，亦非佳士也。"读此尤信。

顾且庵曰：丹麓著述等身，上下古今，探微索奥，艺林得其片玉，莫不奉为拱璧。兹复成《今世说》一编，言近旨远，真得晋贤风味。予每叹世人去古已邈，凡可悲可愕之事接于前，漠焉如不相关，曾不思所以斡旋补救之。丹麓独能于冷语佚事随所睹记，皆逼露其精神，诚天下有心人也。且以见动止、语默之细，皆足为读书穷理之助，学者其容忽诸？

薛依南曰：世间无可食，亦无可说，此季充语也。世间岂无可说者，盖不屑为说也，其傲已甚。夫说自在世，我不能强为噤，犹之不能越为代也，以说还说焉可。古《世说》如是也，今《世说》亦如是。存而不论，案而不断。若曰记事论世，自史氏职，我不能越为代也，敢曰无可说焉？而不屑也者，是以说还说也。丹麓王子可谓恭矣。

张祖望曰：王子年著《拾遗记》，摭拾魏晋遗事，以姚馥金螯、茂先海苔列之卷首。今丹麓以梁尚书家清、徐中丞至孝为开卷第一，高于东阳崖谷人远矣。

叶林屋曰：此一部佚史也。虽单辞僻事，足以传人。晋王右军功业文章不入《世说》，而独称其工书，政不以此掩彼。丹麓是书，传人之志也，惟其单僻，于是乎不朽。

毛稚黄曰：王子丹麓著《今世说》，所载大半同时交好，不然亦其所知者也。其人寂寂者固不遐遗，至若或负重名，或已鼎贵，而丹麓辄取片语微事写之，乃转觉其栩栩然，行间字里，幽隐毕现。画家六法以气韵生动为最难，此卷之墨妙极矣。虽然，丹麓固欲以奖美传其人，然按其标部，由渐而至末，佳处固多佳，或亦有佳而犹未免是病者。连城之璧，光气如虹，有微颣焉，则良工亦不掩之。是在解人善读书耳。

吴庆百曰：刘氏《世说》，语本麈尾松枝所成，盖何平叔清谈之余，后之窜入者大不类。本书以彼片言单辞，另存炉锤，足甘口吻，非凡响能及耳。丹麓雅人，颉颃二晋，睹此便欲突出其上，近与梁氏《玉堂录》、汪氏《说铃》同行，鼎峙文苑矣。

黄主一曰：丹麓先生键户著书，花木竹石，位置幽闲。四方名流过武林者，必愿交先生，先生即其著述，采其可纪者，依刘义庆例，集为《今世说》。一时才人学士，风流逸韵，具见是焉。交游道替，旅进旅退，萍梗泛然，先生以朋友为性命，凡纤芥之长，不啬口出，并为传之。其乐道人善、留心人物如此。

丁素涵曰：临川王《世说》多采汉魏两晋逸事，风流绵邈，至今传之不衰。丹麓王子继而为《今世说》，穷搜广辑，较之古昔为尤难，然其博稽雅赡，不减临川。此书一出，卓老《初潭》、元朗《语林》，直可覆酱矣。

郑官五曰：《世说新语》多载王氏事，而太仓二王先生又删定而批释之，何王氏之多贤也。兹编纵横采掇而远识拔俗，与前代诸编指趣则一,岂惟一世,虽千百世其若贯矣。一以为谈助,一以为要略,非青箱缄中,安得有此。

　　周敷文曰:《今世说》言简而味长,耐人寻绎,如入桃花源,步步俱著胜地。其书故在《语林》、《初潭》以上。

　　叔惊澜曰:《世说新语》三十六条目,今阙其六,或疑不及临川王。不知《南陔》《白华》,未尝有诗;夏五虢公,何妨或缺。况舍短取长,愈见立心深厚。手是编者,毋谓松溪、临川,古今人不相及也。

今 世 说 例 言

一、是集名贤，断自本朝为准。间有文章事业显于胜国而卒于本朝者，要不可不谓今之人也，亦为采入。

一、《世说》例多异称，钝资难于记忆。是集名贤，或字或号，止载其最著者，虽至数见，俱各从同，以便披览。

一、是集条目，俱遵《世说》原编，惟自新、黜免、俭啬、谗险、纰漏、仇隙诸事，不敢漫列。引长盖短，理所固然。乃若补为全目，以成完书，愿俟后之君子。

一、是集所列条目，只据刻本就事论事。如此事可入德行，则入德行；可入文学，则入文学，余皆仿此。乃有拘儒欲指一事概以生平至罪予论列不当者，请勿读是书。

一、是集事实，俱从刻本中择其言尤雅者，然后收录。若未见刻本，虽有见闻，不敢妄列，昭其信也。

一、孝标之注《世说》，博引旁综，所采书目，几至一二百种。近日无书可考，时贤履历，征据尤难。是集注内所载爵里以及生平大略，俱不敢惮烦，广为搜辑。若遍觅不得，宁使阙如，以俟后补。

一、昭代右文，名贤辈出，嘉言懿行固不胜收，而是书止据所见诸集辑成，览者无罪其不广也。凡我远近诸名家，倘以全集见贻，自当细搜续辑，汇订《今世说补》一书。务期盍寄邮筒，庶免遗漏之虑。

一、物力艰难，剞劂之资全赖好事。倘有高贤倾囊解橐，以助枣梨，则阐幽表微，为德不浅。

　　一、汪钝翁太史《说铃》一书，词旨隽永，妙并临川。偶从吴江得见刻本，停舟借录，约数十条。意在宏畅宗风，遂忘掠美之嫌。

　　一、陆子丽京向著《西陵新语》，因暮年寄迹方外，未有全书。令嗣冠周手授稿本，是集采拾颇多，要非无据。

　　一、汪太史舟次、林使君西仲、毛大令会侯、朱处士若始一见是书，遂相欣赏。品题之下，间有权衡。要归至当，受益良多。

　　一、丁仪部药园、孙子宇台、张子祖望、毛子稚黄、陆子荩思、诸子虎男各出案头新书，慨然借录。淘金入冶，集翠成裘，良友佐理之功，自不可泯。

　　一、方渭仁太史贻书相告，期以史局事竣，或得乞假归来，佐成快举。今急欲出书，请政当世，不能久待，殊为歉然。然来书有云："事取其核，义取其公，辞取其驯雅。"三复佳言，故当不负良友。

　　一、是书原与同人互相参订。集中所载先君实行二条，皆同人从志传采入，故名字称谓，一从本文，非晫敢附于临文不讳之义也。至晫平生，本无足录。向承四方诸先生赠言，颇多奖借，同人即为节取一二，强列集中，实增愧恧。

卷一

德　行

梁苍岩教子弟，家法醇谨，虽步履折旋进退，必合规矩。自理学经济诸书外，稗官野史都不令流览。然必使涉猎诗词，曰："所以发其兴观群怨，俾识古人美人香草，皆有所寄托也。"

梁名清标，字玉立，北直真定人。癸未进士，历官尚书。笃学不倦，每退食即帘阁静坐，啸咏自娱。

孙钟元甫逾弱冠，丁内外艰，率昆弟苦块倚庐，阅六载如一日。居恒不为崭绝峭特之行，自公卿以逮布素，皆欢然诚信相接，如坐人春风中。

孙名奇逢，直隶永城人。年十七举于乡，既乃屏弃不事，潜心濂洛诸儒之绪。家庭雍睦，如见三代气象。避地苏门，累征不起。从游日众，所居渐成邑聚。

徐敬庵少负至性。父死豫章，蒲伏数千里求遗骸。间关险阻，猛虎在前，初不色动。感父见梦，得死处，卒负骨以归。

徐名旭龄，字元文，浙江钱塘人。读书刻责毅然，以古人自待。登乙未进士，历官大中丞。

胡励斋父患脾疾，日夜侍汤药，衣不解带，目不交睫，下至中裙厕牏，皆自涤之。及卒，三日勺水不入口，一恸吐血数升。遂以哀毁成疾，寻亦不禄。室无妾媵，囊无旨蓄，士论惜之。

胡名宣，字保林，浙江仁和人。己丑进士，历官右通政。性谦下，不以行能骄人。厚重不佻，终身无疾言遽色。

魏天民教子敬重师傅，饮食必亲视，束脩金必至精者。尝曰："人冀子孙贤而不敬其师，犹欲养身而反损其衣食也。"

魏名兆凤，字圣期，江西宁都人。为人忠孝，岳岳多大节。

严颢亭以宏奖人伦为己任。凡词场艺苑，苟擅一长，必倾心倒屣，不惜齿牙为游扬。时论其名，在三君八俊间。

　　严名沇，字子餐，浙江余杭人。乙未进士，历官少司农。性坦易，接人处事，洞然无隐情。其牧己谦冲退约，虽践九列，抑然如寒士。平时不至有声色加人，虽家人妇子有过，微言相警，取善改而已。

黄庭表性落落，惟与人交，当生死患难，不肯转目相背负。

　　黄名与坚，江南太仓人。童年颖悟，诗一目、文二三目即记忆。三岁能识字，五岁能诵诗。八岁酷好唐人诗，录小本携出入，辄为蒙师所禁抑。十四岁慨然有志于古学，欲遍读周秦以下书。甫三年，读周末诸子六朝以上者几尽。己亥成进士，后又中博学宏词科，官翰林。

方稚官孝友性成，事父少傅公，服勤尽养。少傅尝曰："是子先意承顺，不愧古养志者已。"少傅遇变闽中，乃尽粥田庐，迎柩以归。少弟稚稷，偶随之吴门，遘寒疾，舌苔厚几寸许。稚官以帛裹指拭口中，四十日始愈，指为溃烂。

　　方名成峣，浙江遂安人。少时梦入一山寺，有语之者曰："子宿世为僧，名本柞。"因自号本柞居士。祖直完，令寿宁，以循良著。父书田，历官东阁大学士。身为世胄，弱冠饩郡庠，初不以贵介自矜。及子象瑛成进士，亦澹约如平时。手录格言，以崇澹泊、远权势为鉴诫。

黄仙裳幼赴童子试，为州守陈澹仙所知。后陈官给事中，以事系狱，贫甚。黄售其负郭田，得百金，尽以赠陈，与之同卧起图圄中。陈后得释，两人同出白门而去。陈殁后，黄赴桐乡往吊之。至之日，正陈忌辰，举声哀号，感动行路。

　　黄名云，江南泰州人。长身玉立，能诗文，善谈论。负气慷慨，逢俗人稍不合意，辄谩骂之。人多目以为狂，不敢近。

　　陈名素，字函白。浙江桐乡人，甲戌进士。

泰州守田雪龛居官廉，黄仙裳与周旋，绝不干以私。后田落职，在州不得去。黄自汝宁归，囊中仅有二十金，乃先至田寓，分其半以赠。后语人曰："是日吾先至家，则家中需金甚亟，不得分以赠田矣。"

黄客汝宁，太守美公为黄旧好，赠贻极厚。时有别驾郑君，所知客多不能成行。黄一日遍召客，置酒高会。酒酣，以太守赠金尽散诸客而去，故归时止存二十金，其贫如故。人多笑之，黄不以屑意也。

田名作泽，字小宛，河南商邱人。

周栎园在闽，有赵十五、陈叔度皆工诗，没不能葬。周出俸金，葬之西郊，题曰：词人赵十五、陈叔度墓。寥落无所之之士，时渍酒其下。

周名亮工，字元亮，一字减斋，一称栎下先生，河南祥符人。中庚辰进士，累官少司农。方颐丰下，目光如电，材器挥霍。善经济，喜议论，疾龌龊拘文吏。当大疑难，刬断生杀，神气安闲，无不迎刃而解。性严岸，居官不肯假借官里人。顾好嘉与后进。尝置一簿，坐上与客言海内人才某某，辄疏记之。宦辙所至，山陬海澨有以读书能为文名者，必枉车骑过之；有可致者，即为拂席开阁。或又令进其所知，使耳目间不遗一士然后快。得一善，力抽扬之，惟恐不及。虽少年一才一艺，不惜齿牙出其名字。老生贫交，相依如兄弟。有著作不显著者，务表章之，不遗余力。尤嗜绘事及古篆籀法。每天明盥漱出外舍，从容谈说古今图史书画、方名彝器，皆条分节解，尽其指趣。客退，则手一卷，灯荧荧然，至夜分归寝，以为常。著述多至数十种。

赵名璧，陈名鸿，俱福建侯官人。

毛大可游靖江，当垆冯氏者悦其词，欲私就之。毛谢曰："彼美不知我，直以我为狂夫也。"径去。

毛名奇龄，一名甡，字齐于，浙江萧山人。官翰林。少与兄万并知名，人呼小毛子。性恢奇，负才任达，与人坦然无所忤，贤者多爱其才，昵就之。善诗歌、乐府、填词，所为大率托之美人香草，以写其骚激之意。缠绵绮丽，按节而歌，使人凄悦。又能吹箫度曲。

计甫草客邺城，遍询谢茂秦葬处，得之南门外二十里。见小冢颓堕荒草中，为赋诗吊之。求其子孙不可得，因固请邺中当事，为封土三尺余，禁里人樵牧其上。立碣志之，曰："明诗人谢茂秦墓。"

计名东，江南吴江人。丁酉孝廉。忍辱好奇计，勃勃有飞扬之气。负经世才，常自比王猛、马周。

王介人与郡司李严方公善。王无子，严赠之妾。妾故有夫，兵驱散后，访至王所。王哀怜，立还妾，重妻其夫。

王名翃，浙江嘉兴人。少失学，《论》、《孟》不卒读，识字而已。弱冠偶览《琵琶》传奇，欣然会意，曰："此无难，吾亦能之。"即据案唔唔学填词，竟合调。自后学不少懈，乃工词曲，又进工诗。家故贫，自攻诗，贫益甚。居室如斗大，一长须候门，婢汲浆，妇执爨给饔飧。王树膝苦吟，落落不问家人产。好奇计，多大言。遇知己，岸帻抵掌，谈论不休。

严名正矩，一称絜庵，湖广孝感人。癸未进士，历官侍郎。霞奔玉暎，关六钤推为绝席之雄。

荆元初为丹阳巨族，族之人推元初为祠正。每春秋时享，庀俎豆，省牲牵，率群从子姓执笾祼献，不以年至为让，不以寒暑为解。祀毕，手料简酒肉，序列长幼。饮三行，顾视同坐诸老人曰："吾族大，子弟数犯法，不可以无教令。"乃书二簿，明征其善否。召不率教者前，责之曰："某年月日，以某事应摘罚。"虽甚顽梗，若挞于市，无所容。退而相戒莫敢犯。一郡之人，咸称其宗法。

荆名文端，字肃之，江南丹阳人。尝官鸿胪，辄去职家居。以孝悌闻。先人资产，推其上腴以与仲叔二弟。仲蚤亡，子幼，荆成就之，迄于举进士。为人强力任事，醇谨笃诚。性方严，寡言笑，不妄交与，好面折人之过，其中宽然长者也。轻财好施，见孤嫠穷饿者，倾囊橐毁质剂，无几微德色。君子谓其处己也惠而勤，其教人也肃而宽，其事先也敬而有礼。后以子廷实贵，封兵部主事。

毛太素督修秋租，田户以稗湿充数，太素置不复问。或诘之，乃恻然曰："田户力田作苦，尚不能饱妻孥，吾姑譬之鼠雀耗耳。"比至岁祲，颇不能自给，勿顾也。

　　毛名之履,字尔旋,浙江遂安人。嗜学,积书数千卷,丹黄皆
遍。为文奇肆自恣,不名一体。应举几得复失,遂绝意仕进,日
课子为文。其子际可,年十九赴省试。太素叹曰:"孺子文,他日
必能荣世。然以汝文为佳,则雅非吾意。若使汝改辙从我,恐误
汝生平。汝就所能勉之,吾不复阅汝文矣。"际可中戊戌进士,果
以文称于天下。

王慕吉丧父,负土成坟,居庐不出。服阕,食贫自守。有非意加
之者,处之岿然,不以一言较臧否。

　　王名范,字君鉴,一字心矩,四川成都人。肆力经史,工诗古
文词。辛未成进士,筮丹阳县令。治漕有功,擢御史,会遭母艰。
时已大乱,遂移家入吴。丹阳之人闻其至,争愿割田宅授之,谢
弗受。东阡西陌,与父老过存,见者初不知为旧令也。子担四,
名于蕃,官司李。

田髯渊少时,名善属文。陈黄门谓夏考功:"此子才气卓荦,他日
必成伟器。"后黄门殁,子幼贫,墓傍荒田数十亩。髯渊代内官租二十
年,复与友人梓其遗集。谓客曰:"无以偿黄门大德,生平每以为愧。"

　　田名茂遇,江南华亭人,戊子孝廉。才辨器识,绝出流辈。
读书穿穴经传,落笔为诗歌古文,衮衮不能自休。与人交好,倾
身为之,尽穷达盛衰,誓不得而移也。

田髯渊妻挐终岁布衣粝食,客到治具甚盛,留累月不厌。后进生
以诗文就正,有小好,必极口称许。世谓髯渊家贫而能好客,才富而
能好善。

　　萧孟昉性慷慨,不吝施予。尝蠲田谷数千石,具饔飧以活狱囚。
又为逋赋者完室家,赎子女。其好义如此。

　　萧名伯升,江西太和人。豪诀自喜,意气卓荦,交游满天下。

沈临秋为节母求海内诗文,得数百篇,置箧中,遇盗失之。沈号
哭道中,七日不去。时佘山寺老僧晨起,见供桌有一卷书,封识甚密,
署曰:"烦上人亲致沈孝子。"沈遂得之。

　　沈名泓,江南华亭人,癸未进士。

王瑞虹初聚族居长版巷。一夕,盗入其室,无所获,遂纵火。时

火猝起，人又畏盗，皆屏迹不敢前。祖母沈年耄不能避，陷烟焰中，径路且绝。王挺身投焰负之出，毛发为焦，两得无恙，人咸异之。

王名湛，字澄之，浙江钱塘人。少负至性，端重不佻。及壮，状貌奇伟，长七尺有余，双眸炯然，美髯如画。平生自奉甚约，宾客过从，则牵衣投辖，穷日夕不厌。一以坦衷待人，出言洞见肝膈。尝面折人过，人不加恨而多敬畏之。有告之以过，亦必欣然改容谢。与人期，终始不爽。视人事如己事，为之规画经理，必竭其智力而后止。

包悰几笃于友谊，与吴东湖善，吴卒，抚其家甚至。后方嫁女，闻吴女将适人，贫不能理装，即以其女之奁具赠之，己女后一载始嫁。时论称之。

包名捷，江南吴江人。有才名，与弟振同举壬午南闱，时称"二包"。子咸亦举壬子孝廉。

毛继斋尝过一责家，其人设食坐毛，身出外酤。顷之，妇薄帷与毛通语，毛惊而去，遂弃债不复往。

毛名应镐，字叔成，浙江杭州人。

姜子翥被难系狱，顾与治力营救不能出。除夕，遣甥梁尔砺同囚守岁。久始得雪。

顾名梦游，江南江宁人。性严介，耻干进，困省试数十年。以次举明经，应得仕，弃去，故交显者数强起，卒以病辞。任侠恤死友，尝与莆田宋比玉善。比玉殁十余年，与治走闽哭，伐石表墓。南州苏武子工古文，殀，与治镌之板行世，武子以有闻。北平于司直好奇结客，游秦淮，死无恤者。与治含殓理丧，即又板其文传司直。费考功笔山罢官，贫不归石阡，分宅居之。殁，葬顾氏茔傍，岁时祭。始，笔山令福清，稿佚，远求得之，行世。又周旋释膑公难，几株及。膑公寂，搜其辽左杂咏存之。其高致类此。梁亦慷慨有至性，多类与治。

姜名鹤侪，江南镇江人。

陆丽京学既渊茂，立志以忠诚自勖。有人属书邮寄者，务令必达，且终身未尝私扣一函。时人比之阮长之不侮暗室。

陆名圻，一字景宣，浙江杭州人。文行彪炳一时。事亲至孝，居丧执礼，人拟之高子臯。

赵希乾年十七，母病甚，割心以食母。既剖胸，心不可得，则叩肠而截之。母子俱无恙。其后胸肉合，肠不得入，粪秽从胸间出，谷道遂闭。饮食男女如平人。

赵江西南丰人。至性纯笃，粥粥如不出诸口。举乙酉明经，以母老不仕，隐于星技。

李叔范初读书，及兄叔则补诸生，有名，叔范遂让长兄，使专治经史，而身任经营内外。已承父命使分产，叔范意逡巡不忍答，辄曰："有长兄在，凡田宅俱请受其下者。"叔则亦曰："吾家一区一廛，并吾弟所益，吾当受其下者。"兄弟交让不置，里中闻者竞嗟叹，至以名呼曰："李氏兄可为楷，弟可为模。"一时传为嘉言。

叔则名士楷，叔范名士模，浙江鄞县人。

沈去矜为人孝友。父殁，毁瘠呕血。东乡盗起，焚其堂。堂本分居属两兄，既烬，去矜即割己宅居之。久之，两兄欲徙去，去矜念兄贫苦，僦屋，固留以让兄。

沈名谦，浙江仁和人。少颖慧，六岁能辨四声。益长笃学，尤好为诗古文。尝自言著作须手定自刻，庶保垂远，若以俟子孙，恐故纸斤不足当二分直也。僻处杭之东偏，声名籍籍，吴越齐楚之士过鼓村，车辙恒满。

孙无言居广陵，以能诗闻。布衣之士有工一诗、擅一技者，莫不折节下之。其少旧通籍，自方伯郡守以下，或招之亦不往。南州王于一客死武林，无言为之奔告故人，经营其丧，纪其妻子，俾归葬于南昌。

孙名默，江南休宁人。性潇洒绝俗，志欲归隐黄山，累年未遂。四方贤士大夫作诗文送者，以千百计。

唐容斋有母丧，会贼入邑中，杀长吏，吴人死者相枕籍。唐缞麻苴杖，卧于丧侧。贼逐之，环棺三匝，且泣且骂。贼以刀斫唐，弗中，中几，几裂，刀亦寸寸断。贼相顾惊怪，稍稍引去。自是遂相诫，无敢入唐孝子门。

唐幼而好学，顾有清羸之疾，父怜之，诫勿过自苦。唐不敢伤父意，乃夜引灯帐中，卧览而默疏之。质明视裯席间，血丝如络。文以大家为宗，每一篇出，见者以为王唐复起。治家尚俭，食无兼豆，而雅好宾客，舃屐到门，欢然握手，袒裼呼卢，参横月落。与人交不轻然诺。人有婚丧之请，未尝以无为解。有古侠烈丈夫之风。

陈际叔葬父拮据营办，颇竭资财。发穴得旧棺，急掩之，曰："冥漠君不安，即亲灵未妥也。"仍厚礼葬师而遣之。

陈名廷会，一字瞻云，浙江杭州人。生有至性，居父丧断去酒肉，㒩然骨立。乃以贫教授河渚间，旦夕哀号，涕零枕席。闻者为之酸感。

姜桐音历世仕宦而无籯笥，然性喜中友之急。山阴徐伯调家被贼，贼质其子男而要之赎。徐不能，姜卸妇头上妆赎之。

姜名廷梧，浙江会稽人，大司农一洪仲子。幼给捷，行文不起草，口所诵即成句，论者谓其诗类何景明，近为诗者莫过也。妇祁氏，名骏英，忠敏公长女。贤有文章，每与姜倡和。或姜远游，则必诒诗相问讯。有《静好集》。

徐名缄喜。出游所至，饬厨传，争相为欢。四方请教，日益辐辏。第简傲，未能委曲随世低昂。韦布轩冕，相形转骄，每见之诗文，以寓忧忾，以故人多媢之，间有困者。

沈甸华闻人有过，辄自警曰："吾得毋有是。"亦以此训其子弟。又尝言："人多读书则识进，且能自见瑕疵，故终身都无足处。"

沈名兰先，浙江钱塘人。

王丹麓遭外艰，丧葬尽礼。衔恤贲涕，风雪中重趼远涉，遍告当世巨公，乞为志传，成帙曰《幽光集》。士大夫读而悲之。

王名晫，一字木庵，浙江钱塘人。好坐溪上听松，自称松溪子，见者称为松溪主人。喜读书，所交多一时贤豪长者。遇同好，辄谈论移日，或至信宿不厌，其他虽相对，终日卒不妄交一言，匪类故多恨之。平生重然诺，与人期，或允所请，不爽时刻。性不耐饮，复善愁，凡在六合之内，或有才士涂穷、佳人失所，每闻其事,辄为於邑,甚至累日减飧,终身不见有喜色。

孙幼闇少贫,训童子学,拳拳忘劳。有不率教,则挞之,亦自悔骂流涕。朱近修叹曰:"孙郎审有气人。"遂相携遍交邑之诸名士,由是著名。

孙名宏,浙江海宁人。幼孤贫,奉母氏依外家张,遂名张孙宏。貌古质弱,性落拓。喜饮酒弈棋,醉后叫呼,胸气益急。里社高会,邀之饮且弈。诸名士知其好胜,故困之。饮弈连负,冈冈不能发舒,抱木柱摩其腹,诸名士相揶揄以为乐。壬午举于乡,已就选得宣平教谕,未几卒于官。

朱名一是,一称欠庵,浙江海宁人,壬午孝廉。才以无所不有为大,文以随感而肖为工。抱经纶之宏略,少不见用于时。中岁辄自放废,与方外缁衲为侣,徒以著作送老,当世惜之。

吕翼令在白下,闻父丧,踉跄就道,冲雪兼程,遂废眠食。比归,恸几殒,勺水不入口者五日。杖而强起,书《蓼莪》诗悬之座侧,三复流涕。论者谓吕不废《蓼莪》,正与王裒事异而情实同。

吕名律,浙江仁和人。事父母笃孝,年已强壮,孺慕不衰。执亲丧一遵礼制,寝处苦块,蔬食三年,亲朋好会,概辞勿与。每遇忌辰,身服缟素,不御酒肉,不苟言笑,涕泪终日。

袁重其状貌癯然,能读书识字,好以礼义自维,不苟言笑。与四方贤士大夫交,言而有信。乡里交叹为善人。

袁名骏,江南吴县人。三岁而孤,母苦节垂六十年。骏日走四方,乞当世贤士大夫诗文以颂母。每归,庄诵母傍,声出金石。岁葺一卷装褫之,积五十余轴。陈征君眉公首题其帧,曰《霜哺篇》,海虞钱宗伯亦为作《识字行》一章,其词曰:"母能识节字,儿能识孝字。人生识字只两个,何用三仓四部盈箱笥。"世之人遂无不知有袁孝子者。

包饮和授书里闬,身无私钱。比岁怀授书金跽其父,惭献之。独一岁跽,俶然不起。良久曰:"儿于中擅取数缗矣。"侦之,周甲贫也。又一岁复然,易书也。其谨如此。

包名秉德,一字即山,浙江萧山人。著述自豪,出处不苟。

尝与同邑崇儒里沈七禹锡、城南蔡五十一仲光、城东里毛甡为四友。

闵象南老好观书，年七十余，每夜漏下二三十筹，手不释卷。尝自抄录古人格言于壁，以自勉、训子孙。所坐卧小室，人每劝撤材新之。象南曰："视吾不蔽风雨时何如？且久与之习，如故人不忍弃也。"

　闵名世璋，江南歙县人。外祖家四棺未葬，出三十金一日尽葬之。尝渡江谒九华山，见下河饥民蜂屯江口，乃税驾避风馆，买米三日，赈之而去。又王喜凤被诬，逮于法，以十二岁女质人，金如其岁，营救得活。女思母病欲死，母曰："女死，吾不独生矣。"象南捐十二金赎还之，母女皆获全。其他懿行，详魏冰叔《善德纪闻录》。

卷二

言　语

蒋虎臣与王阮亭谈，所谓遇钟离意，謦欬俱成丹砂。

蒋名超，江南金坛人。丁亥进士，官翰林。风流儒雅，宋既庭称其修洁如处子，澹荡如道人，恬退如后门寒素。

王名士禛，字贻上，山东新城人。生有异质，弱不好弄。日诵习数千言，语必惊人。举乙未进士，官户部。上廉其才，改授翰林。

魏环极言："薄于朋友者，薄亲戚之渐也；薄于乡党者，薄宗族之渐也。"

魏名象枢，一称庸斋，山西蔚州人。丙戌进士，官都宪。性至孝，持正清梃。以言事忤旨，左迁光禄丞，补官即请终养。都亭帐饮，丁祠部以诗送之。乞黄精数斗以贻母。里居后不复通书朝士。或以著述寓汪钝翁，惟用方幅楮，题姓名其上而已。其耿介如此。寻复召用，历官尚书。

周栎园偕冯伯宗过剑津西山，有竹数顷，丹如火齐。笑曰："乃知此君亦戏着绯。"

施愚山语所亲曰："我辈既知学道，自无大戾名教。但终日不见己过，便绝圣贤之路；终日喜言人过，便伤天地之和。"

施名闰章，字尚白，江南宣城人。己丑进士，官侍讲。性本忠爱，义笃友朋。操履孤远，学有本原，力以名教为己任。尝讲学湖西，群父老子弟环而听者辄数千人。闻孝弟忠信礼让之言，往往至于泣下。当世推论文章理学，莫不以宛陵为归。

客指燕地蒲桃，问汪钝翁："吴中何以敌此？"汪答曰："橘柚秋黄，杨梅夏紫，言之已使津液横流，何况身亲剖摘。"

汪名琬，字苕文，江南长洲人。读书励志行，内自重，有守。又善强记，过目终身不忘。举乙未进士，官户部。浮沈郎署，位不副志，发为著作，原本经术。晚筑室尧峰之麓，幅巾杖履，与山樵野叟行歌互答，当道大吏求一见不可得也。尝语人云："士大夫行己不可无本末，读书不可无师承，立论不可无依据。"会诏举博学宏词，公卿交荐，遂考授翰林。

宋荔裳、王西樵、曹顾庵同客湖上。一夕看演邯郸卢生事，酣饮达旦。曹曰："吾辈百年间入梦出梦之境，一旦缩之银镫檀板中，可笑亦可涕也。"

宋名琬，字玉叔，山东莱阳人。丁亥进士，历官廉使。所至辄有能声。数遭困厄，意气自如，挥毫高视，不觉更有旁人。

王名士禄，字子底，山东新城人。壬辰进士，官司勋。眉宇朗秀，襟怀伉爽，为人望所属。撰《然脂集》，揽撷古今闺秀文章，至百六十卷。又撰闽中遗事为《朱鸟逸史》六十余卷。

曹名尔堪，字子顾，浙江嘉善人。十岁能属文，十二岁善诗词，时人拟之圣童。壬辰登进士第，累官侍讲学士。淹博多识掌故，又工强记。所过山川厄塞，无不指画形势。士大夫一与之游，积久不忘。无贵贱，具能识其名氏、爵里、家世，无毫发误，即虞世南之称行秘书，李守素之号人物志，无以过之。为文敏给博丽，兼长众体。阁试两称最，同馆皆逊服之。

徐竹逸丧子，客有议之者，曰："徐君必有隐恶，故罚及其子。"竹逸闻之曰："昔仲尼有何隐恶，而伯鱼夭乎？"客闻而谢之。

徐名喈凤，江南宜兴人。戊戌进士，官司李。少负轶才，凌厉矫亢，慨然以古作者自命。与人交，谆诚恳款，动出肺腑相示。

沪上校书玉烟慧甚，善行酒。凡饮席必来典觞，且能使意之所属，曲为照顾，令不苦饮。张宏轩尝曰："如玉烟者，可称倾城悦名士矣。"

张名锡怿，字悦九，江南华亭人。乙未进士，官刺史。

毛大可自言："生平可幸者三：一行文无宋人论习；二无负郭田，作衣租食税男儿；三不为继子，慈孝两隔。"

王瑞虹杜门谢客,不与外事。好阅《通鉴纲目》诸书,熟悉古今成败利害。尝诲其子晫曰:"丈夫处世,固不当为贤士大夫所弃,亦不当为庸众人所容。"时叹为名言。

卫澹足云:"与丹麓处,如澹对黄花,使人幽赏。"

卫名贞元,山西阳城人。丙戌进士,官御史。

毛会侯自言:"一夕得霞举堂诸刻,如馋猿探果,不能自定。"

毛名际可,一字鹤舫。负才隽异,淹雅博闻,胸次潇洒,虚怀善下。文极工妙,有刻意弹射者,辄欲下拜。至与友朋往还,必以无所规益相督。宦辙所至著声绩,为群吏冠。

霞举堂,王丹麓读书处也。刻有《南窗文略》八卷、《松溪漫兴》十卷、《峡流词》三卷、尺牍二卷、杂著十种、《木庵外编》二种、《遂生集》十二卷、《幽光集》二卷、《赠言》两集、《文津》二卷。

徐仲光曰:"吾侪如鸟中子规,自是天地间愁种。"

徐名芳,江西南城人,庚辰进上。

袁箨庵云:"名誉,人之贼也;安逸,道之贼也;聪明,诗之贼也;爽快,文之贼也。"

袁名于令,字令昭,江南吴县人。官荆州守。

王于一问杜于皇:"穷愁何似往日?"杜云:"往日之穷,以不举火为奇;近日之穷,以举火为奇。"

王名猷定,江西南昌人,太仆止敬子也。遭乱居广陵,穷愁著书,力追大雅,海内能文之士,群翕然推之。客死西湖,篇帙散失,大梁周司农为辑其遗稿,刻行于世。书法亦遒劲,有晋人风度。

杜名濬,一称茶村,湖广黄冈人。

杜于皇刻己集,才及数篇,手之而笑。或问何笑,杜曰:"昔范詹事自赞其《后汉书》为天下奇作,吾尝笑之。今吾意中之言,仿佛詹事。吾恐后之人又将笑吾,是以先自笑也。"

申凫盟曰:"静坐自无妄为,读书即是立德。"

申名涵光,一字和孟,直隶永年人。父端愍公尽节,后以理学训其两弟,皆能立身扬名。观仲名涵煜,随叔名涵晖。

宁都三魏,或比之眉山三苏氏。魏笑谢曰:"人各自成其我,虽兄弟至亲,不期相类。何事高拟,以辱古人。"

魏氏三子皆征君天民子,长曰祥,一名际瑞,字善伯,是为伯子;次曰禧,字冰叔;曰礼,字和公,是为叔子、季子。三子平日以父为师,兄弟相为朋友。四方及乡里之贤者,三子莫不折节请受其益,或讲求天下古今之故,或穷圣贤之理义,或谈论诗赋文章,皆欲究得其所以然者。伯子、季子,阅历十二国,所经恒数万里,其于世务人情,多所谙识。叔、季二子,所交奇伟蕴抱之士,视伯子为至多。各有文集十数卷行世。

涂子山守贫不务苟得,所与游少当意者,以是得狂名。魏冰叔叹曰:"人言子山狂,人自不狂耳?"

涂名酉,江西新城人。好为诗古文辞,有名于时。为人短小,胸无鳞甲,性率易近人。及考古义与人争鱼鲁,则疾声摇头不自止。当无聊时,往往高诵其得意句,醉则抵掌掀髯,搔耳顿足,隐然有不可一世之意。

宋去损精八分书,高云客以为学从祖比玉。宋云:"仆固不厌家鸡,然何至舍古模今。"

宋名祖谦,比玉名珏,福建莆田人。

高名兆,福建侯官人。淑身修行,抗志怀古。淮南陶季深称其萧然穷巷,俗士曾不得至其门;五父之衢,亦无能寻其履綦之迹。

吴介兹客山阴,时念林铁崖去住未定,但觉千岩竞愁,万壑争泪。

吴名晋,江南江宁人。

林名嗣环,福建晋江人。己丑进士,官观察。倡议屯田,为武臣所中被逮。久得雪,寓居湖上,以著述自娱,无归志,卒以客死。

或问陆丽京:"诸贤雅负经世,吴司李治姑苏,何以都不称?"陆云:"平子事迹不逮,无损名士。"

吴锦雯,官苏州司李。

陆丽京尝遭危疾,宛转床笫间,犹喜滑稽。一夕向陈际叔曰:"奈何岁在龙蛇?"陈慰之曰:"正恐吴中高士。"陆后竟起。

或问计甫草:"暇日何以自娱?"计云:"赋诗弹棋,俱增恶业。但能日诵《楞严经》两卷,便足了一生事。"

林鹿庵好客,虽处忧劳况瘁中,遇良友至则大喜。尝谓人曰:"友者,俭岁之粱肉,寒年之纤纩也。"

> 林名璐,字玉逵,浙江钱塘人。峻洁自好,环堵萧然,笃学工文章。时或中酒,兴来辄瞠目箕踞,议论排突,不复知有坐人。

毛稚黄负才善病,六载起处不离床榻。人以为忧,毛自若,曰:"病味颇亦佳,第不堪为躁热人道耳。"

> 毛名先舒,一名骙,字驰黄,浙江仁和人。澹泊宁静,不求闻达。以古学振起西陵,天下士翕然称之。

毛稚黄欲卖田刻集,意犹未决。诸虎男曰:"产去则免役,纸贵可以操赢,是有两得无两失也。"毛笑颔之。

> 诸名匡鼎,为骙男弟,浙江钱塘人。并有令闻,时人方之机云、轼辙。

许彝千尝登语溪大桥,目城中青枫历历,叹曰:"此树不知历几兴亡。"

> 许名先甲,浙江杭州人。

陆荩思云:"子弟能读书,不患不佳。不宜专习帖括,若者虽荣,终非俊物。"

> 陆名进,浙江仁和人。才情敏给,议论风生。同人宴会,荩思不与,举坐为之不欢。

徐敬舆尝误"金尽裘敝"为"裘尽金敝",座客笑之,徐曰:"皮之不存,毛将焉附,非'裘尽'乎?何意百炼刚,化为绕指柔,非'金敝'乎?"客无以难。

> 徐名敬直,浙江仁和人。

沈稽中父君化,有怨家诣军门,诬以大逆。遣吏捕。时方治反狱,诛杀日数十百人。吏到门,举家惶惧。稽中挺身出曰:"我即君化也。"讯时颜状不变,词理条畅,竟得释。君化叹曰:"儿之身,我生之。自今日以往,我之身,乃儿生之。"

稽中名儒，江南青浦人。论《尚书》甚精，有《尚书说》行世。

政　　事

王阮亭为扬州法曹，地殷务剧，宾客日进。早起坐堂皇，目览文书，口决讯报。呼詈之声沸耳，案牍成于手中。已放衙，召客刻烛赋诗，清言霏霏不绝。坐客见而诧曰："王公真天才也。"

龚芝麓拜御史大夫，抗疏每言时政得失。迨决狱，日必平反数十事。事虽奏当，有毫发疑，必推驳至尽，至辍匕箸，展转含毫，获有生机后已。同事或期期不可，必动色力争，至再三不厌。

龚名鼎孳，字孝升。生时庭产紫芝，因号芝麓。江南合肥人。甲戌进士，历官大宗伯。天材宏肆，数千言可立就，词藻缤纷，都不点窜。为孝陵所识赏，尝在禁中叹曰："龚某真才子也。"酒余，好即席限韵，击钵洒翰，工丽绝伦。尤好汲引善类，奖借后进，学者仰之如山斗。

周栎园按察入闽，时值寇警，所在城堡常四面火起，钲鼓声动地。周指挥卤楯、藆石、渠答，施设有序。手发大黄，应弦殪敌，长啸若神人。

史立庵为少宗伯，时同官议裁孝子节妇廪给，曰："彼自分内事，何与朝廷？"史曰："为子不孝，为妇不节，亦何与朝廷，必以法绳之耶？"议遂寝。

史名大成，字及超，浙江鄞县人。乙未状元及第，历官侍郎。性至孝，以母病陈情终养，为当事所格。曰："吾岂以一官易一日之养乎？"遂家居十年，例应削籍，后遇赦得免。

姜定庵为温州教，摄瑞安县事，适寇至。时寇轻瑞安，用少尝之。姜帅镇兵之守门者数十人，骤杀而出，贼遁。后又大至，姜乃敛民家醆瓿凡百余，丹纸泥其唇，以唇四向架陴间。贼望见瓿，惊以为列炮，不敢近。

姜名希辙，浙江会稽人。累叶承华，蚤驰骏誉。壬午举孝廉，历官京兆。为人敦朴达权，和易凝直，名业冠于一时。

林西仲出理徽州，时有府吏专宠稔恶。林廉得其迹，逮至欲杖毙之。吏呼曰："小人罪固当死，但以不能改过迁善，赍恨泉下耳。"遂释之。后吏以善称于时。及林罢去，泣于道左曰："非公之严，我竟以为恶生；非公之宽，我竟以为恶死。"闻者咸异其言。

> 林名云铭，福建闽县人。弱冠举于乡，戊戌成进士，理徽九载，多异政。奉裁归里，著作益饶。吴方涟侍御见所注《庄子因》，叹为标旨清殊，迥绝群议。

顾且庵官侍御，弹劾不避权贵，然卒无妄言。尝曰："言而当，足以裨国是；言之不当，虽天子不以为罪。使异日轻谏官，非计。"一时朝野以为得人。

> 顾名豹文，字季蔚，浙江钱塘人，乙未进士。

相州许西山作盐官令，政尚清峻。修教令，饬廉隅，禁顽暴，民不敢犯。邑固滨海，一日惊传海水且大上，居人汹怖反走。许下禁令，刑白马于神，为文诅之。及祈，怒潮退舍四十里，沙碛复为平壤。

> 许名三礼，河南安阳人。辛丑进士，知海宁。

嵇叔子治杭州，事无巨细，皆委曲周详，夜以继日，不以为劳。郡有好古乐道之士，必折柬招之。不至，虽在蓬荜，亲造访焉。

> 嵇名宗孟，江南山阳人，丙子孝廉。美须髯，眉间一尺。居官清介。张鞠存吏部尝过署中，见其四壁萧然，数椽不蔽风雨，案牍笔墨与泥涂相揉杂，却鲊悬鱼，一埤交谪，殆有中人之产所不能堪者。

周釜山守梧三年，行廉政清，士民化之。有篙工拾遗犀一籝，不忍取，白府以归遗者。

> 周名茂源，字宿来，江南华亭人。己丑进士，官比部郎。比部为王、李诸公旧游，当时所称白云楼诗，即其地也。周与同官宋直方、施愚山时相过从，饮酒赋诗为乐，虽大风雪弗辍。一时都下盛传，谓复见先辈风流。出守梧州，为治不尚威严，梧人歌思之。

胡励斋以词臣备兵常镇。时镇多黠盗，每擒治一人，辄株连百余家。捕使按籍钩索，胡毅然争曰："鼠辈特欲缓须臾死，害及无辜，庸可信乎？"使者数至，数不与，复正色曰："杀人媚人，吾不为也。何惜一官，为数百人请命耶！"卒力白之。

毛会侯宰城固，多异政。邑人梁樟为折尾虎所攫，毛为文祷于神，果获之。人谓不减昌黎驱鳄。

荆泾野令归安，内行修洁，辅以精敏。羡余无所取，请托无所受。举邑中数十年之敝政，一举而更张之。有数掾吏干没为奸，荆廉得实，立收案致法。士民戴若父母。

　　荆名彦，起家进士，陕西泾阳人。

郭鸣上筮仕，授昆山县令。县故剧难治，吏人且多豪猾。郭赴官，未至县五百里，吏人十数辈迎于道。乃诈称疾不起，自怀部牒，间道行一昼夜，抵县。守县吏方会饮堂庑，见一老书生，仪状朴野，直上堂踞坐，皆大怒，叱逐之，不肯去。视其手中所持若文书状，迫视之，则部给昆山知县牒也。大惊，互相推挤，仆堂下。前迎令者怪疾久不出，伺得其故，亦驰归。适至，共叩头请死罪。郭笑遣之，吏愈恐，不肯起。乃谕之曰："若所为，我尽知之。今为若计，欲舞文乱法、快意一时而身陷刑戮乎？欲守公奉法、饱食暖衣与妻子处乎？"皆曰："欲饱暖守妻子耳。"曰："果尔，我今贷若罪。后有犯者，杀无赦。"吏皆涕泣悔悟，终郭任无犯法者。

　　郭名文雄，山西介休人。年四十以诸生贡入京师，得授是官。寻卒，吏民聚哭于庭，阖县皆罢市往吊。发其橐，敝衣数事而已。无子，丧不能归，县人共买地葬于马鞍山，更立祠其旁，岁时祀焉。葬之日，他邑来会者数万人，吏民哭之如其私亲。

李公望为广陵训导，郡中知名士，必亲造焉。尝曰："昔陈仲举迁豫章，至便问徐孺子所在。吾每想慕其风，惜广文寒毡，不足道也。"

　　李名公渭，江南兴化人。郡守萧五云喜其才，称为昭阳博士。

董巽峰令襄阳，期年，政教大治，襄民甚戴之。会王师征湖南，先后且数万，至刍粮匆备，诸大吏以为忧。董独匹马入乡，告百姓以故。百姓转相传告曰："事且急，奈何累我父母为。"遂大供车牛，小供刍豆,挽负不绝于道,三日而毕,军输以饶。诸大吏惊服以为能。

　　董名上治,字智甫,江南武进人。丁亥进士,累官水部。少以理学经济自任,得伊川、考亭窾郤;旁赡子史说集,凡天文地利河渠兵战诸书尽习之。为人竣竣谨退,不言躬行,风范凛然。

　　许彝千司训桐乡,时值盗警,城无守御,邑令惶怖。许曰:"是可先声夺之。"命邑中火炬齐发,金鼓震撼。盗以有备,骇去。邑令叹曰:"公此举虽古曳柴增炬、剪楮削木,何以过是。"

卷三

文　学

王敬哉为礼部尚书,犹好学。寒宵拥炉篝灯,咿唔不辍。诸公子环坐,听其绪论,退而笔之,为《冬夜语儿笺记》。时人见其书,以为其体制核而赅,其用心仁以恕,其立言皆可为天下后世法。

王名崇简,直隶宛平人。癸未进士。善自谦下,崇厉名教,奖引后学,孜孜若弗及。

王阮亭于役淮阴,泊舟秦邮湖。风雪凝沍,凄然动心,秉烛作《岁暮怀人》诗六十首。夜漏未半,属草都就。词旨清丽,间出奇峭语。茶村杜处士语人曰:"使君才藻如许,当是天人。"

程昆仑登焦山,披草搜瘗鹤铭遗迹。为冲波撼击,缺蚀不完。别购善本,磨悬崖而刻之。拉阮亭同游,相视叫绝。凭高吊古,各赋一章纪其事。江干之人艳称之。

程名康庄,山西武乡人,大司空凤庵孙也。名德博洽,为时辈所推。蒋虎臣尝评其文云:"祢韩祖马,儿视樊元孙刘。"官镇江通守,一时称其廉平。

曹秋岳称李天生长律诗云:"《风》、《雅》以来,仅有斯制。"

曹名溶,字鉴躬,浙江嘉兴人。丁丑进士,官侍郎。

李名因笃,一称子德,陕西富平人。应荐博学宏词,考授翰林,寻即辞去。

方渭仁少年负气自豪。里中时有文会,每当同人搦管拈题,苦吟面壁,方与毛会侯辄握手修篁怪石间,相与纵谈天下事,或诵近所为诗歌共质,间以谐谑,日向午犹不肯成一字。同人来相敦迫,方始振笔直书。涛怒云舒,不可端倪。

方名象瑛,浙江遂安人。性简重,天资颖异。年十余时,即能操笔成诗骚短赋，为乡国艳传，祖书田少傅尤钟爱。丁未成进士，益发愤读书，日与同好以文章相切劘，四方人士翕然宗之。会廷试博学宏词，选入翰林。

毛大可过海陵，至淮上。时吏部张鞠存父子嗜诗，有名园。中秋夜会客数十人，伎乐合作，鼓吹竟夕。毛倚醉扣盘，赋《明河》篇，凡六百余言。及旦，淮上诸家传写殆遍。宣城施愚山还自京师，见之，目为才子。

张名新标，江南山阳人。己丑进士，官吏部。

宗定九称汪舟次文："理不谬摇其枝，字不妄舒其藻。"

宗名元鼎，一称梅岑，江南江都人。恭谨朴雅，与人交，终始无失。学有源本，旁搜子史，六朝奇闻僻事，罔不手钞心识。家苦贫，课一二老仆耕废田，舂而食，析而爨。著书自娱，足不入州府。

汪名楫，一称悔斋，江南休宁人。性伉直，意气伟然。通达治乱，富于学问，文章翰墨妙天下，名公卿咸折节愿交。己未召试，官翰林。

吴志伊酷耽文籍，综博无遗。尝与吴锦雯会饮马鸣九许。锦雯问"鄽"、"歐"二字何读，志伊曰："歐、也同，本秦权古文；鄽、许同，本《说文长笺》。"锦雯叹服。

吴名任臣，浙江仁和人。志行端悫，博学而思深。兼精天官奇壬之术，射事多中，时人比之管郭。荐举博学宏词，考授翰林。

锦雯名百朋，浙江杭州人。少奇敏，读书五六行并下，操笔为文，数千言立就，未尝起草。壬午举于乡，久乃谒选。两为司李，都有异政；改令南和，尤得民心。病没于官，百姓如丧考妣，哭奠者比肩接踵，纸钱腾价，一县尽空。东西各建祠祀之。儿童亦叠瓦砾为小屋祠吴公云。

御儿朱韫斯误娶同姓，后十年觉得，欲去其妇。友人曹射侯、陆丽京怜其雅非同望，轻致唾井，作书劝之，因疏古名儒取同姓事。会吴志伊后至，曰："王沈与王基联姻，刘畴与刘毅为婚，世人无讥，缘非同原也。"一时服其敏核。

曹名序,浙江石门人。

吴锦雯博物洽闻,贯串经史。尝与徐世臣辈创为恢丽瑰玮之文,天下诵之,号为“西陵体”。陆丽京目之曰:“天下经纶徐世臣,天下青云吴锦雯。”

徐名继恩,浙江仁和人。少擢茂才异等,举明经。遭乱不仕,隐于竺乾山中,更名净挺,字狼亭。天性英爽,不耐忧烦。尝谓:“人非金石,立见销亡。不若逃形全真,肆志方外。”

顾景范著《方舆纪要》成,吴抚军先刻其五卷行世。孙宇台谓其书“若长河亘天,珠囊照地。古今兴亡,天下形势,了如指掌。真人间所未有”。

顾名祖禹,江南无锡人。沈敏有大略,为人奇贫而廉介。宽厚朴挚,不求名于时,独耽著述。凡山川险易、古今用兵战守攻取之宜、兴亡成败得失之迹辑为是书,约一百二十卷。论者谓《九州记》、《一统志》诸书不能及也。

吴名兴祚,字伯成,浙江山阴人。慷慨有才略。为无锡令,政声卓绝。由闽臬至闽抚军。

孙名治,一称鉴庵,浙江仁和人。隐居教授,为人伦所宗。

周栎园观察维扬,簿书稍暇,手一编不辍。即参拜大僚,酬访宾客,坐舆幕中,往来市肆杂沓,日以十数卷自随。归语友人,辄能举其详曲。虽甚久远,偶晰一字之疑,引据证明,必指其出何书载何卷,以及行墨之次第简牍。当命掌记依检,应手而出,不差累黍。

周栎园少时,读书恒以夜,自更初至达旦,方一偃息。日则游行登览。常谓人曰:“云影天光,皆足乱人心志。作此等功业,须是一隙不露,乃可静悟。”

钱牧斋目沈留侯《艺林汇考》为经籍之禁御,文章之圃田。

钱名谦益,字受之,江南常熟人。庚戌进士,历官尚书。目下十行,老而好学,每手一编,终日不倦。暑月夜读苦蚊,辄以足置两瓮中。

沈名自南,一字恒斋,江南吴江人。珪璋特达,博通今古。登壬辰进士,为山东蓬莱令。

杨以斋性乐闲适，不近嚣埃。每读《庄子》，辄以为能移我情。

> 杨名雍建，字自西，浙江海宁人。乙未进士，历官贵州抚军。

宋既庭谒龚芝麓于京师，一见欢甚。酒阑灯炧，相与分韵赋诗。龚才思敏捷，落笔如飞，望之若神仙中人。

> 宋名实颖，江南吴县人。醇静寡欲，动止皆有常则。才名蚤著，三十举孝廉，以公车至京师，辄摄衣据诸贵人上坐，意气岸然，绝无所顾让。自名公卿讫四方游士慕之者，无不日夜持谒到门，以望见颜色为幸。

曹顾庵登南宫上第，宰相爱其门地才华，亟欲致之馆阁，于时安丘、孟县两馆师，皆极天下之望，恒倾心下之。顾庵以文词翱翔诸公游士之间，每一挥毫，霞明玉映，诸翰林皆自以为不及也。

王烟客插架千卷，皆丹黄勘雠。每当宾朋杂坐，举史传中一事，辄援据出入，穿穴旧闻。

> 王名时敏，江南太仓人，官奉常。

分湖叶元礼为钟广汉征诔文，援笔作引，颇属哀艳。李武曾曰："读此如闻急风凄雨，令人益增邻笛之悲。"

> 叶名舒崇，江南吴江人，丙辰进士。

> 钟名渊映，浙江嘉善人。

> 李名良年，浙江嘉兴人。

林西仲少嗜学，每探索精思，竟日不食。暑月，家僮具汤请浴，率和衣入盆，衣尽湿始觉。里人皆呼为书痴。

陈椒峰读书至夜分，两眸欲阖如线，辄用艾灼臂。久之成瘢，每一顾，益自奋不敢怠。

> 陈名玉瑻，字赓明，江南武进人。少有大志，凡天文地志、兵刑礼乐、河渠赋役诸大事，莫不讲求烂熟，言之娓娓。宾客辐辏，应酬旁午，以至弹琴、投壶嬉戏之乐，靡所不为。偶有所触，发为诗文，旬日之间动至盈尺。见者逊其俊才，比于刘穆之云。举丁未进士，官中书。

吴汉槎最耽书，一目数行，然短于视，每鼻端有墨，则是日读书必数寸矣。同学以此验其勤惰。

吴名兆骞，江南吴江人。性傲岸，不为同里所喜。其友或规之，吴大言曰："安有名士而不简贵者。"

王西樵目钱础日诗，高朗者譬诸星纬，浩瀚者乃若江河。有目共见，终古如新。

钱名肃润，江南无锡人。学博行方，严取予，重然诺。家居孝友，落落有古人之节。闭户传经，门下皆知名士。雅好述作，博综今古。柏乡魏相国推其理学为邹鲁干城，其论史诸文以为陈君举、何去非咸未逮也。

纪伯紫言："人生有三大事：性命、经济、文章。柏乡一身巍然，直任之矣。"

纪名映钟，一称戆叟，江南江宁人。

魏贞庵名裔介，字石生，一称昆林，直隶柏乡人。丙戌进士，历官太傅。

稽叔子为李太虚作《阆园影赋》，累累数千言，编珠贯玉，地负海涵，刻画都尽。李携示赵洞门、李叔则，各舌挢不下。

李名明睿，江西南昌人。壬戌进士，历官尚书。

赵名开心，湖广长沙人。甲戌进士，历官尚书。

徐野君嗜山水，游辄有记。尝以示吕翼令，吕曰："数日目力之劳，省却古人多少笋舆蜡屐。"

徐名士俊，浙江杭州人。少奇敏，于书无所不读。发为文，跌宕自喜。好为乐府诗歌古文词。与人交，如坐春风、饮醇酒。有问字者，倾心教之。有一长可录者，不惜齿牙奖成之，故所至逢迎恐后，争礼为上宾。日有课程，虽老勿替。读书无论卷叶多寡，必自首至末，以览竟为率。五经岁读一过，有徐广之风。曾遇异人鲁云阳，授以导引法，年近八十，苍鬓丹唇，颜面鲜泽如婴儿。

邹程邨语言妙天下，小词单文，令人色飞神艳。

邹名祇谟，字讦士，江南武进人，戊戌进士。天资颖异，过目靡所遗忘。上自经籍子史，下逮艺文杂著，旁及天文宗教百家之书，细至古今人爵里姓氏、世次年谱，无不悉记。至性沈挚，意气真笃,与人交,久要不忘。

邹程邨读书如汉主校猎,不至野尽山穷、囊括其雌雄不止。

恽正叔与邹程邨同客湖上,邹向恽诵王丹麓不去口。后恽数过王,见其兀坐一室,时时握管掺纂,志在千古。归与邹言,交叹为奇士。

> 恽名格,一名寿平,江南武进人。工诗文,通书法,画尤绝伦。

王丹麓博学擅才藻,一时名声满江左。居北郭,为往来舟车之冲。四方士大夫过武林者,必先造其庐,问字纳交,停轭不忍去。

> 方渭仁尝称松溪子为人:"著述名海内,而非圣之言不陈。交游尽天下名流,未尝向俗客一通姓字。"

来元成遇未见之书,虽至典衣购之不吝。夜阅昼录,必速终卷而后快。

> 来名集之,浙江萧山人。生有异质,过目成诵。庚辰成进士,给事琐闼。谢政后,日手一编,探索讨论。得则豁然开朗,眉宇飞动;不得则愤闷累日,寝食俱废。每有谈议,举一事必批根导源,穷诘流末,条条然如说家人事,如按验官府文牒,如自诉肌膜所疴痒,如数壮贝,听者辄为爽然。

黄太冲家多藏书,装本厚二寸,洒墨涂乙,参互散乱,人求不得,太冲独省记之。季弟泽望,丹黄工致,篇幅精整。讫一书,更一书品第,循环不辍。

> 太冲名宗羲,一称梨洲,浙江余姚人。父忠端公死奄祸,太冲上书讼冤,声振国门。年逾六十尚嗜学不止,每寒夜身拥缊被,以双足置土炉上,余膏荧荧,执一卷危坐。暑月则以麻帷蔽体,置小灯帷外,翻书隔光,常至丙夜。所学上本五经,旁罗百氏,俱能采精猎微,得其本末。

> 泽望,名宗会。善饮,磁杯瓦樽置几右,佐以盐豉。读书每数百行,仰一杯,自朝及夕,颧颊薰润。薄暮,陶然步阡陌,吟啸为常。

高云客少遭丧乱,自江左还旧乡,补衣蔬食,块处蓬室中。采搜隐逸,辑为《高士续传》。鉴别精严,论者谓其才识不让士安。

　　《高士续传》起晋至明,凡得一百四十三人。

　　兴化宗子发、陆悬圃以高节能文章名于江北,四方士称曰"宗陆"。

　　宗名元豫。持高节,独行古道,虚怀善下人。

　　陆名廷抡。魏冰叔称其文以直道自任,有毅然之色,与其为人相似。

　　贾静子负奇,好大言。嗜酒,不拘绳墨。常自许得为宰相,当一年平寇,三年可尽撤诸塞上兵。里人大笑,以为病狂。乃感愤著《八阵图》数千言。

　　贾名开宗,河南商丘人,自称野鹿居士。少落拓不羁,慕司马相如之为人,学击剑、鼓琴,嗜远游。已读书为文词,力学好问,数十年卒轨于正,天下以纯儒目之。

　　王于一自谓读书三十年,方悟"惭愧"二字。

　　董文友道黄云孙文,如王谢家富贵子弟,便极奢华,无裘马纨袴气;又如渴虹饮水,霜隼摩天,变幻夭矫,令人睫惊。

　　董名以宁,江南武进人。少负才望,豪迈感慨,不可一世。然当其恤交游,急然诺,辄复缠绵婉笃,比于胶漆。博览强识,著书满家,执经问难,弟子恒数百人。

　　黄名永一,字艾庵,江南太仓人,乙未进士。孝友深挚,交情剀切,和神善气,日坐人于春风。生平无疾言遽色,毁誉不经其心。名满天下,而守如处子。

　　毛季莲舟抵小孤山,逆澜荡楫,柔不可上。索渔人舴艋,随波心沉入,已乃登,作赋一篇。还示吴庆百,吴读竟,叹曰:"新颖动人,但觉洪涛春激胸臆。"

　　毛名远公,浙江萧山人,丁巳孝廉。

　　吴名农祥,浙江钱塘人。负轶才,世推莫匹。

　　江子九郊居,尝制百签,写古人于签面。风日晴好,辄煮茶焚香,随取签中人,相与馨彼我而评论之,竟日而罢,名曰"云社"。

　　江名思令,浙江仁和人。慷慨负志略,辛酉举于乡,官黔阳令。乱后绝意仕进,徙居北墅。荒野寥落,孤介自高,富贵人不敢辄有所遗,即遗之多不受。

陆儇胡自许俪语,为海内少双。

　　陆名繁弨,一字拒石,浙江仁和人,大行鲲庭子。

安静子读书,如浪子入烟花场中,不知流荡何所。

　　安名致远,山东寿光人。

安静子称栎园诗:"情浮其貌,意胜于法,远想长思,径致独绝。"

吴介兹云:"读吴埜人诗,如入冰雪窖,使人冷畏。"

　　埜人名嘉纪,字宾贤,江南泰州人。

朱若始读史,尤爱《史记》《汉书》,壮岁乃专攻《汉书》,曰:"太史公如神龙变化不测,孟坚文整齐典赡,故可学而至。"

　　朱名溶,江南华亭人。

钱葆盼总角即好倚声,酒肆粉墙、倡家团扇,每因兴会,辄有斜行。

　　钱名芳标,江南华亭人,丙午孝廉。

徐子能和《牡丹》诗,得百余首,贯花结鬘,香粉散落。吴人传写,为之手馥。

　　徐名增,江南吴县人。

包饮和读书有常候,比读必过丙夜。常授书友人宅,其宅高楼当城隅,贩佣僦焉。每丁夜渡江,其妇睡醒,听包度纸声并竹中鸥,辄曰:"鸥未呼,包二先生尚拽书,起徐徐。"后贩妇闻包死,出涕。

徐武合喜著书,苦无由得钱易楮翰,常于破几上起草,束麻濡煤作字。

　　徐名汾,浙江仁和人,一称管涔子,一称京山人,一称炎州学者,一称笑痴,一称髯徐。少秉异资,九岁通《鲁论》《易象》,十三熟六经、《左》《国》,十五诵《文选》、秦汉百家书,善骚赋。十八专工诗古文辞。

方　　正

李映碧童时读日记故事,见汉湖阳公主坐屏后像,辄举笔抹其面。师怪问,对曰:"事谐则移天,即不谐亦移心,吾实耻之。"

李名清,一字心水,江南兴化人。辛未进士,历官廷尉。尝列刑垣,数上章论祥刑。狱中人见疏,无不感涕。粘其疏语于狱街之壁,时共读之,合掌诵佛以过。后以风节著称。

蒋慎斋至性过人,类多密行。虽斋居独处,皎然不欺。

蒋名永修,一字日怀,江南宜兴人。丁亥进士,官学使。

王迈人居官强项不屈,任意为其难,八年不通京师一字。所迁皆极边,即单车就道,不惜利害。家计萧条,几不能朝夕,亦不问也。

王名庭,字言远,浙江嘉兴人。少贫,举孝廉十四年,贫日甚。杜门局守,无杂营分好,日事诗古文,笑叹歌咏,留连不去。中己丑进士,累官参政。

何蕤音官侍御,与张祖望友善。人短之曰:"此君遗落世事,傲慢难近。"何曰:"今人不少便佞,吾正喜其傲慢。"

何名元英,浙江秀水人,乙未进士。

张名纲孙,一名丹,字秦亭,浙江仁和人。美须髯,长尺余,手足胸背有毫寸许,夏月好坦腹卧大树下。视富贵若不介意,性恬淡,不乐交游。好诗赋古文辞,喜山水深溪邃谷,不避险阻。每得意,长啸而返。

徐羽仪九岁善属文,即见知邑令,益自攻苦。同舍生或窥园,徐正色以谏。生侮之曰:"童子何知。"徐自恨诚不足格友,为之不食。同舍乃惭谢。

徐名一鸿,江西怀玉人。生而早慧,容状魁奇,经明行修,不枉道以逢世。恒自叹曰:"吾读书,独不得明道为忧耳,何慕富贵。富贵能福人,亦能祸人。"尝应举,渡鄱阳湖。风变舟覆,遇救得免,同舟半皆溺死。徐觅其尸,衣冠殓埋,又为文以祭之,方去。

胡励斋纳言归里,居恒端坐一室,左史右图而外,若声色货利征逐游观之乐,去之若浼。菽粟布被,无异为诸生时。

励斋聪明强记,于书无所不读,读已,终身不忘。既杜门谢客,惟以古为欢。自经史子集,以及老氏浮屠、天官形家、医卜字义、音韵歌曲,无不手自裁定,勒为成书。

陆丽京持己端洁。尝教授临平沈氏,有伎为主人所索,就匿陆帐中。陆危坐读书,就帐外书"瓜田李下"四字。去矜披帷见之,颇相钦叹。

豫章陈伯玑避乱移家,与刘远公流寓芜江。杜门穷巷,雅志坐啸,不轻以言干人。有引其家伯玉事为词者,陈曰:"吾宁爱吾琴耳。"因署"爱琴"于旅次,并名其诗。

> 陈名允衡,江西建昌人。幼负俊名,才雄等辈。父立宇直声动天下,风采凝峻,有山斗之目。

柴虎臣生平拙于逢人,少营干,疏懒率素。于侪偶间好面折平议,顾胸无俯仰,人亦谅之。

> 柴名绍炳,一称省轩,一称翼望山人,浙江仁和人。生而奇敏,少喜文词,驰骛声闻。中年悔之,有意求道,以朴实恬澹为归。天质素赢,躯短小,肤色不华,而肝膈之要,无殊于大廷屋漏。与人言,未尝不勉以为善。动娴礼则,准于贤圣,居然有闽洛之风。

翁仲谦性孤介,不与俗谐。家酷贫,值岁俭,不能糊口,终日啜水而已。邻近或有招之食者,谢不赴也。尝曰:"耐饥易,耐俗子难。"惟徐介白、顾茂伦饷之方受。后病卒,茂伦卖古琴殓之。

> 翁名逊,一字研石,江南吴江人。能诗善书画,不入格而有高趣。介洁方正,虽贵游至其门,弗见也。

> 徐名白,吴江人。朱长孺称其嵚崎历落,格韵在东野、阆仙之间。

> 顾名有孝,吴江人。志气迈往,身长七尺余。妙擅经术,且能出入古今文章。其任事几无所遗力,故人士皆归之。

孙豹人应召入都,初以老病辞,不许。既将还籍,复有年老授衔之命。吏部集验于庭,孙独卧不往。旋受敦促,乃徐入逡巡。主爵者望见其须眉皆白,引之使前,曰:"君老矣。"孙直对曰:"未也,我年四十时即若此。且我前以老求免试,公必以为壮,今我不欲以老得官,公又以为老,何也?"众皆目笑其愚,孙固自若。

> 孙名枝蔚,陕西三原人。身长八尺,声如洪钟,庞眉广颡,以诗文名天下。

卷四

雅　　量

缪念斋初擢廷对第一,其意挹挹益下人,自奉益菲薄,歉然若有不足于怀者。计甫草见之叹曰:"念斋之志行远矣。"

缪名彤,字歌起,江南吴县人。丁未状元及第,授官修撰。

汪蛟门居百尺梧桐阁,隐囊麈尾,颂酒弹棋,兴致萧远,飘飘欲仙。

汪名懋麟,字季角,江南江都人。丁未进士,官中书舍人。事亲孝,事兄恭,择人而友之。敬而能和,其立心澹荡而高明。

高念东家般阳,每风日晴和,自跨一驴出。遇嘉石浓阴,即系驴而卧。见者不知其为贵人也。

高名珩,字葱珮,山东蒙阴人。性方严,骨清神佚,气静情疏。少年登第,筮仕馆阁,历任大僚。屡奉简命,出入中外三十余年,所在声名赫奕。然不以富贵贫贱动其心,士大夫高之。

王匡庐不恒为诗,每遇林皋清旷,襟抱悠然,辄复有作。诸子或请编录,王谕之曰:"吾写怀送抱,如弦之有音。所怀既往,则弦停音寂,何庸留此枝赘为耶?"

王名敕,山东新城人。

丁药园初至靖安,卜筑东冈,躬自饭牛,与牧竖同卧起。暇则乘牛车行游紫塞中,手《周易》一卷,吟诵自若。

丁名澎,字飞涛,浙江仁和人。乙未进士,官法曹。无事日作诗,与宋观察荔裳、施大参愚山、严黄门颢亭辈称燕台七子,名满京师。时上方册立□□,念无娴典礼者,调入东省,兼主客。贡使至,译问主客为谁,廉知丁。持紫貂银鼠、美玉象犀,从吏人易其诗归国,长安缙绅以为荣。谪居五载,略无迁谪状,躬耕自乐，洒然有箕山之风。

方穉官天怀坦易，饮酒数斗不乱。每良辰令节，携故人诣狮山，剧饮欢呼，旷然自放。闲独行道中，诸田父相谓曰："村酿新熟，翁能从吾饮乎？但苦无佐酒具。"方亟归，左提鱼，右持盖，行烈日中，就其家酣醉，达旦始罢。

周栎园雪夜坐，念室中狱事正急，铁衣周罗户外。方与黄山吴冠五共为诗，漏下数十刻不止。尝对卧薄板上，已解衣卧，忽联句成，两人拥败絮，从口吻中湿不律，露臂争书。薄板跃起，短烛扑灭，一笑而止。

周又尝坐狱，堂下健卒狰狞立，银铛累累，呼暑声如沸。手拳据地，顾伍伯乞纸笔，作《送客游大梁》诗三十三绝句。投笔起对簿，诗语皆惊人。

吴名宗信，江南休宁人。

鼎革初，兵戈四起，人皆裹粮避山谷间。徐竹逸与弟竹虚独守敝庐，昼则力田，夜不废读，俨如太平之世。其避兵他处者，率多受警归。竹逸语弟曰："吉凶悔吝生乎动，于今益信。"

董苍水渡洞庭，至鹿角，山风大作，波翻浪涌，上流覆舟，蔽湖而下。僮仆震慑无人色，董怡然危坐，赋二诗投湖中，竟得无恙。数时辄行三百余里，见者疑有神助。

董名俞，一称樗亭，江南华亭人，邃初少宰孙也。童时喜读古人诗，略上口，即能为声偶之言。父师见而叱之，乃吟咏自如，不少夺。庚子举孝廉，与兄进士阆石并以才名显。后坐公事摧挫，不得用于世。卜筑南村，方塘小榭，竹翠花深，灌园锄菜，歌啸自得。虽突烟常冷，意豁如也。

徐羽仪读书灵鹫山，夜陟北峰望月。有虎怒啸，山谷震动。或劝之避，徐笑曰："虎虽猛兽，焉能啖人？人惟畏虎，虎故啖之。"意气自若。

明末兵乱，有大猾招集散亡，寇浙东西。素与沈康臣有隙，悬赏购沈急。沈毅然儒衣冠往见，曰："某来矣。杀一书生，何购为？"猾奇之，大笑纵饮而释。

沈名胤范，一称肯斋，浙江山阴人。丁未进士，官比部。好学善读书，尤以诗闻。

徐野君性坦易，不与人忤。每遇能文章者，与言文章；晓音律者，与言音律；善琴弈丹青诸艺者，与言琴弈丹青诸艺。常独行村落、山巅、水涯，值村翁溪叟、樵牧童竖，亦与谈说，周旋终日无倦色。

吴锡孺闻失火，时夜阑，延烧将入宅。吴起视，从容还内，取朝衣冠带，整束而出。光焰烛天中，鞠躬四顿首，火随熄。

吴名晋剡，江南宜兴人。壬辰进士，官司李。

朱子殷瓶无宿舂，歌呼笑傲不改其乐。宋既庭称为积学辩才，今日之楼君卿也。

朱名轓，浙江嘉善人。

王丹麓意思深远，常有以自下。与人言，未尝先一语。名士宴集，故未尝不在，竟日冲然，若不知其在座者。

吴六益负郭而居，堂曰"梅花书屋"，清溪乔木，映带前后。每当横潦载涂，阶下水深至骭。车马到门，罕得见。吴读书其中，意泊如也。

吴名懋谦，江南华亭人。

邹程邨为晋陵甲族。会有蜚语中之者，一日散万金立尽。邹四顾壁立，举酒自慰曰："田园无存，幸吾宾客尚在耳。"

诸骏男尝同姜真源过金山，飓风大作，舟直触郭璞墓石。时真源在别舟，意诸必大惶怖。诸方吟啸自若，作《过金山》诗。

诸名九鼎，一名昙，字铁闇，浙江钱塘人。才巨而学赡，贯穿经史百家之言。为人英伟倜傥，有不可一世之概。

姜名图南，字汇思，浙江仁和人，官御史。

吴郡叶林屋以选诗游四方，其弟尚从行。每同宿，共一布被。客云居山，夏月无帐，窗外聚蚊甍甍，至旦，卒无一飞入室中。其友朱若始过宿，尝之信，乃赋《能弟》诗赠焉。

叶名阇，江南苏州人，寓居金陵。工诗文，好游。尚字岂僧，以画名。

李郑生游学白鹿洞，数年不归，独居攻苦。夜半孤灯，忽见绯衣满室,不之动,吟诵自如。

　　李名梦兰,□□修湖人。家贫,喜读书。弱冠举孝廉,公车不第,策骞南归,务益砥砺读书。农时率一仆,躬耕自给。间入城,秃衫椎结行于市,人不知其为名孝廉也。善弈能诗,工书法,人多求之,日不暇给。所见绯衣,或疑濂溪、晦庵诸公降鉴云。

　　黄大宗游楚,尝月夜破浪江行,为戍卒所追。扣舷吟啸,神思自若。

　　黄名之翰,江南山阳人,是兵部兰岩子。多才好游,跌宕自喜。性尚然诺,笃气谊。与贫士交,解衣推食无倦容。

识　　鉴

　　丁药园知中州贡举,闱中搜采玮异,得一卷,奇之。同考以波澜简质,度其人已老,请置丁乙。丁曰:"才与胆峙,岂老生所办,必年少知名,终为大器。"榜发,乃庐阳李湘北天馥也。同考出语人曰:"吾以世目衡文,几失此佳士。"李果方弱冠。名振西清,以文章道谊服天下。

　　李号容斋,河南永城人。戊戌进士。历官侍郎。著述自豪,读书不辍。好贤下士,海内仰为人宗。

　　王匡庐家居教诸子弟,绝不以时义程督之,诗歌古文,各徇其意。亲串中或讽曰:"诸郎君幸蚤露头角,何不令锐力场屋,顾为尔耶?"王怡然曰:"君勿言,彼伏猎侍郎,讵是宁馨物。"

　　周栎园被谗,诣诏狱,几死。狱且成,时父赤之家金陵。客为之忧,赤之曰:"吾今固甚念之,然吾生平无一念足死吾子。吾子又类我,于理不死,行当雪耳。且义命有在,吾即日夜忧之,岂能遂脱吾子。"卒与客饮酒自若。已而事果得雪,竟如其言。

　　赤之名文炜。素行屹立,人称为如山先生。周曰:"吾如山哉?吾乃坦然者耳。"因以自号。少以文自豪,尤喜宾客,尝数致千金,为人缓急立尽。初官诸暨簿,寻忤令,左迁王府官属。会母丧过哀,竟以病弃官,教子成名进士。于所居为"昔有园",与向时宾客,觞咏其中,谓之秦淮钓侣。又豫置一棺,当风日晴好,被酒入卧,命诸孙群绕呼之;或掷梨枣出,使竞相奔拾,以为笑乐,更自撰为墓志铭。

邵薪传言:"向子平未是达。既知富不如贫,贵不如贱,便应知死贤于生。"

　　邵名灯,江南常熟人。壬辰进士,官刑部。

赵洞门为御史大夫,车马辐辏,望尘者接踵于道。及罢归,出国门送者才三数人。寻召还,前去者复来如初。时吴蔺次独落落然,不以欣戚改观。赵每目送之,顾谓子友沂曰:"他日吾百年后,终当赖此人力。"未几,友沂早世,赵亦以痛子殁于客邸,两孙孤立。蔺次哀而振之,抚其幼者如子,字以爱女。一时咸叹赵为知人。

　　吴名绮,江南歙县人,官湖州守。为治简静,放衙散帙,萧然洛诵,绳床箄几,灯火青荧,吏人从屏户窥之,不辨其为二千石也。喜与宾客游,四方名士过从无虚日,卒以是罢官。

　　友沂名而忼,长于诗赋,官中书舍人。

吴汉槎少时,简傲不拘礼法。在塾中见人所脱巾冠,辄窃取溺之。其师计青鳞大加捶楚。后见吴所作《胆赋》,乃嗟赏曰:"此子异时必有盛名,然当不免于祸。"至丁酉科场事起,众谓计知言。

　　计名名,江南吴江人。

林视公自为生藏,每佳日命仆夫荷蕰,携一卷诗,日造饮其所。人过问之,林笑答曰:"卜吾真宅,爱此寂居。游云翩翩,古今无期。"闻者谓有刘参军、陶彭泽之风。

　　林名岳隆,浙江鄞县人,侍御祖述子。有文名。兄弟四人,兄名栋隆,官少宰;弟曰万叶,能诗,工乐府。

有客荐相者陈生于毛稚黄,谓其术比许负。毛曰:"贫贱吾所自有,富贵本非所望,夭寿不贰,修身俟之。仆自相审矣,政无烦此公饶舌。"

赏　誉

宋荔裳标格意气,风流文采,并足推倒一世。尤悔庵目为东海伟人。

　　尤名侗，字展成，江南长洲人。文辞超轶，经术醇深。弱冠名播天下，所交皆人伦英杰。初仕永平司李，后以博学宏词科，特授翰林，朝野荣之。

汪钝翁目王阮亭："风姿玉举，逸藻云飞。"

王阮亭和《漱玉词》，有"郎似桐花，妾似桐花凤"语。长安以此遂有"王桐花"之目。

　　王词又有"春水平帆绿"，"梦里江南绿"，"新妇矶头烟水绿"。邹程邨叹曰："昔应子和名'三红秀才'，今更不当称'三绿'耶？"

吴默岩谓："读王阮亭《七题名》，如乘骐骥，处处制以衔勒，而逸气自在。"

　　吴名国对，江南全椒人。戊戌进士，官翰林。

李坦园目毛会侯："文精炼有法度，不为枝叶之词。"

　　李名霨，直隶高阳人。丙戌进士，官大学士。德器渊粹，退食后手不释卷，诗文为海内所宗。

卢西宁少有异秉，断乳后不食他物，昼夜饮酒三五升，一吸辄尽。家人谓之酒仙。

　　卢名琦，字景韩，浙江仁和人。生三岁，未尝闻啼声。迨五岁能语，遂与兄同就外傅，读书往往不肯让其兄。东方甫曙，每伺兄未起，辄先至塾中，复所肄书。年十二，应省试，人多有物色之者。中丁未进士，历官侍讲学士。

孙作庭称唐济武诗："刻炼之工，山颦水笑。"

　　孙名光祀，山东济南人。乙未进士，历官侍郎。

　　唐名梦赉，山东淄川人。生时父梦神人授以傅说，故命是名。少负异姿，比长，卓有匡济之略。己丑成进士，官翰林。言论丰采，雄视一世，举朝咸以公辅目之。

张禹木守会稽，言论谠直。顾且庵目为"暑月怀冰，凛凛有霜气"。

　　张名三异，湖广汉阳人，己丑进士。为政多奇绩，有古良吏之风。

周栎园称金冶王："抗厉希古，不可一世。"

　　金名鼎，江南镇江人。治制举业，不屑屑进取。好为古文辞，人有购之者，面授之如宿构。性不妄交，其在白门，惟周栎园、吴众香、盛此公相往来。他客值之，瞪目直视，卒不交一语。强与语，辄遭诟厉。世以此怪之。

许有介称周栎园："秋月澹面，春风扇人。"

　　许名友，福建侯官人。

储同人称周立五："其德足以敦天下之鄙，其学足以正天下之诐，其文章足以起天下之衰。"

　　储名欣，江南宜兴人。

　　周名启隽，江南宜兴人。弱冠时，颧未高，两颐逼而秃，面有槁色。乡人窃笑者曰："此黄冠相耳。"周闻之，若弗闻也。年三十二，犹困童子试。偕其父荆南旅宿南城外仓桥侧，梦中见一雄冠绛衣人，右手操刀，左手提一人头，须髯如戟。至榻前，易头去，以手所提头函其颈。周大惊，持父足疾呼。及举手摩之，头如故，凛凛者累日。未几，颧渐高，两颐骨渐丰，须鬣鬣然日益长。越年余，又梦一白须老者，冠缁冠，执长尾麈，随一金甲人。语曰："吾来易而腹。"语讫，金甲人抽所佩刀启周腹，出涤其脏腑而复纳之。既纳，以方竹笠覆腹上，复取钉椎，钉四角。周梦中闻响声丁丁，而怪其无痛也。钉毕，白须老者挥麈拂而祝曰："清虚似镜，原本无尘。忽钉与笠，豁然有声。"周寤，自是文学日进。历试两闱皆获售，历官侍讲学士。

朱长孺见徐电发，叹其天才骏发。语顾茂伦曰："此今之郭功甫也。世有王荆公，定当激赏其才，邀致为上客耳。"

　　朱名鹤龄，江南吴江人。贯穿六籍，折衷百氏，著书满家，群推学海。

　　徐名釚，江南吴江人。英姿玉立，倜傥有大志。好古博学，通经济。弱冠才名蔚起，摇笔数千言，倚待立就。应荐博学宏词，考授翰林。

毛大可称顾茂伦："人伦之雅鉴，品目之善裁。"

毛稚黄道:"吾家大可,生负异才,挺然埃墙之表。其俯视乡之人,犹雕鹗之絷而就鸡群也。"

朱近修称丁药园:"风义高举,雄视艺林。天为加绚,地为加藻。"

张祖望目陈其年:"其行敦笃而立诚,其材灏瀚而精英,其气盘礴而淑灵。"

> 陈名维崧,江南宜兴人。美髭髯,气冲而盛,神晬以和。才情志意,如江河之浩浩,莫可砥竭。己未召试,官翰林。

王丹麓称张祖望赋:"卢柟以上,张衡以下,潘岳、郭璞之俦。"

吴锦雯称萧尺木:"亮节高致,博雅之宗。"

> 萧名云从,江南芜湖人。

吴锦雯目朱人远:"渥洼龙种,丹穴凤雏。"

> 朱名尔迈,浙江海宁人。

梁仲木至武林,一见孙宇台,便披衿契。谓人曰:"若孙子者,所谓云中白鹤,邴根矩、刘上光之俦也。"

> 梁名以樾,直隶宛平人。任侠仗义,博览洽闻。与弟以樟并有高名,江淮人士皆宗之。

有人问孙宇台曰:"朱朗诣仗气绝俗,挥斥一切,何以不罹祸患?"曰:"朗诣不矫矫立崖异,故能居磨涅之中,而无淄磷之损。蝉蜕尘垢,非凡识所及。"

> 朱名士稚,浙江山阴人,金庭相国之孙。为人慷慨,不负然诺。贯穿掌故,有良史之才。

西陵诸名士风雅都长,虎臣、稚黄、去矜尤精韵学。虎臣作《古韵通》,去矜作《东江词韵》,稚黄作《南曲正韵》。丽京叹曰:"恨孙恤、周德清曾无先觉。"

陆丽京度曲四剧,薄游武塘,钱仲芳大集宾客,即令吴伶演唱。新声艳发,丝竹转清,四座之间,魂摇意深。

宗定九称张子羽:"丰度标举,履齿皆韵。"

> 张名翀,一字图南,江南江都人。流寓白门,以画名于时。性澹简,有尘外趣。客过访,茶瓜间进,辄留连竟日。

龚半千称屈翁山:"龙章凤姿,辉映南海。"

龚名贤，一称柴丈，江南江宁人。

屈名大均，广东南海人。

诸骏男幼有文藻，警敏不凡。其舅祖尝赏之曰："子居马市，故自龙驹。"

诸骏男道："我家阿虎，洵是虎痴。"

诸骏男云："王丹麓精鉴朗识，如冰壶映物，无不澄澈。"

王丹麓为陆莅思妹婿，两人刻意耽述作。时人为之语曰："王丹麓癯瘵千秋，陆莅思神明万古。"

徐武令云："读丹麓片言只字，如唉梅腊，可以香口。"

李杲堂尝言："说经无双，名擅八龙，昔有慈明，今见充宗。"

李名邺嗣，浙江鄞县人。风骨不凡，年十二三能诗，即有秀句。父枬，官仪部。及殉难，丧从省至，放声一哭，遂绝意人世，穿窜草石。

充宗姓万，名斯大，浙江鄞县人。

世目许九日："天才隽拔，风格雄峭。"

许名旭，江南太仓人。

孙介夫称严修人："其淡如菊，其温如玉，其静如止水，其虚下如谷。"

孙名金砺，浙江慈溪人。

严名允肇，浙江归安人。七岁受经，十岁能文，十一游庠序，十五六百家诸子，淹贯略尽。二十三举孝廉，二十四成进士。既生长华胄，又早得名，好学不倦，著述益工。官邑令。

吴门之有永叔兄弟，犹建安之有二丁，平原之有二陆。时人号称双珠。

永叔姓卫，名泳，一称懒仙，江南苏州人。落落穆穆，端介自守，群推笃行之士。

宋去损云："方叔归述雪舫盛事，如自旃檀林来，举体皆香。"

方叔周姓，婴名，福建莆田人。

许彝千少便岐嶷，总角风气更进。尝诣从祖原孝，原孝索冠见之。左右曰："孙见祖，何复著此？"原孝曰："此子是许氏南来之秀。"

张岵思美才称尚，马图求比之参军谢宝、逸少王珍。

张名新杼，马名骏，并江南山阳人，同举己酉孝廉。

钟百里称陈蝶庵："才酒俱壮，殊足念。"

钟名震阳，江南宣城人。

陈名周政，字子鹃，四川营山人。

陈吴兴尝言："浙东之有吴赐如，犹西华有青柯坪，黄河有碣石，蜀江有滟滪堆也。盖有削夷为阻之功，真文苑之御侮。"

吴名之器，浙江义乌人，壬午孝廉。

卷五

品　藻

宋既庭与宗弟畴三俱以孝廉知名，时称"大宋小宋"。或问汪钝翁："大宋何如人？"汪言："阮思旷都，不及真长、逸少，而能撮有诸人之胜。"

畴三名德宏，江南长洲人，辛卯孝廉。

或问计甫草："侯二、宋三，可方古何人？"计戏为题目曰："研德如张子布，畴三如鲁子敬。"

侯名元泓，江南嘉定人。

陈其年与汪钝翁论六朝之文，词雄旨洽，钩入深微，多出诸贤寻赏之外。时冒朴庵在坐，倾听不置。陈遽掀髯谓汪曰："与子纳交十年，今夕始称知己。"

冒名襄，一称辟疆，江南如皋人。孝友易直，能文章，善结纳，知名天下。

胡旅堂与龚总宪书云："研德、畴三，吴门之两玉树，门下见之，定把臂入林。半千自是我辈人，气不谐俗，非时贤所识。过芜城时，试留盘礴，知其萧远耳。"

胡名介，字彦远，浙江杭州人。少有高志，立名节，寡杂交。遨游公卿间，名誉甚盛。

毛大可目史纳斋："雍睦居家，事父怡愉，不间嘻嗃，有似陈季方；把臂堪托以妻孥，似朱生；见利思义，不因人炎热，似梁伯鸾；嗜酒疏脱，每一饮必陶然尽醉，而诸务不失简则，有似张黄门；训诸经百氏，钩深致远，可使担囊负笈、执经问字者不绝门舍，虽倾筐倒箧，随叩随应，犹然鼠壤有余物，似马季长。"

史名廷柏，浙江萧山人。弱年蜚声文林，豪荡驱遣，领袖东南。凡人士宴会,有所谱记,不得史名不就。

王西樵尝称:"林铁崖异人者三:须眉奇古,略如李伯时所画罗汉相,则异在容貌;下笔落落,能为峍岮俶诡之词,出入于孙樵、刘蜕之间,则异在文笔;每当宴会,竹肉间作,或值徜徉山水之际,时而意得忘言,如释迦拈花,达摩面壁,时快论斗发,又如春雷奋蛰,奇鬼搏人,则异在性情言语。"

曹子顾、子闲兄弟,人目为云礽王谢,风貌阮何。

> 子闲名尔坊。意思萧散,不与外物相关。尤悔庵尝以"外朗内润"目之。三十六岁早卒。其子彝士,英姿好学,词翰并优。中己未进士,官翰林。

曹顾庵目王丹麓《遂生集》为鹭苑杠梁,《文津》为艺林饾馑。

万履安有子八人、长孙贞一,并称令器。李杲堂尝论之曰:"粹然有得,造次儒者,吾不如公择;事古而信,笃志不分,吾不如充宗;足以文章名世,居然大家,吾不如贞一;至若学通古今,无所不辨,则吾不如季埜。"

> 姚江黄太冲每言,浙东门风之盛,莫过万氏。履安名泰,一称悔庵。生有异禀,美风仪,进止不失尺寸。举丙子孝廉,乱后遂隐居不仕,文行为天下模楷。李杲堂论其风格,比之东汉郭有道、黄徵君云。

> 公择名斯选。颜色充豫,内腴外丰,被服雍容,出言款款有序。

> 悔庵书法最斐亹,诸子中惟允诚得其传。允诚名斯备。欲言理学,则就公择;欲论经学,则就充宗;欲从衡今古,则就季埜。季埜,名斯同。

> 贞一名言,生而不凡。乃祖尝言:"是儿魁梧,当不负吾门。"比长,性嗜学,好为古文家言,每下笔,独出冠时。黄太冲数称其文,为有戴剡源、归震川风味。

明州有鉴湖社,仿场屋之例,糊名易书。以杲堂为主考,甲乙楼上,少长毕集楼下候之。一联被赏,门士胪传,其人拊掌大喜,如加十赉。

世称庄澹庵所至,如墨濡素练,便出云烟。

　　庄名同生,江南武进人。丁亥,兄弟同举礼闱,时年最少,入直史馆,称双璧人。澹庵能自倾下,所至无问识与不识,折节论交。诗文书画,脱手淋漓,士林争宝惜之。

黄俞邰目周栎园:"吏事精能,抚戢残暴,则如张乖崖;其屡更檠错,乃别利器,则如虞升卿;其文章名世,领袖后进,则如欧阳永叔;其博学多闻,穷搜远览,则如张茂先;其风流宏长,座客恒满,则如孔北海;其心好异书,性乐酒德,则如陶渊明;其敦笃友朋,信心不欺,则如朱文季;其孺慕终身,友爱无间,则如荀景倩、李孟元;至其登朝未久,试用不尽,则如范希文;而遭谗被谤,坎壈挫折,又如苏长公。"

　　黄名虞稷,福建晋江人。

王丹麓蚤年高隐,其负才望,赵千门亟称之,比为天地私蓄。

　　赵名钥,山东莱阳人,戊戌进士,官司李。

黎媿曾文章雄视海内,徐巨源尝曰:"汉阳李文孙,长汀黎媿曾。"

　　黎名士宏,福建长汀人。

　　徐名世溥,江西新建人。

　　李名昌祚,字来园,湖广汉阳人。壬辰进士,官廷尉。

董文友尝言:予与讱士非惟文章道同,觉性情俱与我近。

陆丽京目徐世臣:"励志箕山,斐然述作,方之西园伟长,非特不愧。"

　　陆丽京年德转升,往往领袖群彦,然虚怀冲挹,不自满假。或问:"卿自比稚黄、志伊如何?"陆曰:"志伊学海,稚黄雅宗,故当不及。"

　　陆丽京与陈际叔、孙宇台齐名友善。一日,联袂出北郊,道旁观者窃叹曰:"此三人定尔殊常,何乃神理都肖。"

　　陆丽京云:"西陵俪语,家有灵蛇。若儇胡秀如春采,仲昭绚若朝霞,故当并推。"

　　仲昭姓王,名嗣槐,浙江钱塘人。慷慨善谈论,于书无所不窥。文词瑰丽,尤工为赋。己未召试,特授内阁中书。

毛稚黄尝言:"西陵有三绝:林玉逵文搏挽神光,云行雨步;陆儇胡骈体行控送于绝丽,能使妙义回环而来;张祖望诗苍淬顿挫,如大漠风莽莽无极。”

陆拒石年十五作《春郊赋》，词藻流美，笔不停缀。丽京云："王筠《芍药》逊其敏，正平《鹦鹉》让其工。"

恽正叔过毛稚黄饮，谓毛曰："曩未识骏男，然得阿虎，令人有雄举之思。虎固当胜耶？"毛曰："骏神锋豪上，虎亦俊快，正如蒲梢骁骎，并驱康庄，未知谁先后耳。"

毛稚黄过夹城陆氏，出语人曰："吾始交芑思，倜傥英澈，器为国宝。登其堂，仲季出揖，高仲骨削，神蔼睟然；升璜鸢耸骧逸，卓卓欲度诸兄。已，茂林公扶杖出，肃然穆然，使人瞻之，不见所届。"

茂林名之遇，字际明，浙江钱塘人。抱材不偶，学使者辟为越州教授，非其志也。山巅水涯，晚而自放。所与游者，惟处士徐野君、雪厂道人、余体崖道士，余人罕睹其面。烟波上下，裙屐萧闲，望见者以为古狂狷者流。

高仲名售，著书。

升璜名隽，能诗，工篆刻。

罗随园尝言："老而好学，有德有言，吾敬张君祖望；博闻强记，不妄许可，吾敬毛君稚黄；雕龙绣虎，与物无竞，吾敬丁君素涵；闭户著书，朗有卓识，吾敬李君东琪；汪洋千顷，能以度胜，吾敬沈君开先；情辞斐亹，波澜老成，吾敬孙君宇台。"

罗名贤，字倍千，陕西华州人。七世官郎署，代有闻人，为关中贵族之冠。七岁侍客饮，客属对曰："山头玉井莲。"即应声曰："天上金盘露。"客异之。比长，益好吟咏。尝至京师，名重公卿。参军桌幕，无事日与西陵耆旧放情诗酒。久不得调，益歌啸自如。有子名牲，年十四，嗜文章有父风。

丁名溁，沈名峻曾，浙江仁和人。

李名式玉，钱塘人。

规　　箴

王阮亭性和易宽简，好奖引气类。然人以诗文投谒者，必与尽言其失得,不稍宽假。

汪舟次兄弟好古力学,名沸大江南北,户外屦常满。父意歉之,诫曰:"吾不愿尔曹为名士,名如翦彩镂棘,实不存也。尔曹与人交,以其文,无宁以其行。郭泰之异茅容,庾衮之敬褚德,岂为名高哉?尔曹慎之。"

汪父名汝蕃,字生伯。自言生平无异人,惟"不欺"二字,反复无愧耳。尝筑友善庵,出米数百石赈饥,身与妻子粗粝自如。乱后家中落,乃整饬余绪,每得金,即赎屯营妇女归其家。又埋胔掩骼,二十年内,椟椑千余。

蕲州顾赤方出其诗与施愚山相雠校,尝握手笑曰:"吾侪本相好,攻瑕索垢,当猛鸷如寇仇,毋留纤尘为后人口实。"时叹为名言。

顾名景星,湖广蕲州人。

文与也作画,颇得待诏家法,然多率尔之笔。汪钝翁规之曰:"此事定须霞思云想,刻意经营。奈何颓唐落墨,便布人间?"

文名点,江南吴县人。

邹子先、赵砥之并居吴江之西郊。乱后,邑人多谢去子衿。俄学使者来,传相告言,不出且遣戍。赵颇心动,邹正色曰:"我辈但当论是非,不当计利害。"于是遂止。赵每为人言:"微邹君,几丧吾守。"

邹名甲芳,赵名瀚,并江南吴江人。时论邹之刚决不挠,赵之服义推美。君子两贤之。

捷　　悟

乔文衣夜半过午门前,万籁俱寂,猛思日中百亿生灵,今归何处?人世升沉,如此而已。

乔名钵,直隶内丘人,官司城。

安西估魏丙贸卉布上海市,中夜就旅宿醉卧。风雨大作,失橐金三百两。时上海令为任待庵,素善谳,至是狱不能定。因诣城隍庙祷于神,请以实告,乃留捕随往者,使待命于神寝宫。捕梦寝宫有幼妇出,右手抱细女,左手挈衣与之。及接视,则裙襕也。归以告令,令俯首再三,仰而曰:"夫赐衣而得裙襕,则非衣也。非衣者'裴'也。岂有裴姓其人者耶?"捕叩头曰:"似也。闾左有裴爱,无赖不事家人产。其人傈旅舍旁,而得出入于其舍。即欲得裴姓,此当是。"令曰:"然。然则其抱细女者抑可知矣。夫细女,爱女耳。吾闻纳音之数,阳姓从左。今左非衣而右爱女,其为'裴爱'无可疑者。"遂收裴,拷之得实。

　　任名辰旦,字千之,浙江萧山人,丁未进士。

　　计甫草雪后攀铁索造日观峰,不见日出,于峰之旁见丰碑矻立,大书"礼为人子,不登高,不临深"数言。计再拜稽首其下,即杖策下山,不复登。

　　陆丽京诵读明敏,善思误书。尝阅《韩非子》,至"一从而咸危",曰:"是'一徙而成邑'也。"后令他人覆射,无一合者,惟弟左城中之。

　　左城名垐,神骨轩朗,词令宏通。

　　胡循蜚官湘东司李,时定南王驻师于衡。一日,召胡至帐下,曰:"军中有马数千,需枥五百具,命若三日为期,过期斩。"胡出已暮,至江壖,适有人跣足立星露中,顾谓:"非司李胡公耶?何为至此?"胡告之故。曰:"小人家于江,有渔艇百余,破其一,可得枥五六具,请后二日以报。"五百具鳞次江上,胡进之王,王大悦。

　　胡名贞开,一称瑟庵,浙江杭州人。生数岁,祖襟寰中丞见其超迈不群,授以书,数行并下。性喜任侠,旁通艺流诸术。每雄谈,四座为辟易。己卯举于乡。会流寇猖獗,诏下大司马:乡贡中式后,别试骑射。一日,有司集坛下较射,多鞠躬谢不敏。胡独出,一跃上马,弯劲弓,抽矢三发,皆中,遂擢异等。及遭鼎革,自甘放废。开府张公物色之,辟至军门,备参谋,寻授湘东司李。有惠政,未几告归。畜声伎,与人言,杂诙谐调笑,自称耳空居士。工书,爱画石,为文绝类苏长公。才大用小,有志不就,时论惜之。

夙　　惠

徐电发蚤岁诏令,天姿英敏,年十二和《无题》诗,有"残月无情入小楼"之句,长老咸嗟异之。

魏昭士生甫二十余月,母口授《归去来辞》及《九歌》一二章,久之辄能背诵。诸父尝抱持,诱以果饼,使歌之。声悠扬可听,相诧为英物。

魏名世效,江西宁都人,是和公子。性狷急,勇于事。仲父冰叔尝称其为文,锋锐所至,往往有没羽之力。

沈汉仪总角时,尝从父公趾游苑中。公趾曰:"名卉不乏,何以渊明爱菊?"对曰:"淡而能久也。"父叹曰:"此儿出语可人。"

汉仪名家恒,一字巨山,浙江建德人。

沈孚先十岁著《大臣论》,稍长,尚风节。尝读《汉书·党锢传》,至度辽将军皇甫规,自以西州豪杰,不得与党人,上书自讼,沈足笔填其下曰:"时萧山沈功宗,以童子同将军上书。"其慷慨如此。

沈名功宗,浙江萧山人。工诗,善书法。遇缣素,必移易书满。好谈,每夜分列广毡,置蜡椠其中,箕坐与客谈,达曙不寐。

许彝千是许勉无子。勉无读书,竟夜不辍。许每卧听父读书,且辄默诵。父叹曰:"儿卧时乃过我醒时。"

卓有枚七岁出就塾师,使读《论语》。有枚尝置一本掩所读书下,时窃观。塾师发视,则司马公《通鉴》也。师以此奇之。

有枚,工部去病少子也,浙江仁和人。生有异禀,父比诸枚少孺,因名曰"人皋"。负经世才,著有古文集行世。

虞景铭十岁即善属文,尝薄柳州《乞巧》,更作《辞巧》文,识者知其远到。

虞名黄昊,浙江石门人,丙午孝廉。

吴威卿七岁,尝侍客坐。客论诗无"孤"、"独"连文者,吴应声答曰:"'孤云独去闲'非佳耶?"一坐惊叹。

吴名鹰,锦雯子。

章言在幼从塾师学。师出,有友访之,比归,群儿告以故,而忘其姓氏。师怒呵群儿,章曰:"毋怒也,我犹能约略记之。"因以笔状其颧额须眉,栩栩然也。师见而笑曰:"是得非某乎?"已而叩之,果然。

章名谷,一称古愚。居北郭圣堂桥,其地古名散花滩,因又称散花主人。少时瞳神如秋水,肤色如玉,人多比之为卫洗马。

尝抵豫章，买舟归浙。有美姬附舟尾，见章貌而悦之，数以足挑章。章起，默自念曰："我违父母膝下久，今此江有神，倘一涉污邪，致干神谴，葬于鱼腹，即何日得复见父母乎？"不觉泣下。遂整衣冠，危坐达旦。善八分隶体，画尤工绝，为时所称。

赵禹功九岁，父游学归，大雪不能举火，出古画一幅，命禹功诣友所易米不得，家人怅然。禹功闭户，乃吟诗曰："吾家有古画，其价重连城。不易街头米，归来雪满罍。"父闻之笑曰："有子如此，饥亦何憾。"

> 赵名甸，浙江山阴人。母性严，小不豫，跽请备至。尝出妻数月，感悟始返。里中称赵孝子。

宗定九子举儿，年五岁，曾同诸儿戏于庭。一儿指月中言曰："月中那得有桂树？"举儿曰："汝谓月中桂树为奇，彼天地间之有树，当亦奇耶？"

> 举儿，名学诗。貌甚清贵，善言辞，喜读书，性和雅，能体父母意。父定儿谓其识见动作，俱不似稚子所为。六岁即殇，父甚哀之。

王丹麓座客常满。有客谓孔子无须，众诘其说。客曰："本《孔丛子》，子思告齐君曰：'先君生无须眉，天下王侯不以此损其敬。'故知今像多须，误也。"时丹麓子鼎六岁，在侧应声曰："然则孔子亦无眉耶？"客语塞。

> 鼎，字用和。器度端重，聪慧性成。喜读书，讲习便能了了，行文亦时露新颖。八岁学吟诗，有"无情风雨过，花落不成春"之句。客有谈及红颜薄命者，则与《大学集注》中"夭夭少好貌"一语为证，以为"夭"字读作上声。即"妖"义也。十二岁即殇，识者谓其谶云。

王丹麓病起畏寒，每当雪夕，闭户谨风。时幼子小能五岁，坐著膝上，曰："大人寒，故畏风，抑知风亦畏寒。"王问故，答曰："风不畏寒，何由喜扑人怀？"

> 小能，是丹麓第五子。资性聪敏，容貌端妍，孝事父母，迥异凡儿。四五岁时，苍头负经市上，见者莫不啧啧称羡，甚欲连手萦之。

卷六

豪　爽

世祖章皇帝尝猎，过滹沱河，宋牧仲从行。时天大寒，河冰阔二丈余。宋扬鞭大呼，一跃而渡，上壮之。

　　宋名荦，河南商丘人。年未二十，博学能文章，诗歌笔翰动天下。望而即之，温其如玉。出判黄州，虚己向学，与四方贤士大夫相交结，日肆游江湖山谷之间。

王阮亭为同考，至白门，夜鼓柁行大江中。漏下将尽，始抵燕子矶。王兴发欲登，会天雨新霁，林木萧飒，江涛喷涌，与山谷相应答。从者顾视色动。王径呼束苣以往，题数诗于石壁，从容屣步而还。翼日，诗传白下，和者凡数十家。

施愚山倡学湖西，问道者车接毂。萧孟昉为之供扉屦，饰厨传，胜流歙集，宾至如归。

吴六益访汪钝翁邸舍，每被酒，自诵其所作《游五岳》诗，音响琅琅，若出金石。觉尔时意致遒上，不可复及。

汪然明教其子成名，即放浪湖山，青帘白舫，选伎征歌，日与二三知己倾尊赋诗，以为笑乐。望见者谓："前则子瞻，后惟廉夫，差堪仿佛其概。"

　　汪名汝谦，江南歙县人，居武林。虞山钱宗伯尝称其量博而智渊，几沉而才老。热肠侠骨，囊橐一世之志。气如沃流渍泉，触地涌出。子玉立，举明经。继昌，己丑进士，官观察。

周栎园性嗜饮，喜客。客日满坐，坐必设酒。谈谐辨难，上下今古，旁及山川草木，方名小物，娓娓不倦。觞政拇阵，迭出新意，务极客欢而去。

熊雪堂令汝阴，时庐州被围，邻郡侦探至城下，熊从堞堄间磨盾鼻作答。一手双挟朱墨二笔，运腕如飞，一往勃勃，真觉骨嶒气涌。

熊名文举，字公远，江西南昌人。辛未进士，历官侍郎。

吴庆百应荐入京，止竹林寺。毛季莲尝偕叔大可过吴寓，辄据柳床，自吟所为宴集及登临诸作，大声撼四壁。吴顾大可："君家阿咸，正复不减，将不使卿单行。"

义兴大饥，当事集绅士议赈。绅士曰："赈饥是极难事，毋轻议也。"徐竹逸曰："天下难事，我辈不为，谁为之者？"条陈数则，活数万人。

李如毅官武昌郡守，荆州曹叔方以所编乐府投之。会李坐黄堂上，立取《梁州序》，亲自度曲，以扇代拍。时隶役百十辈皆屏息而听，寂若无人。歌罢，即出千金赠曹。

曹名国絭，湖广江陵人。

中凫盟偕杨犹龙、殷伯岩行丛薄中。林叶飒然，疑有虎。杨据片石，负杖叱咤，万壑雷鸣，同行为之神王。

杨名思圣，直隶钜鹿人。丙戌进士，历官侍读。天才隽妙，风神卓绝。工诗，擅书法。性慎许可，闲秤量人物，时有贵显以坛坫自命者，辄不肯屈一指，闻者恚之。

殷名岳，直隶鸡泽人，官睢宁令。

侯朝宗豪迈多大略，少本有济世志。尝与吴次尾、夏彝仲醉登金山，指评当世人物，临江悲歌。二子以侯比周瑜、王猛。

侯名方域，河南商丘人。幼博学，随父司徒官京师，习知中朝事。尝叹曰："天下且乱，所见卿大夫殊无足以佐中兴者，其殆不救乎？"去游金陵，为一时所引重。论者谓其诗追少陵，古文出入韩欧。

吴蔺次萧散自得，陶然于酒。所至偕故交文士、名娼高衲，放浪于山颠水涯。每醉辄歌吟笑乐，诙调终夜。酒痕淋漓，头伏几案，与之游者至忘寝食。

宋俗，上元夜张灯饮酒。睢阳司氏，巨族也，张银瓢，容酒数斗，约能胜饮者，持瓢去。群少皆醉卧，窘甚。时漏下三鼓，会贾静子服氄衣，驾鹿车，自百里外至。忽叱咤登阶，举满一饮，即掷瓢付奴持之，不通姓名。坐宾骇散。

云间田虓渊、董苍水两孝廉素称好客，四方士大夫接踵而至。一日，集圃如草堂，赴者五十余人。两孝廉相继迎入，未与谈，即呼常从具衍箧出纸笔，分题阄韵而赋之。有顷，赋已会食，命厨割腥，酒炙交至。酒中各唱所业，尽欢而罢。

计甫草自海陵归，渡江，会大风雨雪，舟不得发。同行者皆垂首叹惋。计坐舵楼下，手王阮亭诗读之。至《论郑少谷》绝句，哭失声。既乃大喜，拭涕起坐雪中，观江涛澎湃，吟啸自乐。

李砺园性好游，每兴发，虽爱子牵衣割裾不暇顾，他事益漫不訾省。踪迹几遍天下，所至名胜，辄为文以记之。

　　李名淦，字季子，江南兴化人。博学好古，少负才名，丰标落落然。与之言，纵横古今，悬河注泻，秀杰之气见于须眉。性僻山水，每游必穷巅崖隩澳，凡豺虎所噪、蛇豕所窟、渔樵不能至者，必身历之而后快。

淮海杜湘草过武林，冒雪游西湖，乐甚。次日适王丹麓使至，遂以相闻，据案作书。忽传方伯、监司联车到门，并谢不见。士论高之。

　　杜名首昌，江南山阳人。书法文词，卓绝一时。

吴锦雯游寓兰陵，酒徒剑客及弄阮咸、拨箜篌者满座上。曰："解缊袍贳酒。"酒酣，对客挥毫，烟云满纸。

　　锦雯生具异表，身长七尺余，目青睛，须髯甚紫，怒则戟张。胸有毫数茎，长三寸。为人少言不泄，及遇事不平，辄侃侃不畏强御，至推座骂起。与人交，舒肙要，负气好侠，急友患难，盖强直敢任，其天性也。

孙介夫遇王惟夏于邗关，执手道故。王固善饮，与入酒舍，洗盏而酌，浮满数十尽。初，坐客哄甚，闻两人声夺耳，皆瞪眸迎视，气为不吐。

　　王名昊，江南太仓人。善诗歌古文词乐府。吴梅村叹其才为天下无双。

陈兴霸喜谈兵论剑，抵掌天下事。酒后耳热，辄骂古伪豪杰，不中一文钱。

　　陈名孝威，江西临川人，大士仲子。

毛稚黄言："丈夫既有此六尺身，何可不令千古。"

丁野鹤官椒丘广文，忽念京师旧游，策长耳驴，冒风雪，日驰三四百里。至华岩寺陆舫中，召诸贵游山人、琴师剑客，杂坐酗饮，笑谑怒骂，笔墨淋漓。兴尽策驴而返。

　　丁名耀亢，山东诸城人。襟期旷朗，读书好奇节。高谈惊坐，目无古人。

吴舒凫托怀豪逸，情与兴俱。

　　吴名仪一，浙江钱塘人。髫年入太学，名满都下。二十为人师，经史子集，一览成诵。古文法欧阳永叔、王荆公，诗宗杜子美。性善饮，饮醉值市井子，辄谩骂之。姜定庵京兆重其才，延之幕中。历边塞，诗文益工。

谢昼也好施，数千金都缘手尽，复假贷以费。京师谓之"穷孟尝"。

　　谢名晟，浙江山阴人。尝登大观台观钱塘江潮，忽思年五十无成，大恸，见者皆怪笑之。

杨序工园居，器具精良，非世所恒有。客至命酒，珍错叠陈。少醉，即欲赋诗，或召冶童歌，自吹箫以和之。

　　杨名方荣，一字东起，江南武进人。父以进士起家，累官中丞。家多伎乐，率善歌舞，治园圃亭池之属。为里中冠。杨生既习知歌舞处，凡吹箫击鼓、鸣筝度曲，俱幼眇自喜。又美姿容，时比之潘、卫，以望见为幸，每一出游，至倾市观，顾好为文章，能学歌诗、猎传记。虽善谈笑，不为嫚戏。后赴省试，罢归，愈发愤力学。凡昔日所往还者，率谢绝不为通，曰："使吾读书三载，即不如古人，何至若妄庸人，徒逐若辈以为豪耶？"未几，以病卒，年止二十有七，诸从游者无不流涕。

王水云常与茅子鸿偕渡大江，风涛汹涌，王掀髯称快曰："吾胸中郁勃之气，对此稍舒。"茅亦为之放胆。

　　王名舟瑶，字白虹，浙江余杭人。忼爽负气，不习软媚。贫时得钱不甚惜，多与贤豪结欢。壬午举孝廉。既久，不得志，始摧抑为令，除授兴安。又为信之瘠邑。城中才数百家。为之期月，坐啸无所事。乞免官，不许。尝抱膝瞑目曰："作吏顾如此乎？"发为诗，多幽忧峭激，类侘傺失志之人。楚黄曹石霞尝言：

"每读水云集，风雨欲来，声泪交下。"

茅名兆儒，一字雪鸿，浙江钱塘人。孤介自持，情深一往。诗词书画，涉笔辄工。

容　　止

梁苍岩襟期潇洒，意度廓落，大类坡仙。

彭禹峰长身修髯，声若洪钟，一饮能举数升，一食能尽一彘肩。汪钝翁目为拨乱之异才。

彭名而述，字子筏，河南邓州人。奇伟卓荦，气盖一世。庚辰进士，历官参政。

张牧庵姿容瑰伟，饮啖日可三升，兴至蒲博争道。独酌引满，呼小僮挝鼓奏伎。奋袖激昂，大噱不止。

张名玊治，字无近，江南太仓人。涉猎强记，雅擅绝才。中丁亥进士，官黄门。初，牧庵兄西铭以经术负盛名，其负笈从游，巷舍为满，挥洗辍餐，倒屣莫及。牧庵倾身容接，人人各尽其意。时论西铭之有牧庵，犹士衡之有云，孟阳之有协也。

黄大宗状貌奇伟，王昊庐见之，叹曰："风神超逸，卓有父风。"

王名泽宏，字涓来，湖广黄冈人。少负异姿，才十余岁，下笔娓娓千言。乙未成进士，官少詹。李文孙称其温然为君子。

周芮公冲怀贞淡，与之晤对，如揖广成，如瞻水镜。

周名廷铣，字元立，福建晋江人，戊辰进士。僻耽吟咏，尤好与骚人衲客相酬唱。

丁文博眉目明秀，如碧梧翠竹。

丁名彦，浙江嘉善人。己丑进士，官水部。

吴六益目钱础曰："神姿崖异，有壁立万仞之概。"

闵伯宗性简默，意致萧远，殊不大快人意。久与居处，觉欣然如饮醇醪。

闵名派鲁，一称曹夕，河南祥符人，官溧水令。善诗，雅旷绝伦，为后来之秀。

嵇叔子目王丹麓：“神致萧散，超然物外。”

程穆倩眉宇深古，视下而念沉。处治不媒进，处乱不程方。

　　程名邃，江南歙县人。能诗善书画，尤工篆刻。萧森老苍，迥然有异。

李戒庵美风仪，尝于上元夜着绛衣，与郡中名士集贺监祠。乘月上湖桥，长啸十洲，人遥望俱谓神仙。

　　李名文纯，字姬伯，浙江鄞县人。父树，官西川提举，知合州。戒庵少善读书，老而不衰。诗古文词，各臻其妙。与人言古今成败，烂若披掌，听者忘倦。至所读书，无不经手钞。平居静守一几，流汗粘席，寒风裂窗，笔墨未尝少闲。

丁大声躯材拔起，意识豪略，咳如挺钟，言同奔河。

　　丁名克振，浙江萧山人。用经术艺文，著于乡邑。其因人缓急，又多概节，有鲁连之风。

柏嶷山过涉园，魏青城称其高风秀骨，英采惠姿，照映泉石。

　　柏名立本，江南华亭人。年未及冠，画理精妙，已入宋元之室。

　　魏名学渠，字子存，浙江嘉善人。戊子孝廉，官少参。

韦六象神朗貌癯，衣布不肉食。长夜拥絮被，危坐不寐，读书至旦为常。高简淡泊，仿佛如枯岩禅客。与人言，肺腑倾尽。不事表襮，尘俗人望之，颓然自远。

　　韦名人凤，浙江武康人。与兄剑威并能文章，尚气节。

吴锦雯、张祖望并有修髯。夏日尝促膝吟咏，意思萧旷。毛稚黄戏以诗云：“吴公美髯不易得，张也于思亦自奇。长日吟诗相对坐，南风吹动万茎丝。”相与大笑。

沈去矜形弱不胜衣，而骨性刚挺。平时与人语，气才属。及发辩议，则电闪霆激，摧屈一坐。

徐武令为人朴讷，辞艰于口，平居辄好书写，不知棋局。每自比方葛洪。

介公风仪萧散，寡言笑，体羸若不胜，而神鉴渊然。每与一时诸名士接，但以目会，四坐尽通，退相品题，不失分寸。

介公名元灯，字明介，天童寺西堂。

企 羡

徐立斋扈跸南海，世祖亲控玉虬，一日顾问尤悔庵者三，每览《西堂杂俎》，称为才子。时有以读《离骚》、乐府献者，上益读而善之，令梨园子弟播之管弦，为宫中雅乐，比之《清平调》云。

徐名元文，字公肃，江南昆山人。己亥状元及第，官总宪。

徐健庵负俊才，好交乐善，于士类尤极推奖。宇内之人群归之，如百川之赴巨海。

徐名乾学，字原一。庚戌探花及第，官赞善。与弟果亭、立斋并以文章显名，当世时号"三徐"。学博才雄，与之游，恂恂谦谨，言论所及，为艺林所宗。

新城王西樵阮亭每过邮亭、野店，辄题诗壁上。诗既惊人，使笔斗大，龙拿虎攫。尤悔庵道经燕齐见之，解鞍造食，坐对移晷不能去。

彭羡门惊才绝艳，词家推为独步。王阮亭称其吹气如兰，每当十郎，辄自愧伧父。

彭名孙遹，字骏孙，浙江海盐人。己亥进士，御试博学宏词第一，官翰林。

王阮亭宦广陵。一夕雪甚，漏且三十下，风籁窈窕，街鼓寂然。灯下简箧中故书，得吴宾贤诗，且读且叹，遂泚笔为序。明日，走急足驰二百里寄之。吴感其意，为刺舟来郡城，相见欢甚。

汪钝翁初未游西山，逢人辄相咨询。或曰："西山虽复崇深，意谓不如东南诸郡清潭镜澄，层峰屏峙，一花一石，相对饶有胜情。"

广平申和孟不欲轻通贵交，惟致书汪钝翁，微讯王吏部近状。汪报之曰："吏部萧疏简远，不失故武，诚吾党第一流也。"

申凫盟道："未晤栎园，未睹沧海，自是生平两阙。"

周栎园以少司农出为督粮使，使江淮间。四方之士慕之者争愿见司农，舟车辐辏，道路为隘。

周栎园贻胡元润诗卷，辅以朋尊。胡展帙长哦，启罂浮白，不知秋风吹堕白日。

　　胡名玉昆,江南江宁人。

　　李方山客南昌,有传宋荔裳已死者,特为诗吊之,与宋初未识也。后至武林,闻宋尚无恙,李喜甚,借友人马疾驰相视,且出诗读之,两人因与泣下沾襟。已,命酒狂饮极欢,策马而去。

　　李名日景,山东淄川人。

　　王丹麓居穷巷,门除肃然。顾且庵过,每促席移晷。尝语人曰:"见丹麓如把秋英,清芬袭人;如循古涧,仰峭壁,骤难梯接。"

　　计甫草过顺德,日晡方就旅宿。忽念归震川昔佐此郡,有厅记二篇,遂徒步入城。求遗址不可得,乃入署旁废圃中,西向设瓣香,流涕再拜而去。

　　盛此公尝愿此生得一少年,如张绪、卫玠、王子晋,能饮一斗不醉;得一老缁、老黄,能痛饮酒,记天宝遗事;得一迟暮佳人,能歌《离骚》,舞二尺剑,醉读《南华·秋水篇》。

　　盛名于斯,一名筱,字铿侯,江南南陵人。

　　王山史与李天生初未相识,一日,邂逅长安茶肆,隔席遥接,各以意拟名姓。及询之,皆不谬,遂与定交。

　　王名宏撰,字无异,陕西华阴人。学粹天人性命,克绍濂雒关闽之绪。

　　陆丽京酷推陈际叔文,典册类相如。陆撰沈献廷祝文,稚黄不觉,谓为陈作,陆有欣色。

　　沈名士逸,浙江仁和人。

　　陆丽京、梯霞昆弟聚处,尝空瓦屋三间,张效青、步青就居于陆。诸骏男过张曰:"昔张陆同居雒下,今复有醴泉交让之叹。"

　　梯霞名堦,高文异采,与兄丽京、鲲庭,竞爽一时,时号"三陆"。

　　效青名埈,浙江仁和人。

　　步青名坛,效青弟也,庚子孝廉。

　　胡彦远高自栖托,神理隽迈。尝隐河渚,近止城北。芳树池塘,环接户外。诸骏男每过谈弥日,归语人曰:"尝谓永兴南穴、汲郡北山缅邈,不谓近在咫尺。"

闽中丘则飞以卖靛为业,游于山水之间,喜吟咏。集成,求云间张洮侯作序。过虔州关,以诗谒榷使者。见张序,云:"诗能张洮侯作序,岂寻常商贾耶?"辄免其税。

> 张名彦之,一名悫,为王屋孙,江南华亭人。卓荦知大节,深沉好书。诗歌与董黄齐名。尤喜自负,使酒善侵人,然实无他肠,人以是原之。

伤　　逝

曹顾庵侍从说诗,数受世祖恩眷。攀髯余痛,常结胸臆。每听猿啸鹃啼,便欲怆然霣涕。

汪梅坡早年子女不育,哭之甚哀。每一念至,辄疑身是眼泪结成。

> 汪名鹤孙,字雯远,浙江钱塘人。神情飞动,识解过人,钱虞山目为间钟之才。癸丑进士,官翰林。

林铁崖持节驻珠厓,其地故多飓风,风起拔山飞树。林尝祖立中庭,仰天祝曰:"好将某吹送到泉郡开元寺内,挂东西千丈二石塔上,然后呼僧縆引而下,得见吾父母,祔棺一恸,幸甚。"

王异公赋《十二哀》诗,追数旧游。目规口叹,流漓挥洒,各竭思尽致,能令读者摧恻。

> 王名撰,江南太仓人。古怀落落,生平不妄交,交必终身以之。

缪于野谓钟广汉:"若不夭,则神怀散朗,学义淹长,在后进中,吾未见其匹也。"

> 缪名永谋,浙江嘉善人。

陈纬云云:"邹、董相继零落,兰陵旧游,酒旗歌板,故地阑风长雨,不可复寻。"言之凄然,不待过黄公酒垆而始恸矣。

> 陈名维岳,其年弟也,江南宜兴人。

陆丽京与沈骏明素无深好,闻沈负才蚤世,乘醉达其家,哭之失声。从子儇胡，不轻与人定交者，亦一哀出涕。

　　沈名炳，浙江钱塘人。

　赵山子既殁，有人议其短长。吴闻玮掷杯谩骂曰："斯人不死，鼠子敢尔。"

　　赵名云，江南吴江人，癸卯孝廉。

　　吴名锵，一字玉川，吴江人。好游，喜为诗，每遇名流胜集，言论娓娓可听。娶庞氏，字惠缠。亦工词翰，流传艺林。嫁时奁具颇厚，以吴不问生产，倾奁佐之。情安澹泊，晨昏或不给，倡和自如。

　诸骏男过广陵，叹曰："小有之风流顿尽，于一之宿草久衰，柴丈遁迹于白门，梅岑栖踪于远郭。故人云驰雨散，念此能不伤怀。"

　　小有姓李，名盘，一名长科，江南兴化人。

　计甫草有才子准，早夭，哭之哀，为作思子亭。

　　准字念祖，幼慧能文章，独好儒先之学。甫草为聘宋既庭女，女名景昭，年十三，闻夫死，守贞居小楼十年不下。微闻亲戚有欲夺其志者，辄不食，凡二十日，呕血至尽死。

　王丹麓有三子，幼子小能最钟爱。六岁蚤殇，王大哀恸。或为太过，王曰："佳者不存，存者又不能佳。吾目未丧，方自愧不及情，君乃为太过耶？"言罢，复益欷歔。

卷七

栖　逸

孙钟元居苏门夏峰村，清泉嘉树，映带茅衡，一觞一咏，翛然物外。李工部以为先生本非隐者，其少时豪侠之气，尚自棱棱爽露。

李名震生，号慎庵，江西安福人。乙未进士。

徐伯调处梅市，扁舟箬笠，弋钓自娱，落落与世俗鲜有所谐。会宋荔裳分守绍兴，宣城施愚山寓书于宋曰："山阴有徐缄者，渭之亚也。"宋遣人招之，久不至。比宋罢官客湖上，徐乃时时来，相与盱衡抵掌，抗言今昔。意所不合，虽尊贵甚有气势，口期期不服。

宋射陵奉母不乐仕宦，退隐射阳之滨，自号"耕海潜夫"，名其圃曰"蔬枰"。

宋名曹，字邠臣，江南盐城人。工为诗，尤精书法。海昌朱近修称其古道照人，足以师表海内。

宗定九性不喜烦，与人对终日即病，饮酌数夕亦然。或值势利毁誉之场，便如溽暑置身赤日下。移家乡僻闲居，未尝至柴门外。或客至，或入郡，始一到门，不则数月兀坐草堂而已。

定九处东原草堂。秋日燕去巢空，巢泥时时落污几席，乃命童子探巢，汲水洗之，复征《洗燕泥》诗。酷嗜梅花，堂有古梅一株，时人谓之宗郎梅。

王西山解井陉之绶，高卧海曲。清流映带，乔木郁盘，乃纶竿箬笠，酿黍种树，间与田夫野畯较阴晴、课蟹稻以为乐。

王名章，山东莱阳人。丁亥进士，官邑令。

魏善伯晓闻鸟语，知是天晴。起来独立，自谓至乐。

魏和公登华山绝顶，日月从两耳升降，视黄河如袜带委地下，燕、赵、秦、豫，隐隐见黑子。俯仰天地，悲从中来，有入山披发，长往不返之意。

和公素持高义，重然诺，好俶傥画策。林确斋以为有太史慈之风。

龚柴丈隐居清凉山曲，有园半亩，种名花异卉，水周堂下，鸟弄林端。日长无事，读书写山水之余，高枕而已。

郭去问隐居绵亭山中，三十年织帘读书，不求仕进。时比晋刘骥之。

> 郭名鼎京，福建福清人。书法最工，兼擅绘事。宋去损尝云："每展郭画，便思放杖投足。"

邱维正隐武原秦驻山，舍茅篱槿，身率妻、子，力作以食。恒业樵，间钓弋、小贩，暇说诗书，教二子孝弟。不见衣冠客，田夫牧竖相尔汝欢甚。素与朱近修善，朱乘间访之。邱方负薪，熟视曰："何遽也。"出饭一盂，菜秔对食，喋喋竟日，不离樵事。朱曰："能出山信宿草堂中乎？"不答，抱稚孙以嬉，久之曰："十年欲游洞庭山，无一贯钱而止。"朱遂去。

> 邱名上仪，江南武进人。少攻举子业，好奇计，后去而应武试，遂成进士，累官参将。每之官，肩袱被一囊，去来不名俸外一钱。莅嘉湖，濒海贼蜂起，慑其威，浙以西咸帖服。守士吏毒民，邱峻节风之。士民守参府门百人贺之，不内。树丰碑，署"天下第一清官"，过其下，辄拜而去。

沈去矜家临平东乡，尝谓张祖望曰："居山食贫，亦能不改其乐。恨无黔娄之妇，颖士之奴。"

罗瑕公云："楼居受用天气，看春夏过接处，光景绝微。"

> 罗名孚尹，江南上元卫人。

申自然居无定所，野店僧寮，匡床布被之外，更无长物。间走荒台木末，哭其所知，谓人曰："终当以哀死，化为杜宇，扰人魂梦耳。"

> 申名浦，江南华亭人，以画名于时。黄太冲尝言："自然好哭似皋羽，无家似思肖。"

贤　媛

李孝贞事父，终身不嫁，闾巷闻而化之。诸妇女有争言诟詈相恐吓,戒毋令孝贞知。时复为之语曰:"生女慎勿嗔,养父不嫁有孝贞。"

孝贞,字凤,秀州李梦康女也。梦康士而贫,夕不再炊,女织纴以佐饔尸。父疾,祷于天,有鸟衔果蓏,堕药拌中,尝而进之,脱然愈。里中世族争欲聘孝贞,孝贞益不自安。一日,请于父,曰:"女孰贤?"伴曰:"善事舅姑耳。"女曰:"休矣,焉有舍我父,事他人亲以为贤乎?"竟不可夺。

汪魏美乱后隐居不出,其内姻欲强之试礼部,出千金视汪妻曰:"能劝夫子驾则畀汝。"对曰:"夫子不可劝,吾亦不爱此金。"其人惭而止。

汪名沨,浙江钱塘人。年二十二举孝廉,甘贫不仕。尝独身提药裹,往来山谷间,宿食无定处。与人落落,性不好声华,时人号曰"汪冷"。当事或割俸金为寿,不得却,坎而埋之。里贵人请墓铭,百金拒弗许。妻钱氏,字瑟瑟,南昌守武山女。初成婚,汪谓曰:"吾本寒儒,得连姻贵室,所望知礼义、孝事姑嫜、和妯娌足矣,侈簪珥绮绣之饰毋庸也。"钱即尽去服饰,屏侍婢,以疏布亲操作。

杜于皇母性方严,生平不肯见画师。一日,于皇遇善手曾鲸,喜以白母,且云:"鲸老矣,写照其宜也。"母作色曰:"安有妇人呈头露面,与男子注目熟视而不知羞者。先王制礼,男女有别,何尝云老者不在此例耶?"

宗定九少时奉母陈家居。值岁凶,啼饥号寒,初不向宗族借贷。母曰:"饿死事小,遣十岁童子汗颜面以求人,使从此不知有廉耻,品行事大。"于时以为名言。

陈,江都人,州守九室第三女也,归太学宗景岩。少娴家教,读《五经》、《周礼》、《孝经》、《女孝经》诸书,兼通《通鉴》二十一代史。有《训子诗》六章,盛传于世。

吴岩子吐辞温文,出入经史,与人相对,如士大夫。

吴,青山人,为卞楚玉配。以诗名,工书法,晚更好道。得奇疾,疾作则右手自运动,日夜作字不休。或濡笔书纸上,悉成玄理,疾止不复记忆,凡二年而愈。白发朱颜,奕然有丹砂之色。

长女元文工诗辞，次女德基善画，并贤能好读书，精笔札，先后事刘孝廉竣度。竣度以贤豪名广陵。

丁季渊继妇张夫人，亲丧三年不脱衰。以亲染风疾，终身不言风。尝作《讨李贼檄》，顾和知以为孔璋让其英蕤，宾王失其峻烈。

　　顾名若璞，浙江钱塘人，上林署丞顾友白女，学使黄寓庸长子、文学东生妇。生具夙慧，尤好读史。上自班马，以迄列朝典故，能陈说，或论著其大旨。又以其余力自肆于诗古文，每夜分执卷讽咏良苦，曰："使吾得壹意读书，即不能补班十志，或可咏雪谢庭。"尝于食顷作《七夕》诗三十七首，一时叹其敏妙。文章节行为武林闺秀之冠。

术　　解

胡励斋博综群书，尤精天官家言，日月薄蚀，星辰躔度，推测毫发无遗。在长安与监中西洋专家反覆辨论，群皆叹服。

　　胡著有《中星谱》、《周天现界图》、《步天歌》行世。

龙舒方直之工射覆，客匿黄钱一，命筮之。方曰："金体四文，既圆且方，流布天下，钱文为光。"竟中钱，坐客莫不欢悦。

　　方名其义，江南桐城人。天才横溢，不让其兄。力矫健，能腾身屋上，履如平地，时推为兼才。兄密之，优于天官易数，亦精射覆。人以公明、曼倩，不能远绝。

吴志伊亦精乐律，曾于市上见编钟一枚，叩之曰："此大吕钟也。"后涤视款识云："古大吕之钟。"

陆丽京、孙宇台并精京氏学。于甲申除夕，各占元旦明晦，丽京决晴，宇台断雨。次早，曈昽日出，晚即滂沱雨来，人咸异之。

孙宇台既精易课，兼善潜虚。尝与陆丽京同在临平沈去矜座，陆举"之"字问孙云："今日当得几客?"孙应声云："'之'文十一也。"已而果验。

海昌范文园工相术。邑中有隙地，或塑太岁，范以为威仪具足，应享巍峨。未几，遂成巨刹。又指禾中千佛阁，肖型惨戚，当厄于火，已而果灾。

范名骐,文白弟也,浙江海宁人。事亲孝,与兄弟友恭,于朋友信。而又好推分施与,拯济人之艰危。尝梦神人付以右髻,自称"右髻道人",遂精相术,语多奇中。入京师,一日骤名动公卿。

巧　艺

毛大可善歌,沈康臣吹洞箫和之,能曲折倚其声。

沈工书法,王柳颜欧,钩画摹脱,尽变极神。旁通篆籀,偶刻石为印记,士林宝之。

万年少自诗文画之外,琴棋剑器、百工技艺,细而女红刺绣,粗而革工缝纫,无不通晓。唐叔升叹谓:"我辈十指虽具,乃如悬槌。若是何种慧性,一能至此。"

万名寿祺,江南淮安人,己卯孝廉。

唐名堂,江西金溪人。

顾樵水诗篇秀绝,画亦属能品。尝作《秋林图》赠吴梅村,吴叹曰:"对此尺幅,使人幽思顿生。"

顾名樵,江南吴江人。

吴名伟业,字骏公,江南太仓人。举辛未会试第一,历官司成。

洞庭叶林屋少尝学翁家枪,每投石超距,以验其法。会有贼舰泊太湖,欲上山肆掠。叶倡率乡勇却之,一时称其绝伎。

王筜侣工绘事,不屑屑师古。所画山水、楼观、人物、草木、虫鱼,萧远闲旷,间出古人之上,人争贵之。性任诞不羁,非其所悦,虽权贵人迫之不轻作。

王名崇节,直隶宛平人,大宗伯敬哉母弟。生五岁而孤,多病,习懒慢,不喜为章句学。学击剑走马,举武科,为兴州卫千总。久之不乐,弃去,放浪家居,益肆力为画。宗伯素友爱,筜侣未尝倚门地请谒,足不至公卿门。或乏食,不肯向其兄及从子辈索一钱,甘心贫约,以绘事自食其力。士大夫雅慕其人,求画者满户外,必先偿直后欣然命笔。梁大司农见之,称为绝艺,厚酬以缯帛，辞不受，曰："崇节贫，安用帛为？"更易金如其常直，强之乃受。其廉于取又如此。朝廷闻其名，召见中和殿。筠侣伟丰仪，须长数尺。上命起立，视良久，令供奉画苑。时年六十余，以足疾引退。从子司空，为筑室娱老，遂不出。未几病卒，画益贵。生平不饮酒，喜妇人，得金即持往狭邪立尽。初私一妇，其夫觉，挞之创甚，妇自经。一夕坐室中，见妇忽至，似有所语。筠侣大惊愤，家人于帘间见妇裙影，随之入，遂不见。亦异事也。

蔡子珮具绝人之姿，不恃攻苦，辄能为文章、词赋、歌咏、论议，即下及书数绘画、博塞游娱之细，无不意志所至，手目毕达。

蔡名璿，浙江萧山人。

毛稚黄小姬瘵势渐欲肉骨，沈去矜以一刀圭愈之。毛大惊，叹曰："曾闻敌二竖过于五丁，东阳顾影，腰带几何，竟具神力乃尔。"

沈文人工绘事，兼善音律，间为小词，直窥稼轩之奥。其秾情逸韵，周勒山谓"蕙草雪消，不足方也"。

沈名永令，江南吴江人，官龙门令。

胡循蜚下第南还，至汉阳之西，遥望黄埃起处，一矢骤至。少顷，贼披介胄奔耀日中，同行者尽蒲伏。胡跃怒马从众中出，拓弓大呼，连击数贼，贼披靡走。胡徐过市，下马解衣踞胡床，乘风绿槐树下。久之，同行者始至，惊曰："神人也！"

钱塘蓝田叔工写生，陈章侯请蓝法传染。已而轻蓝，蓝亦自以不逮陈，终其身不写生，曰："此天授也。"

陈名洪绶，好画莲，自称老莲，浙江会稽人。数岁见李公麟画孔门弟子勒本，能指其误处。十四岁悬其画市中，立致金钱。后游于酒人，所致金钱随手尽。尤喜为窭儒画，窭儒藉陈画给空。豪家索之，千缣勿得也。尝为诸生，学使索之，亦勿得。顾生平好妇人，非妇人在坐不饮，夕寝非妇人不得寐，有携妇人乞画辄应之。崇祯末命供奉，不拜，寻以兵罢。所写博古牌为新安黄子立摩刻，陈死后，子立昼见陈至，因命妻子办衣敛曰："陈公画地狱变相成，呼我摩刻。"遂死。

张闲鹤性简旷，嗜饮多少进辄醉，醉辄喜画兰，勃勃有生气。陆子黄尝得所画,悬之素壁,忽发香满室中。陆异之,因额其处曰"兰堂"。

张名道岸,字悬渡,浙江湖州人。"苕南四隐",张其一也。

祝培之年已七十,能于径寸牙牌上书《桃源记》。细发为行,微尘遮字,更留其下为作图。周栎园见之叹曰:"使刘子骥遇此,定应畏其局促,攒眉而去,岂复生问津想。"

周又尝称济南胡春以鹅管作箫笛,有穿云裂石声。

宠　礼

世祖御极之初,命公卿大臣子弟入卫。时商丘宋文康公长子牧仲,年甫十四,仪观俊伟,冠侍从冠,蟒衣裤褶,带刀侍上左右。上爱重之,每赐食中和殿。一日,牧仲对食逊避,私出带间斜幅,裹饼饵枣栗,将怀之。上怪问,牧仲前跽谢曰:"臣有祖母老,甚爱臣,臣怀以献,荣上之赐也。"上喜,自是每赐食,必尽敕以归。

琉球中山王请封,上慎于择使,下部议,须通经术、善诏命者。廷臣会推翰林汪楫以充正使。汪才质端伟,专对具宜。入见,上大悦,赐一品服,玺书金册,临轩遣之。汪自国门驾八驷,天仗前导,龙旗飞扬,都亭张设,不绝于路。朝士赋诗送者数百人。

康熙二十年,琉球国世子尚贞遣陪臣来请袭封。上嘉其恭谨守礼,许之,故有是命。

金沙史远公精画事,镇国公延之阁中,属以缣素。时方初暑,史濡毫脱冠于案。公来纵观,戒令勿起。史遂忘冠,坐为应对。蒋驭鹿从旁笑曰:"山野之士,疏放自然。若史某者,真所谓'脱帽露顶王公前'矣。"公笑应曰:"君不见'挥毫落纸如云烟'耶?"

公精白纯谨,乐善小心,愿以汉东平自期。闲居雅好诗文,兼事翰墨。礼贤下士,气度渊宏,无有涯际。

史名鉴宗,江南金坛人。颀而长,美髭髯,高颧浓眉,晴光射人,心灵敏多艺能。能诗善弈,工字学,兼精丹碧。凡智巧事人不能解者,一见辄悟悉无疑。辛卯举孝廉,慷慨有大志。浮沉学舍，为生徒师，郁郁不得志而死。

蒋名铙，一字玉渊，江南武进人。镇国公开府奉天，礼聘天下名士，驭鹿首应其选。毛稚黄云："驭鹿无干而好游，忘名而喜友。"

任　诞

金毅似诗歌颇有唐调。汪钝翁北游时，金来话别。值宾客盈坐，金都不叙语，竟出其所作送别长歌，朗吟一遍，捧腹谓汪曰："此诗何如高达夫？"举坐默然，汪颔之而已。

金名式祖，江南吴县人。

刘公勇性旷达，尝置酒慈仁寺松下，遇游人至，不论识与不识，必牵挽使饮。有不能胜者，必强灌之，至醉呕乃已。

刘名体仁，江南颍川卫人。乙未进士，官吏部。

姜学在尝袯被挟一童子，附估人舟，往登洞庭东山。山中多富人，绝不与通刺。相羊僧寺中，见一丐者题壁绝句，异而物色得之，延置上座，与之共饮食。丐者不知何许人，顾握姜手曰："若真知我者。"姜遂大喜。

姜名实节，山东莱阳人，为黄门贞毅先生仲子。少不事举子业，独习为五七言诗。善鉴别书画，及周秦以来器物。遇其所欲得，虽印价以售，不吝也。侨寓吴门，所居位置洁清。日邀致诸名士赋诗饮酒，尽出其所蓄书画器物，摩挲赏玩移日，抵掌不倦。绝无贵公子骄倨态，虽吴中好事者，亦相顾以为不如也。丐者与姜论诗，稍久辄乱以他语。僧或侮易之，丐者起批僧颊，竟去不顾。他日姜又访求丐者于途。人或诮姜交非其类，姜益大喜。录其数诗归，携以诧汪户部钝翁。汪读其诗，多恍惚物外语，因谓微独丐者异人，即公子亦异人也。

梁公狄初与豫章王于一交，两人相论诗，每篇成，不即示草，率相携至荒台古寺、车马不经处，始出诗共读，狂呼惊拜，或至恸哭而后返。

梁名以樟，一称鹤林，直隶宛平人。庚辰进士，官太康令。每在酒坐，主客献酬，独据席，出袖中白板扇字，高声三读，不觉四坐有人。

陆丽京与徐孝先分虽甥舅，契若金兰。尝剧醉共被卧，徐哈台中大吐。早起不觉，但见床下地污，乃曰："舅昨茗苧耶？"陆亦不能辨。

徐名介，浙江仁和人。

陆丽京云："苟奉倩取妇，遗才存色，此是至言，非关兴到。假令左思、张载，可与同笔研，宁可共枕席耶？"

柏斯民性僻山水，尝寓西湖。一日，冒雨执伞，独上北高峰顶。引领四望，衫履淋漓，见者咸笑为痴，柏意愈自得。

柏名古，一字雪耘，江南华亭人。蓬蒿满径，箪瓢屡空。工古文、诗词、书法，旷然有千古之志。

沈汉仪家贫好客，每遇良友，辄慷慨沉饮。或劝以稍事生业，对曰："良朋樽酒，吾故藉以生者。"

丁野鹤在椒丘，每晏起不冠，搦管倚树高哦。得佳句，呼酒，秃发酣叫，旁若无人。间以示椒丘诸生，多不解，因抵地直上床，蒙被而睡。

王丹麓不好棋，每见客手谈，辄乱其局，或竟掳子纳奁中，曰："日朗天清，奈何为此鬼阵？"

王介人善故金吾张道濬。一日，张会贵客，并邀王。酒行举乐，客皆正襟坐，王直入，解发跣两足，踞上席。客大惊，目视王，王言笑自若。

诸虎男常云："酒可千日不饮，不可一日不醉。"

沈子均从朱近修游妙峰庵，遥望栖凤灾。栖凤，故沈所居。人为沈吊，沈曰："可贺也。"诘其故，曰："家所有惟身耳，我已携家妙峰来矣，庸何吊？"竟不归。

沈，浙江奉化人。少时饶生产，任侠赠人，遂中落。又喜饮酒，醉或眠井中不肯起。善诙谐，娓娓竟日不倦。亦工唱曲。偶从莼湖归，唱于途，有人蹑武至其家。怪问曰："客何来？"应曰："欲走奉化，听公曲，迷失路耳。"沈以为知音，止宿设醴，成宾主礼而去。

卷八

简　傲

汪钝翁性狷急，不能容物。意所不可，虽百贲育不能掩其口。其所称于当世人物之众，不能数人。

汪钝翁颇自患懒放，兼以此规王西樵。王莞尔曰："长安车马喧阗，若无吾党一二孤寂者点缀其间，便成缺陷。"

周栎园好客，然不耐俗士。有过从者，周便率意与谈，尽辄望其去；坐少久辄露不快色；去又辄忘其姓字。

谢石瞿判常州，口持一卷书坐厅事。有吏抱牍至，辄挥之。乡先达请燕见者，亦往往谢去。顾喜与诸生论古今，以文章争胜负。人目之为傲吏，辄欣然有喜色。

> 谢名良琦，字仲韩，一称献庵，广西全州人，壬午孝廉。

陈散木性狷介，不为苟容。素健辨论，遇客或不合，抗首立挂之不少迁随。或憾焉，散木闻而曰："我之所嫉，怒我固然。即尔见喜，正复何益。"

> 陈名世祥，字善百，直隶通州人。才勇气锐，落落寡合，与同好坚则金石，意所不属，望望然去之。性嗜饮，善治觞政。生平博览强记，每与座客会，隶事肆应不竭。弱冠举于乡，久乃得官新安令，终以不肯折腰解组。归益独行其意，托兴于诗词。雅好游名山水之所在，淹留至忘岁月，家人生产不问也。

王山长尝让杜于皇傲慢不求友。杜云："某岂敢如此，只是一味好闲无用，但得一觉好睡，总有司马迁、韩昌黎在隔舍，亦不及相访也。"

> 王名岱，湖广湘潭人。能诗文，兼工书画。嵚崎磊落，以气节自命。发甫燥，名满海内。己卯孝廉，官学博。

燕人梁公狄瘠立嶔崎，远客万里。初至鄞，客于梵舍，兀然坐一藜榻。有客造户谒，入不延。里中荐绅闻梁至，置酒相迎。梁强一过，见席中客有非类，即命人取水洗两目良久，立上车去。

徐大文将游豫章，其友吴庆百、林玉遰送之。时徐年少慷慨，涉江遥指笑曰："吾过洪都，惜子安已没，无可与言诗者。客或乞吾书，正恐麻姑碑板，羞见吾耳。"

　　徐名林鸿，一字宝名，浙江海宁人。少时即名播江左。数好游，所至公卿大夫及贤豪长者，争愿交欢。

来成夫授书江园，与其徒同邑沈功宗、山阴傅宗夜秉烛，藉广毡箕坐，纵谈古今兴丧得失，及汉魏以来理学艺文人物，彻三昼夜。及遇轩冕与不当意，端视缄嘿，虽终日不出一语。问之，间亦不对。故相值者多卜来语嘿以示臧否，至为语云："言勿言，视来蕃。"盖重之焉。

　　来名蕃，浙江萧山人。负夙颖，十岁出试辄冠军。兼精六书，能作古文鱼籀大小篆父隶八分，第不轻为人写。好立名节，每道东汉人物，人有以东汉人物相拟则喜。来本甲族，蕃独居贫空，敝衣褛裂，所储图史外，惟瓶盎十余，实米盐纻絮于其中。每出行，书衣笔帙手自持抱，至有挂两肘累累蔽以博袖，俨五石瓠者。尝大雪，忽忆毛甡远游，覆笠登香炉峰。四顾苍茫，吟所制《八君咏》诗，恸哭乃归。

商丘徐恭士榜其门曰："问君何所长。"客至，必指此问之。有一艺者，即与盘桓竟日；或都无可采，辄踞坐挥手曰："客休矣！"

　　徐名作肃，河南商丘人。

董文友少时气勇神踔，视天下人无可交者。每朋聚翕热，手挥而已，如不相识。及合坐，捉笔为文，独写数千言不休。文成，坐客不解一语，辄瞠目相视，人咸目摄之。

沈君善性不喜俗，尝持不语戒，手悬一牌，上镌"不语戒"三字。有贵人访之，曲致殷勤，君善瞠目直视，出牌示之，不交一语。贵人去，适周安期、顾茂伦及其弟留侯来，相与倾倒，雄辩四出。或讥其太过，君善指其口曰："天生我口，不解与伦语；见快人不与语，又安用我口耶?"

沈名自继,江南吴江人,副使琬之子。与弟自徵、自炳、自驹、自然、自南、自东、妹宛君俱有才名,诗文盛行于世。

周名永年,吴江人。少负才名,制义诗文,倚待立就。才器通敏,风流宏长。禅官讲席,西园北里,参承错互,诗酒淋漓,莫不分身肆应,献酬曲中。海内咸以通人目之。

留侯性简亢。尝谒大吏,雅闻沈名,以所作诗文示之。沈览毕,盛称其居官。大吏曰:"以诗文示子,子称某居官,何也?"沈曰:"知公勤于政事,那有闲心检点及此。"大吏甚衔之。

排　　调

客问汪钝翁:"何意沉酣故籍中?"汪徐应曰:"身之好书,政如君侯之好博弈。"

彭羡门在广陵,见沈去矜、董文友词,笑谓邹程邨曰:"泥犁中皆若人,故无俗物。"

刘公勇弃官入苏门,依孙钟元,尝筑堂孙所居侧。久之,厌其萧寂,弃所携一琴于堂而去,因名"留琴堂"。王仪曹作《留琴堂》诗,其起句云:"身是巢由未得闲。"闻者便为绝倒。

叶元礼素病羸,然颇不耐杜门。客有忧之者,或笑曰:"猿狙之性,动而弥寿。"

有人语杜于皇:"某一介不与,却未一介不取,可谓一边伊尹。"杜应之曰:"某无周公之才,使骄且吝,岂非半截周公。"

宋禹域短而多髯,尝同沈汉仪宴集。沈曰:"吾为监史,当以两官界一人。"因指宋曰:"汝以参军兼主簿。"众客皆笑。

宋名嗣京,一称定山,浙江仁和人。丁未进士,官邑令。

计甫草故贫士,尝置一妾,晨夕设食,惟粗粝而已。妻张夫人谑曰:"古闻'糟糠之妇',不闻'糟糠之妾',如何?"

旧有相国堂联:"放开肚皮吃饭,立定脚跟做人。"或议首句不佳,徐野君曰:"彼小人常戚戚者,震雷常在匕箸间,那能放开肚皮吃饭。"

陆丽京饮陈际叔家，半坐欲起，谓主人曰："陈家惟卜昼耳。"际叔弟鲁季对曰："君不闻孟公投辖耶？"陆更入座。

毛大可、会侯同诣李湘北，李笑曰："不谓今日初见'二毛'。"

徐世臣与陆丽京同舟下临平，诙笑百端，竟日相持。时潘新弹及陆弟左城俱从壁上观，但觉入其元中，不能定其胜负。

潘名沐，浙江仁和人。癸丑进士，官翰林。

王丹麓年逾四十，益复困顿。妇戏语曰："同学少年皆不贱，奈何夫子独长贫？"王曰："昊庐少詹有言：'贫者，上天所设以待学者之清俸。'金陵吴介兹亦言：'天以贫德人。'今处侪类之中，天幸德我，特颁清俸，义难独享，愿以共卿。"妇哂曰："君意良厚，但不知何日俸满耳。"

妇姓邹，文学公遴女。十六归王，布裙操作。客至，供馔惟谨。一日，王欲留客，适无钱，大为踟蹰。入谋诸妇，妇故难之曰："身所有只此发耳，惟君所裁。"王曰："卿未尝倩笔画眉，顾乃假手截发耶？"妇笑拔簪付之。

轻诋

周栎园见士人日事奔竞，辄曰："是以日游神兼骑望火马者。"

宋嘉祐中，未有谒禁，士人多驰骛请托。有一人号为"望火马"，又一人号为"日游神"。

蒋绚臣与周栎园论诗云："时选虽恶，然亦有足采者。臭泥中生莲花，但采莲花勿取臭泥可也。"周云："但恐尽是臭泥，无莲花在。"

蒋名玢，一字用殁，福建闽县人。

王阮亭自淮上还，青帝画舫，乘风南下，与汪钝翁相值秦邮湖，遥语曰："有事欲附致家博士。"及遣信至，乃寄舫中所有第二泉四罂而已。汪以道远稍难之，王攒眉曰："汪大乃成俗吏。"

程周量尝抚慈仁寺松叹曰："长安诸贤，率皆未登庾岭，故使诸松浪得盛名。"

程名可则，一称石臞，广东南海人。举壬辰会试第一，官桂林守。

大觉禅师云："吾心眼颇平等，然因指见箕尾，甚喜观水中荇藻，亦喜纵目空碧，亦喜独对清狂。不慧人刀刁鱼鲁，殊不耐。"

师名通琳，字玉林，江南江阴人。世祖拜为宏觉国师。

陈士业尝论当世名流，卓然足自表见者，屈指不过二十辈。其余率多樊英、殷浩，闻其姓字，或亦赫然，与之狎处，往往使人自咎其倾注之过。

陈名宏绪，江西新建人，清襄公道亨子。赋性警敏，少而好学。集书万卷，日与四方知名士讲习其中，家以是落，岸然不顾。

吴人有为《正钱录》者，攻摘虞山不遗余力。计甫草戏语客曰："仆自山东来，曾游泰山，登日观峰，神志方悚栗，忽欲小遗甚急，下山且四十里，不可忍，乃潜溺于峰之侧。恐得重罪，然竟无恙。何也？山至大且高，人溺焉者众，泰山不知也。"客跃起大骂。吴梅村闻之，颇是计言。

周雪客尝品白岳如五都之市，虽珍异错目，览辄尽。

周名在浚，栎园长子。

陆丽京长于引古，毛稚黄善于标新。毛读陆文，每曰："苦成语多。"

张祖望弟祖静、祖定俱能诗，祖静微逊。孙宇台尝读其诗，赏之曰："人言张氏兄弟如腰鼓，夫岂其然。"

祖静名麒孙，祖定名振孙。

地师沈六如过王丹麓，指庭前不宜种树，谓"口"字著"木"是"困"形，不佳。王曰："诚然。吾贤亦未宜立此。'口'字著'人'岂不成'囚'字乎？"沈默然。

假　谲

周釜山少以诗名海内。后与宋荔裳同为郎，遂相与往来赋诗，每一篇出，群逊谢勿及。周有子鹰垂方年少，间尝诳客，以其诗杂釜山集中，读者竟无以辨。既而知之，辄惊顾叹服。鹰垂由是知名。

鹰垂名纶田。髯渊尝言："釜山少工徐庾家言，鹰垂又复蜇声捄藻,后先掩映,真庾家之有子山,徐氏之有孝穆也。"

云间诸乾一、董苍水于重阳后作神山之会,即彭仙人栖神处也。时娄东吴梅村在坐,连遭觅女郎倩扶,必不得。夜分,沪上张宏轩刺史来赴。投刺后,吴命以己车迎入,使者传覆需两车,人颇讶之。及至,则挟一衣冠少年,光艳暗射,若薄云笼月。人各却步,且不敢询姓氏。及移烛烛之,则倩扶也,一座哗然。

诸名嗣郢,一称勿庵,江南青浦人。辛丑进士。

侯辅之少遭家难,避居嘉兴。捕者突至,逮系登舟。侯默然,手执《周易》熟视之,倦则依榜人卧。捕者以为痴,且以纨袴少年易制也。将抵会城,各简视行李,或登陆,意益懈。侯睨视两岸桑翳然无际,突起窜身坐桑林中。捕者眙愕出不意,疾追不能得。夜燃炬大搜林中,侯望见火光所指,即疾避之。微行近白门,遇诘者,以《周易》示之曰:"我卜者也。"遂脱于难。

侯名忭,河南商丘人,太常卿执蒲季子,大司徒恂、大司成恪皆同父兄也。两兄蚤贵,兄子方镇、方夏、方岳、方巖、方域皆以才名,交满天下,家门赫奕莫与比。辅之和雅修伤,检身若寒素,不为贵介骄蹇之态。阖户读书,孝友恭逊,两兄亦爱怜之。顺治间贡入京师,文日有名。人劝之仕,不应。深居简出,拥书自娱,凝然不苟言笑,得失哀乐不形于色。平生寡嗜好,独好饮酒,每饮必醉,醉亦不乱。性不喜广交,独于兄子方岳相爱,暨同里贾开宗、徐作肃、徐邻唐、宋荦等数人为文酒之友,意泊如也。

汰 侈

翁逢春游临安,辇囊中金二千于寓庑下。一日被酒归,蹴金伤其趾,遽怒呼曰:"吾明日用汝不尽,不复称侠。"遂遍召故人游士及妖童艳倡之属,期诘旦集湖上。是日舣舫西泠桥,合数十百人,置酒高会,所赠遗缠头无算。抵暮问守奴余金几何,则已告尽矣。

翁世居洞庭之东山,官舍人。

忿　狷

刘伯宗下第,孙阿汇叹曰:"九华奇秀,不入《江上名山志》;巢湖亦江淮巨浸,不入《禹贡》、《水经》。山川有知,宁不感愤。"

孙名汧如,江南六合人。

黄九烟落落高踪,时人恶其冷。邓孝威曰:"今已无伯通之庑下,安所得杜陵之草堂耶? 只须移家渡江,向九龙峰依阿垣,最为长策。"

黄名周星,江南江宁人。庚辰进士,官户部。以文章名节自任,兼擅篆籀,工图章。性肮脏难合,虽处困穷,不改其操,君子高之。

邓名汉仪,江南泰州人。

冯幼将与张栎园书云:"沦落既久,耳目都惯。尘沙扑面,只似春风,毒雾侵人,亦如沆瀣。"

冯名肇杞,浙江会稽人。

王仲昭性简脱与俗忤。年过壮盛,郁抑不得行其志,日偕友人散发袒裸,浮拍糟丘。意极兴酣,嘻笑怒骂,不复知人间事。

夏乐只慷慨任侠,好与贫士游。客至辄命酒,不给则解敝衣贳之。有障扇过门者,便欲塞户。偶有所感,乃首戴瓦盎,哭于西陵桥上,曰:"新乎,新乎!"

夏名基,江南徽州人。侨寓湖滨,能诗工书画,旷然有高世之志。

尤　悔

王西樵里居时屡空见迫,卒岁鲜欢。尝雪后出为人家送葬,从驴子背上作《西樵山人传》一篇,称心而言,自谓实录一出,心迹乖反,遂使此文不复可传,每为叹绝。

袁重其将出游,母为脱轻容衣浣瀚,更纴以衣子。袁衷之,褐以褒衣,久之脆。时就客饮,有镊工为之按摩,误为所裂。初不觉,归寝解外服，露母前所改衣，襦裆不可卸。大惊，捧衣长号，悔痛终身不能释。

惑　溺

张幼量行长白山中，见有巨黄石甚佳，以牛三百头拽至园亭。每语人曰："此石绝似大痴画中物。"又尝爱一竹根石，大不盈寸，根节宛然，抚玩不去手。

张名万斛，山东邹平人。

新城二王好为香奁体，或以绮语为言，西樵云："不过使我于宣尼庑下，俎豆无分耳。"

陈其年尝作词怀二王，有云"名士终朝能妄语"。阮亭读至此，笑曰："家兄与下官，不敢多让。"

朱锡鬯诗才隽逸，文尤跌荡可观，然性好饮酒。尝与高念祖入都，每日暮泊舟，辄失朱所在。及高往求之，朱已阑入酒肆中，醉卧垆下矣。

朱名彝尊，浙江秀水人。荐举博学宏词，考授翰林。

高名佑钜，浙江秀水人。

周栎园官闽，每求江瑶柱，辄令蜑人取诸梅花厂石间。其甲上纹如瓦楞，映日视之，与绿玉相类，彩色灿漫，晃人眸子。周语人曰："即此肤理，便足鞭挞海族，惜其生育遏陙，不登玉食耳。"

杨香山客扬州，有鬻鹤者，倾囊为易二双载归，嘲笑并至。杨曰："予门可罗雀，对之如得良友；老乏丁男，抚之如倚玉树。寂处无丝竹之娱，屡空有交谪之感，戛然一鸣，悦心盈耳，忧郁可捐。"因赋诗十章，为友诵之。

杨名体元，直隶大兴人。官郡司马。

邵僧弥性舒缓，有洁癖。整拂巾屐，经营几砚，皆人世所不急，乃为之烦数纤悉。僮仆患苦，妻子窃骂，终其身不为改。

邵名弥，江南长洲人。清羸颀秀，好学多才艺。于诗宗陶、韦，于画仿宋元，于草书出入大小米，楷法逼虞、褚，称绝工。半生挥洒,小帧尺幅,人皆藏弃以为重,或购之累数十金。乃用以搜金石,访蜱彝及图章玩好诸物,此外萧然无办。题所居曰"颐堂",置一榻其中,以药炉著具自娱。宾客到门,馨欬雅步,移时始出。与人饮,不半升颓然就睡,虽坐有重客弗顾。中年得小消疾,览方书多禁忌,和揉燥湿,饮啖多寡,不能适其中,以此益困殆。其迂僻如此。

王于一晚岁客湖上,狎一妓,颇粗陋。或嘲之,王笑曰:"近代美人尚肥。"

徐野君性洒落,不与人事,独好观俳优戏,以为骚人逸士兴会所至,非此类不足称知己。

吴介兹食文官果,每一含咀,不忍直下。尝语王隆吉曰:"香甘雪嫩,令人辄有奴视杨梅、鸡豆之想。"

王名廷栋,江南仪真人。壬子孝廉。

李启美嗜古学,抱疴彻月,犹聚书床头读之。将革,叹曰:"吾死矣,独念茫茫泉路,能读书否;悠悠来生,解读书否?"不胜于邑。

李名潜,一名洵,字士美,江南兴化人。

辛先民客居吟叹,闻有人招饮,直欲捐性命徇之。或谏其不节,辛笑曰:"奈五脏神愿驰驱何?"

辛名民,一名霜翙,字严公,直隶宛平人。壬午孝廉,官司理。

徐伯调好炼冲举,餐气啜液。尝自厌毛发不洁,作《游仙》诗以自喻。

洪润孙以博雅擅名,乃有洁癖。每沐面,辄自旦达午不休。陆丽京、傥胡共往看之,洪尔时神气傲迈,旁若无人。

洪名景融,浙江钱塘人。

查醉白继妇陆,陆故名家子。性敏,又善诗,嬿婉酬唱,相得益欢。陆亡,查哀痛咯血升许,已复为悼亡诗百首,多酬陆韵。怅怅若有失,逾年竟死。

查名继昌,浙江海宁人。七岁善吟诗,十三游庠序。美风仪。郡邑试士,或里社高会,诸少年咸集。查至,词说慷慨,顾盼炜如，一坐惊叹，无不愿交查者。工临池，能辨古彝器及唐宋诸家翰墨图绘。又学射学弈，虽不工，亦自负。

王丹麓喜方术。一日检书，得同梦方。时念张广平处京师，特千里致书，相期试梦。闻者笑之。

张名元时，浙江杭州人。少时与弟辞奇同执经应嗣寅之门，应便深赏。尝作诗与广平云："子既张目无不识，弟亦下笔如有神。儿如亚子真可畏，元方季方安拟伦。"后果以诗文声冠一时。

王丹麓家既落，顾时喜刻书。客至，质衣命酒。其诗曰："平生好宾客，资用苦不周。有怀莫可告，室人且见尤。"施愚山诵之，辄失笑曰："盖有类予者。"

全诗具载《松溪漫兴》。

跋

　　右《今世说》八卷，国朝王晫撰。案晫字丹麓，仁和人。是书仿刘义庆《世说新语》之体，以纪国初诸老遗闻轶事，并自为之注，岂欲兼刘孝标为一手耶？《四库提要》著录附存目中，讥其载入己事尤乖体例，固深中其失。丹麓又尝撰《遂生集》并杂著十种，曰《龙经》、曰《孤子吟》、曰《松溪子》、曰《连珠》、曰《寓言》、曰《看花述异记》、曰《行役日记》、曰《快说续记》、曰《禽言》、曰《北墅竹枝词》。又尝辑《檀几丛书》，以所撰《草堂十六宜课》、《婢约》、《报谒例言》、《诣卦》四种厕于其间。又张山来所刻《昭代丛书》，亦收其所撰《快说续记》、《酒社刍言》、《兵仗记》、《龙经》、《石友赞》各种。《提要》均著录附存目中。又尝撰《文津》，而《提要》云未见，且讥是书所称曹顾庵目《遂生集》为"鹫苑杠梁"，《文津》为"艺林饤脯"，若《遂生集》实了不异人云云。盖丹麓实游扬声气，以博取盛名，而文笔乃纤仄婉媚，殊乏雅裁。是书惟兼采众长，虽间仍故步，犹近方家举止。且我朝开国之初，人才尤推极盛，流风余韵，高不可攀，狂匪张融，望古遥集。顾勒为一书者殊鲜，恐渐致湮没。此虽编珂截贝，断素零缣，所谓尝鼎一脔，亦知其味。特重刊之，俾知人论世者略有考焉。咸丰壬子春分后十日，南海伍崇曜跋。

历代笔记小说大观总目

汉魏六朝

西京杂记(外五种) 〔汉〕刘歆 等撰 王根林 校点

博物志(外七种) 〔晋〕张华 等撰 王根林 等校点

拾遗记(外三种) 〔前秦〕王嘉 等撰 王根林 等校点

搜神记·搜神后记 〔晋〕干宝 陶潜 撰 曹光甫 王根林 校点

世说新语 〔南朝宋〕刘义庆 撰 〔梁〕刘孝标注 王根林 标点

唐五代

朝野佥载·云溪友议 〔唐〕张鷟 范摅 撰 恒鹤 阳羡生 校点

教坊记(外七种) 〔唐〕崔令钦 等撰 曹中孚 等校点

大唐新语(外五种) 〔唐〕刘肃 等撰 恒鹤 等校点

玄怪录·续玄怪录 〔唐〕牛僧孺 李复言 撰 田松青 校点

次柳氏旧闻(外七种) 〔唐〕李德裕 等撰 丁如明 等校点

酉阳杂俎 〔唐〕段成式 撰 曹中孚 校点

宣室志·裴铏传奇 〔唐〕张读 裴铏 撰 萧逸 田松青 校点

唐摭言 〔五代〕王定保 撰 阳羡生 校点

开元天宝遗事(外七种) 〔五代〕王仁裕 等撰 丁如明 等校点

北梦琐言 〔五代〕孙光宪 撰 林艾园 校点

宋元

清异录·江淮异人录 〔宋〕陶穀 吴淑 撰 孔一 校点

稽神录·睽车志 〔宋〕徐铉 郭彖 撰 傅成 李梦生 校点

贾氏谭录·涑水记闻　[宋]张洎 司马光 撰　孔一 王根林 校点

南部新书·茅亭客话　[宋]钱易 黄休复 撰　尚成 李梦生 校点

杨文公谈苑·后山谈丛　[宋]杨亿口述、黄鉴笔录、宋庠整理　陈
　　师道 撰　李裕民 李伟国 校点

归田录(外五种)　[宋]欧阳修 等撰　韩谷 等校点

春明退朝录(外四种)　[宋]宋敏求 等撰　尚成 等校点

青琐高议　[宋]刘斧 撰　施林良 校点

渑水燕谈录·西塘集耆旧续闻　[宋]王辟之 陈鹄 撰　韩谷 郑世刚
　　校点

梦溪笔谈　[宋]沈括 撰　施适 校点

麈史·侯鲭录　[宋]王得臣 赵令畤 撰　俞宗宪 傅成 校点

湘山野录 续录·玉壶清话　[宋]文莹 撰　黄益元 校点

青箱杂记·春渚纪闻　[宋]吴处厚 何薳 撰　尚成 钟振振 校点

邵氏闻见录·邵氏闻见后录　[宋]邵伯温 邵博 撰　王根林 校点

冷斋夜话·梁溪漫志　[宋]惠洪 费衮 撰　李保民 金圆 校点

容斋随笔　[宋]洪迈 撰　穆公 校点

萍洲可谈·老学庵笔记　[宋]朱彧 陆游 撰　李伟国 高克勤 校点

石林燕语·避暑录话　[宋]叶梦得 撰　田松青 徐时仪 校点

东轩笔录·嬾真子录　[宋]魏泰 马永卿 撰　田松青 校点

中吴纪闻·曲洧旧闻　[宋]龚明之 朱弁 撰　孙菊园 王根林 校点

铁围山丛谈·独醒杂志　[宋]蔡絛 曾敏行 撰　李梦生 朱杰人 校点

挥麈录　[宋]王明清 撰　田松青 校点

投辖录·玉照新志　[宋]王明清 撰　朱菊如 汪新森 校点

鸡肋编·贵耳集　[宋]庄绰 张端义 撰　李保民 校点

宾退录·却扫编　[宋]赵与时 徐度 撰　傅成 尚成 校点

桯史·默记　[宋]岳珂 王铚 撰　黄益元 孔一 校点

燕翼诒谋录·墨庄漫录　[宋]王栐 张邦基 撰　孔一 丁如明 校点

枫窗小牍·清波杂志　[宋]袁褧 周辉 撰　尚成 秦克 校点

四朝闻见录·随隐漫录　[宋]叶少翁 陈世崇 撰　尚成 郭明道 校点

鹤林玉露　[宋]罗大经 撰　孙雪霄 校点

困学纪闻 ［宋］王应麟 撰 栾保群 田松青 校点

齐东野语 ［宋］周密 撰 黄益元 校点

癸辛杂识 ［宋］周密 撰 王根林 校点

归潜志·乐郊私语 ［金］刘祁 ［元］姚桐寿 撰 黄益元 李梦生
　　校点

山居新语·至正直记 ［元］杨瑀 孔齐 撰 李梦生 庄葳 郭群一
　　校点

南村辍耕录 ［元］陶宗仪 撰 李梦生 校点

明代

草木子(外三种) ［明］叶子奇 等撰 吴东昆 等校点

双槐岁钞 ［明］黄瑜 撰 王岚 校点

菽园杂记 ［明］陆容 撰 李健莉 校点

庚巳编·今言类编 ［明］陆粲 郑晓 撰 马镛 杨晓波 校点

四友斋丛说 ［明］何良俊 撰 李剑雄 校点

客座赘语 ［明］顾起元 撰 孔一 校点

五杂组 ［明］谢肇淛 撰 傅成 校点

万历野获编 ［明］沈德符 撰 杨万里 校点

涌幢小品 ［明］朱国祯 撰 王根林 校点

清代

筠廊偶笔 二笔·在园杂志 ［清］宋荦 刘廷玑 撰 蒋文仙 吴法源
　　校点

虞初新志 ［清］张潮 辑 王根林 校点

坚瓠集 ［清］褚人获 辑撰 李梦生 校点

柳南随笔 续笔 ［清］王应奎 撰 以柔 校点

子不语 ［清］袁枚 撰 申孟 甘林 校点

阅微草堂笔记 ［清］纪昀 撰 汪贤度 校点

茶余客话 ［清］阮葵生 撰 李保民 校点